Miami Millionär –
Liebe zum Dessert

Alisha Bloom

1. Auflage 2019

Alisha Bloom, c/o Papyrus Autoren-Club, R.O.M. Logicware GmbH, Pettenkoferstr. 16-18, 10247 Berlin.

Cover: Wortschmiede

Fotos by © Depositphotos_kiuikson214638928

Lektorat/Korrektorat: Wortschmiede

ISBN: 9781074924669

MIAMI MILLIONÄR - LIEBE ZUM DESSERT

Heartbeat Romance

ALISHA BLOOM

KAPITEL 1

Annie

Macadamia-Eis gehörte zweifellos zu meinen Favoriten unter allen Eissorten dieser Welt! Ich liebte dieses Zeug! Und heute ganz besonders. Vorsorglich hatte ich mir drei große Becher im Gefrierschrank deponiert. In einen davon versenkte ich gerade den Suppenlöffel, als meine Freundin Kate mir den Becher aus der Hand riss und mit ihm in die Küche ging.

»Hey, spinnst du? Was soll das?!« Ich sprang vom Sofa auf. Sie würde ihn zurück ins Eisfach stellen. Oder?

»Ich verhindere, dass du dich kugelrund frisst. Es reicht so langsam, meinst du nicht?«

»Nein, meine ich nicht. Ich ...« Mir blieb die Spucke weg, denn zu meinem Entsetzen warf sie den noch halb vollen Eisbecher in den Mülleimer. »Ist das dein verdammter Ernst? Das kannst du doch nicht tun!«

»Und ob ich das kann! Literweise Eis in sich reinschlingen, ist keine Lösung.«

»Eine Lösung nicht, aber es tröstet. Unabhängig davon, weißt du, was diese Sorte kostet? Und überhaupt: Ich WILL mich mit Eiscreme vollstopfen. Und mit Schokolade ebenfalls, und mich nebenbei mit Rotwein betrinken. Du weißt genau, dass ich einen verdammt guten Grund dazu habe!« Ich schob mich an ihr vorbei, öffnete den Kühlschrank und zog demonstrativ einen zweiten Becher Eis aus dem Eisfach.

»Gut, hau rein. Ist ja deine Figur«, erwiderte sie und lehnte sich mit verschränkten Armen an den Türrahmen. »Wenn ich wegen jeder Kleinigkeit Eis in mich reinstopfen würde, wäre ich rund wie ein Basketball, und wer will schon einen Kugelfisch im Bett haben?«

»Ach, dass mich meine große Liebe via SMS verlassen hat, nennst du Kleinigkeit?!« Mit einem Ruck zog ich den Deckel vom Eisbecher und nahm mir einen frischen Löffel aus der Schublade. »Dann werde ich halt ein Kugelfisch!«

Wieder schossen mir die Tränen in die Augen. Ich betäubte das brennende Gefühl mit einem großen Löffel Eis.

»Ich bin der Meinung, du hättest diesen Blödmann viel früher abschießen sollen«, bohrte Kate den Finger in die Wunde. »Eigentlich gleich, nachdem er verkündet hatte, dich in Miami allein zu lassen und nach Afrika abzuhauen.«

Damit hatte sie vermutlich recht. »Aber es hatte sich einfach so richtig angefühlt, als ich mit George über seine Pläne gesprochen hatte. Etwas zurückgeben an die, die Hilfe brauchen, das ist ein ehrenwerter Zug, Kate.« Ich rammte den Löffel ins Eis und schluchzte. »Dabei hat er mir doch sogar vor seinem Abflug noch einen Antrag gemacht.«

»Und? Was hat es dir gebracht? Nichts. Annie, du weißt, ich stehe immer zu dir, aber jetzt mal dir die Sache bitte nicht wieder rosa. Der begehrteste Arzt im Mount Sinai Medical Center hat dir zuerst einen Antrag gemacht und dich dann vor der Hochzeit abserviert, um in aller Seelenruhe während des halben Jahres, in dem er für 'Ärzte ohne Grenzen' in Afrika unterwegs war, mit einer Kollegin herumzuvögeln. Und die vögelt offenbar so gut, dass er deine Hochzeit mit einer profanen SMS abgeblasen hat. Das sind die Fakten.«

»Oh DANKE! Danke für das Herumbohren in meinen Wunden.« Erneut stiegen heiße Tränen in mir auf.

»Gönn dir doch den Spaß mit dem Online-Dating«, schlug sie vor. »Das ist gut fürs Ego und lenkt dich ab.«

»Das ist kein Spaß für mich, Kate. So bin ich nicht und will ich auch nicht sein.«

»Aha, du bist jemand, der keinen Spaß haben will?«

So ein Blödsinn! Kate wusste genau, was ich damit meinte. Sie wollte mich nur provozieren. Bravo. Geschafft. Mittlerweile liefen mir die Tränen über die Wangen und ich musste so schluchzen, dass ich nicht einmal mehr das Eis essen konnte.

»Das ist einfach nicht fair«, sagte ich mit erstickter Stimme. »Ich habe George alle Freiheiten gelassen, und was tut er? Er nutzt mein blindes Vertrauen für eine Affäre im Busch! Dieses Arschloch!«

»Gut so. Wut ist besser als Unmengen von Eis zu verschlingen.«

»Auch mit Wut im Bauch brauche ich so einen Quatsch wie dein Online-Dating nicht!«, fauchte ich sie an. »Was soll mir das bringen, mich an anderen Typen zu rächen, wie du sagst?«

»Ach Annie, du musst zugeben, dass es einen Reiz hätte. Und zeitgleich kommst du aus der Peinlichkeitsnummer raus, vor der du dich so fürchtest.«

»Ich denke darüber nach.« Mit dem letzten Argument hatte sie einen wunden Punkt getroffen. Die mitleidigen Blicke der Kollegen in der Klinik, ihre Nachfragen und der Gedanke, dort an jeder Ecke an George erinnert zu werden, machte meine Situation fast unerträglich! »Ich kann nie wieder zur Arbeit gehen«, jammerte ich und zog eine Handvoll Papiertücher aus der Packung, um mir die Tränen abzuwischen und die Nase zu putzen.

»Doch, das kannst du. Und zwar hoch erhobenen Hauptes. Dafür werde ich schon sorgen.«

»Indem du mich auf *Gallivant* anmeldest?« Kopfschüttelnd zog ich den Löffel aus dem Eisbecher. »Da sind doch nur die Kerle unterwegs, die einen schnellen Fick suchen.«

»Ganz genau! Was spricht dagegen, einen davon scharfzumachen und ihn dann am ausgestreckten Arm verhungern zu lassen? So eine kleine Rache schadet doch nicht.«

»Doch. Mir. Ich bin so nicht, ich geh nicht einfach aus Rache mit Männern ins Bett. Die Männer sind schließlich nicht George.«

»Aber sie sind WIE George!« Sie nahm mir den Löffel und den Becher aus der Hand und legte beides zur Seite. Weit weg von mir. »Mensch, Annie, wenn dir der Mann nicht gefällt, musst du ja nicht mit ihm in die Kiste hüpfen. Wie heißt es immer? Der Mensch muss essen. Warum nicht in Begleitung eines attraktiven Mannes?«

Ich musste lächeln. Kate war eine gute Freundin. Sie versuchte nur, mir zu helfen.

»Du bist total durchgeknallt, hat dir das schon mal jemand gesagt? Noch mal zur Erinnerung: Ich bin gerade verlassen worden! Wie soll ich mich da mit anderen Männern amüsieren können? Im Gegenteil, ich werde mich nie wieder …« seufzend griff ich nach dem Becher. Ego aufpolieren, so ein Blödsinn. »Kate«, fragte ich traurig und blickte meine Freundin hilfesuchend an. »Was stimmt denn nicht mit mir? Warum hat George mich einfach so abserviert?«

»Mit dir stimmt alles! Er ist der Idiot. Der Mistkerl hat jemanden wie dich gar nicht verdient. Dem solltest du keine einzige Träne hinterherheulen!«

Erneut brach ich in Tränen aus. »Trotzdem, ich werde auf keinen Fall mit irgendeinem dahergelaufenen Typen … Niemals!«

Ich ging nur mit einem Mann ins Bett, wenn ich schon in ihn verknallt war. Und bisher hatte noch jede Liebesnacht in einer Beziehung geendet, wenn manche davon auch nicht lange gehalten hatten. Das lag wohl an den weiblichen Hormonen, dass man sich als Frau beim Sex verliebte, Vorsätze hin oder her.

Kate reichte mir ein weiteres Papiertuch und nahm mich in den Arm, was nur einen stärkeren Tränenfluss zur Folge hatte. »Vielleicht macht es dir ja Spaß? Auf jeden Fall kommst du so auf andere Gedanken.«

Ich seufzte und zuckte die Schultern. »Spaß …?« Gefrustet schälte ich mich aus ihrem Arm und lutschte an dem Eislöffel.

»Ach komm, gib dir einen Ruck. Vielleicht kommst du so schneller über deinen Superdoc hinweg.« Kate wedelte mit ihrem Handy. »Ich hätte da einen passenden Kandidaten.«

»Triff dich doch selbst mit ihm«, blockte ich weiter ab.

»Wo hast du den überhaupt aufgegabelt? In dieser Dating-App etwa? Vergiss es!«

Kate verzog das Gesicht. »Wie lange ist dein Ex schon in Afrika?«

»Vier Monate«, murmelte ich.

»Vier Monate Eis, Schokolade, Rotwein … Du merkst schon, dass das so nicht weitergehen kann?«

»Ja ...« Verdammt, George fehlte mir. Sehr sogar. Und ich hatte mich so auf ihn gefreut, hatte mir schon Hochzeitskleider angesehen. Ich vermisste ihn jede Minute des Tages, außer zu den Zeiten, wenn ich von den Schichten in der Notaufnahme völlig erledigt in die Kissen sank. Wie gerne hätte ich mich wie früher in seine Arme gekuschelt. Selbstverständlich hatte ich mich meinen Tagträumereien hingegeben. Die Vorstellung, den beliebten Arzt George Wilde zu heiraten, war die Sahne auf dem Törtchen. Die Assistenzärztin der Notaufnahme und der smarte, sozial engagierte Oberarzt. Ein Märchen war für mich wahr geworden, selbst wenn es nur kurz angedauert hatte. Immer wieder hatte er mir seine Liebe beteuert, und ich hatte ihm jedes einzelne Wort geglaubt. Als sich der romantische Heiratsantrag in der Klinik herumgesprochen hatte, gratulierten mir die meisten, aber nicht alle. Die eine oder andere Schwester schien neidisch gewesen zu sein, doch das hatte mich bei all meinem Glück nicht gejuckt. Die Welt war wundervoll gewesen und selbst die langen Schichten hatten es kaum geschafft, mir mein Dauerlächeln aus dem Gesicht zu wischen.

Und nun? Nun hatte mich mein Traumprinz mit einer SMS abserviert. Peng. Einfach so. Mit einem profanen »Es tut mir leid, aber ...«.

»Kate, alle in der Klinik werden erfahren, dass George mich ... Und weißt du was dann passiert?! Wenn diese

Neuigkeit die Runde macht, und das wird sie früher oder später, werden mich die einen bemitleiden, andere wiederum mich mit Spott und Hohn überschütten. Oh Gott! Das überleb ich nicht. Vielleicht lasse ich mich erst einmal krankschreiben.«

»Hm, keine gute Idee.« Kate kaute nachdenklich auf ihrer Unterlippe. »Vielleicht können wir es so drehen, dass George nicht dich, sondern du ihn abserviert hast?« Mit ihren Fingern trommelte sie auf dem Küchentisch herum. »Nur, warum? Wir brauchen einen Grund.«, dachte sie laut nach. »Ich hab´s. Weil er noch länger in Afrika bleiben wollte! Wäre das nicht eine glaubhafte Begründung? Und aus genau diesem Grund wäre ein neuer Kerl, mit dem man dich in einem Restaurant sieht, noch um ein Vielfaches glaubhafter. Das überzeugt deutlich mehr als nur die Behauptung, du hättest Schluss gemacht, und deshalb gehst du morgen mit meinem nächsten Date aus! Er heißt William.« Begeistert klatschte sie in die Hände. »Das ist perfekt! Du lässt dich ab und zu mit einem attraktiven Kerl sehen und keiner wird dich mitleidig anschauen.«

»So ein Schwachsinn«, protestierte ich. Das würde mir höchstens den Ruf eines Flittchens einbringen. Wobei ... Ich rieb mir das Kinn und dachte über Kates Einfall nach. Wenn alle glaubten, ich hätte George verlassen, würde mir das tatsächlich das Mitleid der Kollegen ersparen.

»Ach komm, das ist eine prima Ablenkung für dich. Ein bisschen chatten, ab und zu ausgehen, dich in der Öffentlichkeit zeigen. Wenn du dich in deinem Garten verkriechst, denkt jeder, George hätte dich tief verletzt.«

»Hat er ja auch«, murmelte ich.

»Aber muss das jeder wissen? Also, entweder so oder du lässt die Mitleids- und Spottwelle über dich ergehen.«

Da hatte Kate wiederum recht. Bei meinen langen

Schichten war Freizeit ein kostbares Gut. Und die wenigen Stunden verbrachte ich wirklich lieber in meinem hübschen Garten als in irgendwelchen angesagten Bars.

»Also triffst du dich mit William?«, hakte sie nach.

»Ich will dir nicht dein Date wegschnappen«, wandte ich lahm ein. Im Prinzip war ich überredet.

Kate grinste und zog die Augenbrauen hoch. »Ich wollte heute noch absagen. Denn …«, sie trommelte mit den Fingerspitzen auf der Tischplatte herum, »… ich bin seit drei Tagen weg vom Markt.«

»Wie? Warum weiß ich davon nichts?« Überrascht blickte ich sie an. »Erzähl mir von ihm.«

»Heute nicht, heute geht es um dich.«

Für dieses Verständnis liebte ich meine Freundin noch mehr. Es wäre mir schwergefallen, ihr bei Schwärmereien zuzuhören, obwohl ich es ihr aus vollem Herzen gönnte. Zeitgleich wurde mir mein Herz schwer und schon traten mir wieder Tränen in die Augen.

»Ach Süße«, sagte Kate, kam um den Tisch herum und drückte mich an sich. »Du findest auch noch den passenden Mann. George war es jedenfalls nicht.«

»Meinst du wirklich?«

»Ja, meine ich wirklich. Wenn er es nicht ein paar Monate ohne Sex aushalten kann, wäre es sein verfluchter Job gewesen, heimzufliegen, um *dich* flachzulegen, und nicht die nächstbeste, die des Weges kommt.«

»Ist Sex denn wirklich sooo wichtig?«

»Ist es.«

»Ja, für Männer vielleicht. Für Frauen gilt das nicht.«

»Ähm ...« Kate kratzte sich die Nase. »Bei Steven musste ich aufpassen, ihn nicht gleich bei seinem Opa in eines der freien Zimmer zu zerren. «

War es mir schon jemals so gegangen? Dass ich mich

kaum noch hatte beherrschen können? Mir kam keine Situation in den Sinn. Bisher war ich immer Herrin der Lage gewesen. Alles andere war nur romantischer Mist. Jeder, der von sich behaupten konnte, mit einem durchschnittlichen Verstand gesegnet zu sein, war in der Lage, diesen zu benutzen. Zumindest sah ich das so. »Jetzt übertreibst du.«

Langsam schüttelte Kate den Kopf und lachte schallend los. »Du hast ja keine Ahnung. Bei der richtigen Chemie schaltet das Hirn ab und der niedere Instinkt gewinnt die Oberhand.«

»Du klingst wie eine rollige Katze.«

»Wenn du den richtigen Mann triffst, wirst du verstehen, was ich meine. So viel steht fest!«

»Blödsinn«, sagte ich. »Außerdem brauche ich gar keinen Mann in meinem Leben. Die Klinik und meine Ausbildung zur Fachärztin nehmen mich genug in Anspruch. Selbst mein Garten verwildert, und das, obwohl George seit vier Monaten weg ist und ich eigentlich Zeit hätte. Mein Job lässt sowieso keine Beziehung zu.«

»Jeder Job lässt eine Beziehung zu. Man hat nur keine Zeit, wenn man kein Interesse hat. Wer Interesse hat, sorgt nämlich dafür, Zeit zu haben, weil es ihm wichtig ist, den anderen zu sehen.«

»Amen.«

Bevor ich mir einen weiteren Löffel Eis in den Mund schieben konnte, nahm Kate mir den Eislöffel aus der Hand. »Schluss damit.« Dann zog sie den Eisbecher von mir weg, verschloss ihn und packte ihn zurück in den Gefrierschrank. »Du wirst das noch merken. Du musst nicht die aufopferungsvolle Florence Nightingale spielen und anschließend allein und einsam sterben.« Kate strich mir über die Wange. »Denn das wäre bei deinem Aussehen die pure Verschwendung. Und jetzt gehen wir was trinken.«

»Nein. So verheult gehe ich bestimmt nicht unter Leute. Lass mich einfach hier sterben, okay?«

»Erst, wenn du mir versprichst, dich morgen mit William zu treffen.«

»Du gibst echt nie auf, oder?«

Kate legte den Kopf schief. »Nein. Nie.«

Seufzend lehnte ich meine Stirn an die Wand und ließ die Arme hängen. »Von mir aus. Aber ich werde deinem William keine gute Gesellschaft sein.«

»Egal.«

Ich drehte mich wieder um. »Also gut, aber lass diese Dating-App weg, okay?«

»Zu spät, da habe ich dich gestern angemeldet.«

»Das hast du nicht!«

»Doch und es gibt jede Menge Angebote.«

Abwehrend hob ich die Hände. »Lösch mein Profil oder ich gehe morgen nicht mit William aus.«

Kate schien zu überlegen. »Okay. Deal!«

KAPITEL 2

Mike

Wo sind Sie nur mit Ihren Gedanken?«, kokettierte Jane McKinley und sah mich nach einem gekonnten Augenaufschlag fast schon lasziv an. Der Körper der dunkelblonden Pressefrau des *Miami Manager Magazins* interessierte mich deutlich mehr als die von ihr gestellten Standardfragen.

»Wenn ich Ihnen das sage, werfen Sie mich aus Ihrem Büro«, entglitt es mir spontan. »Entschuldigen Sie bitte, das war unprofessionell.« Mein harter Schwanz drückte fast schmerzhaft gegen meine Anzughose. Seit zehn Minuten saß ich ihr mit überschlagenen Beinen gegenüber, die Hände vor meinem Schritt gefaltet, um meinen gewaltigen Ständer vor ihren aufmerksamen Augen zu verbergen.

»Mike? Haben Sie mit der letzten Frage ein Problem? Sie wirken ein wenig abwesend«, sagte Jane und strich sich in einer sinnlichen Bewegung eine Strähne hinter das Ohr.

Wie war die Frage gewesen?

Jane hatte recht. Ich war abwesend. Diese langen Beine, die Mitte der Oberschenkel in einem schwarzen Mini verschwanden, lenkten mehr als nur ein wenig ab. Diese Kurven waren verführerisch. Ich leckte mir über die Lippen, räusperte mich und versuchte, mich auf die Fragen zu konzentrieren und nicht den Bildern, die in meinem Kopf abliefen, zu folgen. Jane McKinley legte es definitiv darauf an, dass man scharf auf sie wurde. Sonst hätte sie nicht die Blusenknöpfe so weit aufgeknöpft, dass man den Spitzenrand ihres schwarzen Büstenhalters sehen konnte. »Tut mir leid. Könnten Sie die Frage wiederholen?«

»Im Grunde sind wir durch.« Sie erhob sich von dem weißen Ledersofa, das meinem gegenüber stand und nur durch einen exquisiten Glastisch getrennt war. Provokativ drückte sie den Rücken durch. »Gerne wiederhole ich meine letzte Frage, denn das wird die weiblichen Leser unseres Magazins sehr interessieren. Gibt es in Ihrem Leben eine Frau?«

Es war allgemein bekannt, dass ich keine feste Partnerin hatte, und sie wusste vermutlich auch, dass ich nie öfter als zweimal mit der gleichen Frau fickte. Meine Erfahrung zeigte, dass Frauen, die man häufiger datete, sich von da an in meinem Penthouse ein- und ausgehen sahen. Auf diesen Ärger konnte ich gerne verzichten. »Ist das eine Fangfrage?«

»Wenn es so wäre?« Mit einer eleganten Geste strich sie sich über die Hüfte und gab vor, Falten des eng anliegenden Minirocks glatt zu streichen. Diese Bewegung sollte schlicht ihre körperlichen Vorzüge unterstreichen.

Mein Schwanz schmerzte jetzt vor Härte. »Und wenn ich Sie nicht aus dem Büro werfen würde?« Wiegenden Schrittes ging sie auf die Bürotür zu, blickte mir direkt in die Augen und sperrte ab.

In diesem Moment war es mir gleichgültig, ob sie die Beule in meiner Anzughose sah. Vielleicht machte sie das sogar noch mehr an. Sie lehnte lässig am Türblatt und blickte mich auffordernd an. Ich schlenderte zu ihr hinüber, ohne meinen Blick von ihren Augen abzuwenden. Wie wollte sie es besorgt bekommen? Ich stützte meine Hände rechts und links von ihrem Kopf ab und neigte mich zu ihr hinunter. »Dann würde ich vorschlagen, dass ich uns jetzt den Tag versüße und dich hier in deinem Büro nehme.«

Ihre Augenlider flatterten kurz, bevor sie sanft den Mund öffnete und mich damit aufforderte, sie zu küssen. Diese Einladung nahm ich gerne an. Ich presste sie hart gegen die Tür, meine Hände wanderten sofort zu ihren Brüsten, was sie leise aufstöhnen ließ. Oh ja, diese Frau wollte gefickt werden. Nicht zart und langsam, sondern direkt und hart. Genau meine Kragenweite. Mit wenigen Handgriffen öffnete ich die Knöpfe ihrer Bluse, mit dem nächsten ihren Büstenhalter. Energisch zog ich sie an der Hüfte zu mir.

»Oh ja, fick mich«, flüsterte sie nahe an meinem Mund. »Zeig, dass du es mir besorgen kannst.«

»Und wie ich es dir besorgen werde«, raunte ich heiser. Ich hatte mich nicht in ihren Vorlieben getäuscht.

Mit Schwung setzte ich sie auf den Schreibtisch, schob ihren Mini nach oben und das Höschen zur Seite, während sie meinen Ständer aus seinem Gefängnis befreite und ihn rieb. »Oh Gott, er ist so … so groß!«, hauchte sie ergriffen und ich erwiderte ihre Begeisterung mit einem kehligen

Lachen. Dann spreizte sie die Beine, lehnte sich zurück und bot sich mir an. Für einen Moment genoss ich diesen verführerischen Anblick.

Welch eine wundersame Fügung, denn eigentlich hatte ich mich auf ein langweiliges Interview eingestellt. Wie man sich täuschen konnte.

Mit einem Nicken forderte sie mich auf, sie zu nehmen. Ohne Vorspiel war sie bereit für mich, sie wollte es hart und heftig. Das konnte sie haben. Mein Schwanz glühte und ich zog mit meinen Fingern ihre Schamlippen auseinander. Ihre Klit ragte mir prall und rosa entgegen. Jetzt konnte ich nicht mehr an mich halten, legte meine Hände um ihre Pobacken und zog sie dichter an mich heran. Dann drang ich in sie ein, was sie mit einem Raunen kommentierte. Hart und schnell bewegte ich mich in ihr und ihre lustvollen Seufzer feuerten mich an, sie noch schneller zu vögeln. Ihr spitzer Schrei, als sie kam, war vermutlich noch im Flur zu hören. Nach drei weiteren Stößen explodierte ich mit einem leisen Keuchen. Ihre Beine umklammerten meine Hüften und sie atmete heftig.

»Das war ... fantastisch!«, sagte sie atemlos und leckte sich über die Lippen.

»Allerdings«, stimmte ich ihr zu. »Es ist ein Vergnügen, mit Ihnen Interviews zu führen, Miss McKinley.«

»Dem kann ich nur zustimmen, Mr. Sievers.« Sie löste ihre Beine von meinen Hüften und rutschte vom Schreibtisch. Lächelnd schloss sie ihren Büstenhalter, knöpfte ihre Bluse zu und schob den Slip zurecht.

Keine Minute später sahen wir beide aus, als wäre nichts zwischen uns geschehen. Selbst ihr Lippenstift war nicht verschmiert. Wir hatten uns kaum geküsst, somit würde es keine verräterischen Spuren an meinem weißen

Hemd geben. Ein schneller und unkomplizierter Fick nach meinem Geschmack.

»Mike«, sagte sie, »ich darf dich doch Mike nennen, oder?«

Das Schmunzeln konnte ich mir nicht verkneifen. »Aber sicher doch.«

»Das Interview schicke ich zur Kontrolle per Mail vorab. Nur, um sicherzugehen, dass sich keine Fehler eingeschlichen haben.« Sie strich ihren Rock glatt. »Oder sollen wir es in drei Tagen hier direkt besprechen?«

»Ich werde nicht in der Stadt sein«, log ich, um ihr keine direkte Absage zu erteilen. Es war empfehlenswert, an dieser Stelle keine zweite Runde einzuläuten.

Jane sah mich einen Moment aufmerksam an. Dann nickte sie. »In Ordnung, dann per Mail. In sechs Tagen wird gedruckt.«

Zum Abschied gab ich ihr noch einen Kuss auf die Wange. »Ich danke dir für das inspirierende Treffen.«

Sie nickte, ging zur Bürotür und öffnete sie. »Ich wünsche Ihnen noch einen angenehmen Tag, Mr. Sievers. Vielen Dank für Ihre Aufmerksamkeit.«

Die Doppeldeutigkeit in ihrem Tonfall quittierte ich mit einem Lächeln. »Keine Ursache. Ich habe Ihnen zu danken.«

Drei Minuten später stand ich mit erhobenem Arm vor dem Bürogebäude auf der Straße, um ein Taxi anzuhalten. Ein Blick auf die Uhr bewies mir, dass ich pünktlich zum Lunch bei Christopher sein würde, selbst wenn ich noch kurz ins Penthouse ging, um zu duschen.

Nach Sex duftend wollte ich nicht bei Christophers Familie auftauchen. Diese wohnte wie ich in Mid Beach in einem zweistöckigen Penthouse direkt am Strand. Für die beiden Kids war es das Paradies. Wassersport und alles was das Kinderherz begehrte. Mit zwei Nannys war die Beaufsichtigung ein Kinderspiel. Mein eigenes überdimensioniertes Penthouse befand sich im Beach House 8. Es hatte drei Stockwerke und einen privaten Swimmingpool auf der obersten Etage. Der Kauf war mein persönlicher Triumph über meine Ex Meryl van Steiner. Beinahe hatte ich es amüsant gefunden, sie nach fünf harten Jahren wieder zu treffen und in ihr überraschtes Gesicht zu sehen, als sie erfuhr, wie schnell ich mich gefangen hatte. Allein Meryls starre Mimik, als ich ihr die Visitenkarte mit meiner Privatadresse überreicht hatte und ihr mit Genugtuung mitteilte, die Geschäfte ihres Mannes würden sich sicherlich wieder erholen, war mir ein Fest gewesen.

Als sich der Fahrstuhl öffnete und mich direkt in meinem privaten Stockwerk ausspuckte, wurde mir wieder einmal klar: Die harten Zeiten lagen hinter mir.

In diesem Penthouse würde ich mich zur Not jahrelang mit Fußfessel einsperren lassen, denn ich wurde den Blick durch das vollflächige Panoramafenster auf die unendliche Weite des Ozeans niemals müde. Ich stieg eilig die Wendeltreppe hoch zum Zwischengeschoss. Dort befanden sich fünf Schlafzimmer mit Badezimmern. Natürlich bewohnte ich das größte davon, das mit einer davorliegenden Terrasse. Alle anderen Zimmer waren für Gäste vorgesehen, die ich hin und wieder beherbergte. Kaum zu fassen, dass es bereits fünf Jahre her war, dass ich mir dieses zwanzig Millionen Dollar teure Apartment gekauft hatte, und nach der Einweihungsparty vor einem Jahr sprach es sich herum, dass ich in den finanziellen Olymp aufgestiegen war. Der Nachteil war, plötzlich tauchten wieder all die miesen Ratten in meiner Nähe auf, die mich vor fünf Jahren in der Gosse hätten verrotten lassen.

Nun, nicht mit Mike. Ich lächelte und zog mich mitten im Wohnbereich aus, die Kleidung warf ich achtlos über einen Sessel. Jetzt brauchte ich eine Dusche.

Ungefähr eine halbe Stunde später stand ich frisch geduscht und mit meinen Lieblingsjeans und einem weißen T-Shirt bekleidet im Fahrstuhl auf dem Weg nach unten. In diesem Augenblick überschwemmte mich erneut eine Welle der Dankbarkeit. Christophers Freundschaft war die einzige Konstante in meinem Leben. Auf ihn konnte ich mich immer verlassen und ich hoffte, ihm irgendwann beweisen zu können, dass ich ein ebenso guter Freund für ihn war wie er für mich. Ich freute mich auf das Mittagessen. Mein letzter Besuch war fast vierzehn Tage her.

Unten angekommen trat ich ins Freie und beschloss mit dem Taxi zu fahren. Heute hatte ich keine Lust, den Bentley aus der Garage zu holen. Kaum hatte ich den Arm gehoben, fuhr ein Taxi vor und ich ließ mich zwei Blocks weiter an Christophers Wohngebäude absetzen.

»Pünktlich, wie immer!«, begrüßte mich Christopher und klopfte mir freundschaftlich auf die Schulter. »Wie war das Interview?«

Mein Grinsen verriet wohl zu viel.

»Du hast sie gevögelt? Nicht wahr!«, deutete er goldrichtig und ging voraus. »Komm mit auf die hintere Terrasse, vorn spielen die Kinder. Laura ist in der Küche.«

»Ich komme gleich, ich will nur Laura Hallo sagen.«

Der Duft von frischem Oregano und Basilikum zog durch das Haus. Mir lief das Wasser im Mund zusammen. Ich ging zur Küche und steckte den Kopf durch die Tür.

»Laura, das riecht fantastisch! Du zauberst wieder eine deiner italienischen Spezialitäten.« Ich drückte sie an mich und küsste sie auf die Wange. Mit der linken Hand angelte ich nach einem Topfdeckel, um einen Blick auf den Inhalt zu werfen. Eine Gewohnheit aus der Zeit, als ich eine Weile bei Chris und Laura gewohnt hatte.

Laura klopfte mir auf die Finger. »Du verfressener Kerl, wirst du wohl warten?«

»Hey, ich wollte nur schauen«, entrüstete ich mich gespielt.

»Ja, ja, seit wann schaust du nur? Geh lieber zu Chris raus. Und nimm das Wasser mit.«

Ich schnappte mir den Wasserkrug und zwei Gläser. »Früher warst du nicht so streng.«

»Früher warst du schneller«, konterte sie.

»Stimmt nicht«, neckte ich zurück. »Du warst ein Wal und hast dich kaum noch drehen können.«

»Das nennt sich schwanger!«

Manchmal vermisste ich die Wortgefechte und das quirlige Miteinander im Haus. Wir hatten zusammen eine gute Zeit gehabt. Und ich würde es den beiden nie vergessen, mich für eine Zeitlang aufgenommen zu haben.

»Ärgere meine Frau nicht«, knurrte Chris und blinzelte in die milde Aprilsonne. »Sonst muss ich nachher leiden.«

»Indem sie dir zur Strafe eine Portion Pasta mehr auf den Teller packt?«

Chris nahm mir die Gläser ab und goss uns beiden ein. »Du kannst es dir ja erlauben.« Er rieb sich demonstrativ über den Bauch. »Bei mir setzt es sofort an.«

»Du scheinst zu verdrängen, dass ich in der Zeit bei euch gut fünf Kilo zugenommen habe.« Damals hatte ich trotz gleichem Sportpensum und extrem viel Arbeit zugelegt. Es war etwas anderes, ob man Pasta und ein deftiges

Hauptgericht aß oder abends einen Fisch im Restaurant bestellte.

»Die zusätzlichen Kilos hast du zwischenzeitlich wieder runter.«

Durstig trank ich einen großen Schluck des kühlen Wassers. »Tja, es kocht niemand mehr für mich. Und du müsstest dir nur kleinere Portionen nehmen.«

»An den Spruch werde ich dich erinnern, wenn du dir nachher den Bauch vollschlägst. Nun aber zu deinem Interview. Mich baggert seit Jahren niemand an.« Chris setzte sich in einen der gemütlichen Bambussessel und legte die Beine übereinander.

Ich setzte mich ihm gegenüber. »Du bist verheiratet und jeder weiß das. Außerdem gibt es definitiv Frauen, die an dir interessiert sind. Du achtest nur nicht darauf.«

»Stimmt.« Er zwinkerte mir zu. »Ich habe ja die schärfste Frau zu Hause.«

»Die hast du! Nicht jeder hat so ein Glück.«

Mir fiel es schwer, mich in einer festen Beziehung zu sehen. Zu tief saß die Verachtung für Frauen, die nur auf mein Geld scharf waren und sobald es schwierig wurde, auf den von mir bezahlten High Heels davon stöckelten, als habe man plötzlich die Pest.

»Das hat mit Glück nichts zu tun, Mike. Du treibst dich in den falschen Lokalen und auf falschen Portalen herum. Bei diesen App-Dates wirst du kaum deine Traumfrau finden.«

»Das weiß ich selbst. Über die App bekomme ich unkomplizierten Sex. Nichts weiter will ich.«

Ob ich je eine Familie gründen würde? Vielleicht. Die passende Frau müsste man mir wahrscheinlich aus der Rippe schneiden. Was soll´s. Ich genoss den unverbindlichen Sex mit willigen Bettgespielinnen. Ich versprach nie etwas, die Regeln waren klar. Es ging um Spaß, nicht um Beziehungsanbahnungen.

Chris seufzte. »Nicht alle sind wie Meryl und das weißt du auch.«

»Aber die Mehrheit. Wo lernt man in unseren Kreisen eine Frau kennen, die nicht nur scharf auf den Status ist? Wie soll ich in meiner Position herausfinden, ob eine Frau ähnliche Werte hat wie ich? Loyalität zum Beispiel. Wem ist heute Loyalität wichtiger als Geld? Sieh dich um. Sobald es nur im Geringsten schwierig wird, rennen sie zum Scheidungsanwalt, um sich noch ein möglichst großes Stück vom Kuchen zu sichern.«

»Jedenfalls wirst du es nicht herausfinden, indem du jede Woche eine andere flachlegst.« Chris ließ seinen Blick über die Skyline von Miami schweifen. »Wir haben alles erreicht. Wer kann das in unserem Alter schon behaupten?«

Entspannt lehnte ich mich in dem gemütlichen Sessel zurück. Chris hatte tatsächlich alles erreicht. Beruflich wie privat. Er war finanziell abgesichert, und er hatte eine bodenständige und unglaublich attraktive Frau an seiner Seite, die ihm zwei Kinder geschenkt hat. Dazu kochte sie wie eine Starköchin. Auch musste der Sex zwischen ihm und Laura richtig gut sein. Schließlich hatte ich die beiden oft genug gehört, als wir unter einem Dach gewohnt hatten. Sie besaßen die gleichen Werte, den gleichen Humor. Wäre ich ein neidischer Mensch, ja, ich würde ihn um seine Familie beneiden. Doch Chris hatte nur das Beste verdient. Vielleicht bekam letztlich immer jeder das, was er verdiente. Irgendwann.

»Essen ist fertig«, rief Laura. »Vordere Terrasse.«

KAPITEL 3

Annie

Unschlüssig stand ich vor dem italienischen Restaurant und überlegte, ob ich wieder gehen sollte. Allerdings würde mir das aller Voraussicht nach Ärger mit Kate einbringen. Und vermutlich würde sie mich umgehend wieder auf dieser Schwachsinnsplattform anmelden, nachdem ich sie überredet hatte, den Account, den sie für mich angelegt hatte, zu löschen.

Kleidungstechnisch hatte ich mich jedoch gegen Kates Empfehlung, ein Kleid anzuziehen, durchgesetzt. Ich trug meinen schwarzen Hosenanzug. In dem Outfit fühlte ich mich wohl. Wenn sich dieser Termin bereits fremd und unangenehm anfühlte, wollte ich wenigstens in meinem vertrauten Hosenanzug erscheinen.

Ob dieser William schon da war?

Irgendwie käme es mir falsch vor, ihn ohne eine Nachricht zu versetzen. Das hatte niemand verdient. Auch ein Fremder nicht.

Ich nahm die Schultern zurück und sprach mir Mut zu. Vielleicht wurde es ja ein netter Abend. Auf dem Handyfoto von Kate hatte William sympathisch gewirkt.

Nachdem ich ins Restaurant getreten war, sah ich mich um.

Schon kam ein Kellner auf mich zu. »Kann ich Ihnen behilflich sein?«

»Sehr gerne. Ich bin hier mit einem William Delonghi verabredet. Er hat einen Tisch reserviert.«

»Mr. Delonghi erwartet Sie bereits. Bitte folgen Sie mir.«

William war pünktlich, das war ein eindeutiger Pluspunkt für ihn. Ich erkannte ihn schon, bevor er mich sah. Attraktiv, ohne Zweifel. Mit dem längeren blonden Haar und dem braun gebrannten Gesicht hatte er etwas von einem Surfertyp, bis auf den modernen Anzug, den er trug. Er hatte an seinem Hemd ein paar Knöpfe lässig geöffnet. Kaum hatte er mich erblickt, erhob er sich vom Stuhl. Sein Lächeln hätte sich perfekt für eine Zahnpastareklame geeignet.

Ich rang mir ebenfalls ein Lächeln ab. Der arme Kerl konnte ja nichts für meine Stimmung.

»Hallo Annie«, rief er freudig, kam auf mich zu und küsste mich links und rechts auf die Wange, was mir etwas unangenehm war. Immerhin kannten wir uns nicht. »Freut mich, dass du gekommen bist.«

William schob mir galant den Stuhl zurecht, ich setzte mich und er nahm mir gegenüber Platz.

»Danke. Auf einen schönen Abend.« Ich wusste nicht, wie man sich bei einem Blind Date richtig verhielt. Oberflächlicher Small-Talk lag mir einfach nicht.

William sah mich forschend an. »Ist alles in Ordnung?«

Durchschaute mich der Kerl etwa auf den ersten Blick? Denn ich wollte ja tatsächlich nicht hier sein, sondern sehnte mich nach meinem Sofa und meinem Eisbecher.

»Ich bin nur ein bisschen nervös«, redete ich mich heraus.

»Ach, das kann man sich abtrainieren.« Eifrig nickte er, als wolle er mir hier direkt einen Kurs für mehr Selbstbewusstsein verkaufen. »Ich bin Personal Trainer.«

Wollte er mir etwa seine Dienstleistung andrehen?

Ich war froh, dass uns der Kellner unterbrach, die Speisekarten reichte und fragte: »Darf es etwas zu trinken sein.«

»Ein Wasser bitte. Und ein Glas Weißwein.«

»Für mich nur Wasser, prickelnd, mit Zitrone, bitte«, bestellte William. Dann neigte er sich zu mir und blinzelte mich an. »Ich habe meine Nervosität im Griff und brauche keinen Alkohol, um mich zu beruhigen.«

»Ist das so? Interessant.« Irgendwie ging mir der Typ jetzt schon auf die Nerven. Erst gab er an, dann kritisierte er offen meine Weinbestellung. Warum musste ich hier sitzen? Ich sollte mit George zusammensein.

Bevor mir die Tränen kamen, konzentrierte ich mich auf die Speisekarte. Schnell entdeckte ich eines meiner Lieblingsgerichte.

Der Kellner kam zurück an den Tisch. »Haben Sie gewählt?«

»Ja«, ich schloss die Karte, »für mich bitte das Vitello tonnato mit frischem Weißbrot.«

»Und ich nehme den Wildlachs mit gedünstetem Gemüse«, sagte William, klappte geräuschvoll die Karte zu und reichte sie dem Kellner. »Kein Brot. Ich will ja in Form bleiben.«

Schon wieder so ein Seitenhieb. Was war das denn für ein schräger Typ? Wollte er mir etwa auf diese uncharmante Weise durch die Blume sagen, dass ich bereits aus der Form geraten war?

So viel zum Thema, ein Date wird dein Ego aufpolieren. Komplimente, nette Gespräche. Fehlanzeige! Das Frustpotenzial stieg minütlich. In mir erwachte der Trotz. Jetzt erst recht, du Personaltrainer-Volldepp. Zum Nachtisch würde ich mir das Tiramisu gönnen und mit jedem Löffel, den ich mir in den Mund schob, genießerisch aufstöhnen.

Das würde ein spaßiger Abend. Der Kerl schaffte es, mich mit wenigen Sätzen auf die Palme zu bringen. Ich lehnte mich zurück und verschränkte die Arme. »Sie sind Personal Trainer. Wow! In was trainieren Sie denn Ihre Kunden privat?«

»In allem, was sie für mehr beruflichen Erfolg benötigen. Die richtige Speisenauswahl bei Geschäftsessen, zum Beispiel, oder die richtige Garderobe, offene und interessierte Haltung, selbst wenn man uninteressiert ist. Selbstbewusstsein.«

»Da sind Sie Profi, hm?« Ja, davon trug er genug zur Schau.

»Ganz genau. Sehen Sie mich an. Ich versuche, Sie zu spiegeln, damit Sie sich bei mir wohlfühlen.« Demonstrativ verschränkte er ebenfalls die Arme vor der Brust. »Im Moment wirken Sie abweisend.«

»Sie sind ja wirklich ein Profi«, gab ich gespielt erstaunt zurück. »Wissen Sie, ich bin etwas unsicher und … Ach, danke, dass Sie mir helfen.« Ich löste die Arme und legte meine Hände auf den Tisch.

Sogleich legte er den Kopf schief. Ja, meine Schmeichelei stärkte sein Ego, das sah ich ihm an. Er war leicht zu durchschauen. Überrascht zog er die Augenbrauen nach oben. »Sie bezaubern mich.«

Und Sie langweilen mich, hätte ich am liebsten geantwortet, wollte jedoch nicht unhöflich sein.

»Wissen Sie, ich habe viele CEOs gecoacht, die sind heute erfolgreicher denn je!«

Oh ja, und das ist natürlich dein Verdienst, sagte der kleine Teufel auf meiner Schulter.

Die Getränke wurden gebracht. Er griff nach dem Wasser, trank einen Schluck und verzog das Gesicht. »Zu viel Zitrone.«

Ich nippte an meinem Wein. »Perfekt temperiert.«

Süffisant lächelnd nahm ich einen weiteren Schluck. »Aus dem Grund bevorzuge ich das stille Wasser ohne Zitrone und ein gutes Glas Weißwein.« Die Spitze konnte ich mir nicht verkneifen, wenn auch der Teufel auf meiner Schulter laut brüllte: 'Du affektierter Aufschneider. Bestell keine Zitrone, wenn du sie nicht verträgst!' Laut sagte ich jedoch: »Sollten Sie vielleicht mal probieren.«

»Ich trinke nicht.«

»Oh, tut mir leid, wenn ich gewusst hätte, dass Sie ein Alkoholproblem haben, hätte ich auf meinen Weißwein verzichtet.« Nun war der Teufel in Fahrt, ich konnte ihn nicht bremsen.

»Wie kommen Sie darauf, dass ich ein Alkoholproblem habe?«.

»Nicht? Verzeihung. Aber wenn doch, wäre es wirklich kein Problem. Kein Grund sich zu schämen.«

»Glauben Sie mir, ich habe kein Problem.« Er nestelte an seiner Serviette.

»Nun sind Sie nervös«, säuselte ich weiter. »Das wollte ich nicht.«

Augenblicklich legte er die Serviette zur Seite, richtete

sich gerade, und beschloss offenbar, das Thema zu wechseln. »Was arbeiten Sie, Annie?«

»Ich bin Ärztin.«

»Oh«, rutschte es ihm unkontrolliert heraus.

»Was hatten Sie erwartet?«

»Ich weiß nicht. Eher etwas Kreatives. Malerin vielleicht, oder Kindergärtnerin«, stammelte er herum.

»Sie glauben gar nicht, wie kreativ Ärzte sein müssen«, wandte ich amüsiert ein.

Endlich wurde das Essen serviert und ich konnte mich auf mein Vitello tonnato konzentrieren. Währenddessen redete man nicht oder nicht zu viel, und da sich das mit vollem Mund nicht gehörte, würde ich dafür sorgen, dass mein Mund stets gefüllt war.

»Guten Appetit«, sagte der Kellner, als er den Teller samt einem hübschen Brotkörbchen vor mir auf den Tisch stellte.

»Danke.« Ich schenkte ihm ein dankbares Lächeln. »Das sieht überaus lecker aus.« Auch Williams Fisch an Gemüse sah appetitlich aus.

Er warf einen Blick auf mein Essen und zog dabei die Nase kraus. Mit Vorfreude schnitt ich das Rindfleisch und schob es zusammen mit der Thunfischsoße auf meine Gabel. Kaum hatte alles meine Zunge berührt, schloss ich genießerisch die Augen. Lecker. Ein echter Gaumentraum. Da konnte ich sogar Williams Anwesenheit ausblenden.

»Ich glaube«, störte er mich und ich öffnete die Augen, »ein Wochenendseminar bei mir, und Sie würden Ihren Patienten gegenüber viel souveräner wirken.«

Ich verschluckte mich fast bei seinen Worten. Woher wollte dieser eingebildete Fatzke wissen, wie ich auf meine Patienten wirkte? »Und wissen Sie, was ich glaube? Ich brauche kein Wochenendseminar bei Ihnen.«

Er schob den Fisch von einer Tellerhälfte auf die andere, pikste ein Karottenschnitz auf die Gabel und steckte es sich in den Mund.

»Schmeckt der Fisch nicht?«

»Für Wildlachs ist er leider sehr fett.«

»Ihnen ist bewusst, dass es sich bei dem Fett im Lachs um die gesunden Fette handelt? Omega-Drei-Fettsäuren. Im Gegensatz zu meinem Gericht.« Während ich die Gabel zum Mund führte, hielt ich seinem missbilligenden Blick stand. Kate hätte ihn verbal vermutlich längst in der Luft zerrissen. Mir fehlte es heute an Schlagfertigkeit, wobei es mir im Grunde egal war. Der Mann war die Mühe nicht wert.

Schweigend beendeten wir das Essen. Anschließend erhob ich mich. »Sie entschuldigen mich für einen Moment?«

Auf dem Weg zur Toilette überlegte ich mir, wie ich mich möglichst schnell aus der Affäre ziehen konnte, ohne unhöflich zu sein. Kate könnte mich anrufen und vorgeben, ich müsse in die Klinik. Ich wählte ihre Nummer.

Fingertrommelnd wartete ich. Sie ging nicht ran. Verfluchter Mist! Damit fiel mein schöner Plan ins Wasser. Selbst nach einigem Grübeln fiel mir keine andere Ausrede ein. Es half nichts, ich musste wohl oder übel an den Tisch zurück. Als ich mich setzte, konnte ich ein herzhaftes Aufseufzen kaum unterdrücken.

William sah mich etwas säuerlich an. »Um noch mal auf meinen Vorschlag zurückzukommen. Sie wirken sehr reserviert. Das ist für Ihre Patienten sicher wenig angenehm. Besser wäre, wenn Sie sich ihnen etwas mehr zuwenden würden.« Er zeigte auf meine Beine. »Sehen Sie? Sie haben die Beine überschlagen und das überschlagene Bein ist mir abgewandt. Das drückt eine unterschwellige Abwehrhaltung und Distanz aus. Versuchen Sie mal, mich zu spiegeln. Damit würden Sie schnell viel sympathischer wirken.«

Bitte? Der hatte wohl seine Pillen nicht genommen! Jetzt platzte mir der Kragen.

»Jetzt hören Sie mal, Sie eingebildeter Schaumschläger. In all Ihrer Arroganz kommen Sie gar nicht auf die Idee, dass meine Körpersprache nur bei Ihnen so abweisend rüberkommen könnte. Ihr ach so großes Selbstbewusstsein fällt sofort in sich zusammen, wenn jemand nur die geringste Kritik an Sie richtet.« Ich kramte in meiner Handtasche und warf zwei Zwanzigdollarnoten auf den Tisch. »Ich habe mich noch nie so sehr gelangweilt wie an diesem Abend. Ein Termin beim Zahnarzt ist anregender als eine Stunde Ihrem Geschwafel zuhören zu müssen. Und Sie wollen mir etwas beibringen? Verzeihung, das ist lächerlich.«

William starrte mich mit offenem Mund an, klappte ihn zu, und wieder auf wie ein Fisch, der nach Luft rang. Alle Farbe war aus seinem überraschten Gesicht gewichen und ich wusste, ich war zu weit gegangen. »Es tut mir leid, William. Ich hätte nicht hierherkommen sollen. Es war ein Fehler.«

Mit ausholenden Schritten verließ ich das Lokal. Was war nur mit mir los? Natürlich hatte er mich genervt, aber ich war sonst nicht so unhöflich. Ich hasste es, andere Menschen zu verletzen. Das war nicht ich. Ich hatte mich hinreißen lassen und bereute es auf der Stelle.

Ach, komm«, sagte Kate. »Sei mir nicht böse.« Sie zeigte auf den Bildschirm ihres Laptops. »Nicht jeder ist so ein Vollarsch wie William.«

»Du kannst ja nichts dafür«, sagte ich genervt mit dem Gedanken im Hinterkopf, dass Kate mir gestanden hatte, mein Profil bei *Gallivant* nicht gelöscht zu haben.

»Ach komm, sieh dir wenigstens mal die anderen Typen an. Du hast über neunzig Nachrichten. Da wird doch ein leckerer Kerl dabei sein, der es schafft, dir einen schönen Abend zu bereiten!« Kate tippte mit flinken Fingern auf der Laptop-Tastatur.

Neunzig Nachrichten? Und das, wo dieses Silhouettenbild von mir ein Fake sein könnte?

»Woher hast du das Foto überhaupt?«

»Das habe ich neulich von dir aufgenommen.« Kate nickte begeistert. »Komm her. Das Projekt 'Alibimann' kann starten.«

Zugegeben, ein wenig packte mich die Neugierde.

»Ich kann unmöglich so viele Nachrichten beantworten, Kate.«

»Darum habe ich gerade alle ohne Foto gelöscht«, kommentierte Kate ungerührt. »Dann habe ich die hässlichen Kerle ebenfalls gelöscht.«

»Kate?! Das ist … Ist es nicht ziemlich oberflächlich, die Männer nur nach ihrem Aussehen zu wählen?«

»Nein, warum? Der Zweck heiligt die Mittel. Wir brauchen einen Burner. Willst du einen Mann mit Charakter oder willst du einen, der was hermacht und als Alibimann taugt?«

»Beides wäre prima.«

Kate verdrehte die Augen.

»Okay, okay. Du hast ja recht.« Ich hatte die Wahl: entweder ein Date mit einem attraktiven Mann oder das Mitleid und der Hohn in der Klinik.

»Schön, du wirst vernünftig. Also, ich habe mal grob ausgewählt und – oh, Wunder – es sind nur noch drei übrig, die in die engere Wahl kommen«, berichtete Kate beinahe feierlich. »Das sind echt scharfe Geschosse.«

Neugierig beugte ich mich zu ihr, griff zur Maus und klickte das erste Foto an. DarkGuy. Nun denn. Ein Gigolo-Typ im Anzug. Dunkles Haar, tiefblaue Augen, volle Lippen, Dreitagebart. Na, mal sehen, was noch in seinem Profil stand. DarkGuy war selbstständig, gut situiert, wie die Fotos seiner Jacht, der Blick aus seiner Wohnung auf das offene Meer und sein Bentley Cabrio Continental GTC beweisen sollten.

»Also entweder ist das ein absoluter Fake oder der Kerl ist impotent. So ein Mann muss sich sicherlich nicht auf irgendwelchen Datingplattformen herumtreiben. Dem laufen die Frauen bestimmt in Scharen hinterher,« kommentierte ich äußerst skeptisch.

»Du kannst es ja mal versuchen. Er will dich kennenlernen, und seine Nachricht passt irgendwie zu ihm«, preiste Kate ihn an, als wäre er ein prämierter Zuchtbulle.

Seufzend verengte ich die Augen zu Schlitzen und las, was er geschrieben hatte:

Hey, auch wenn du dein Gesicht nicht zeigst, reizt mich das, was ich sehe, genug, um dich zu fragen, ob ich dich morgen Abend zum Essen einladen darf. Und? Hungrig?

Na, das war mal direkt. Hungrig war eindeutig zweideutig. »Da soll ich wohl der Nachtisch sein.«

»Du hast den kommenden Abend dienstfrei. Und der Mensch muss essen. Mal sehen, wohin er dich ausführen soll«, überlegte Kate laut. »Nach Möglichkeit in eines der schicken Lokale in Kliniknähe. Immerhin willst du ja mit diesem Prachtkerl gesehen werden. Und wenn es ein Fakeprofil ist, kannst du ja immer noch das Lokal verlassen.« Kate lachte laut auf, was mir Angst einjagte. »Annie, das wird klasse. Da der Kerl so protzt, lässt du dich ins *Zuma* einladen.«

Der Gedanke an das Essen des edlen japanischen Restaurants mit Blick auf den Miami River ließ meinen Magen bereits laut vernehmlich knurren. Ich wusste, dass allein der Parkservice fünfundzwanzig Dollar kostete. Und auf die Rechnung kamen noch zwanzig Prozent Servicegebühr. Der Abend würde sicherlich über zweihundert Dollar kosten.

»Kate, das können wir nicht bringen.«

»Wir nicht, aber du.« Sie zwinkerte. »Aber da ist DarkGuy selbst schuld. Wer so pompös daherkommt, muss auch die Kosten tragen.« Sie klickte auf Antworten: *Wie es der Zufall will, habe ich morgen Abend Zeit. Treffen wir uns um 20h im Zuma?*

»Spinnst du?«, brüllte ich sie an.

»Warum? Das ist genau zum Schichtwechsel. Wenn einer deiner Kollegen sich dort zum Sundowner trifft, ist das die beste Uhrzeit, um sich dort sehen zu lassen.« Kate lehnte sich mit amüsiertem Gesichtsausdruck zurück.

Ich war niemand, der hinter dem Geld anderer Leute her war, und so wollte ich auch keinesfalls wirken. Ob DarkGuy sich zurückmeldete? Wahrscheinlich nicht. Die Erwähnung der teuren Location war sicher ein Ausschlusskriterium. Vorausgesetzt, er prahlte nicht nur.

Ein Pling ließ mich zusammenfahren.

»Oh, er hat geantwortet.« Kate klatschte in die Hände

und las laut vor: *Gern. Ich werde pünktlich sein. Was wirst du tragen? Damit ich dich erkenne.*

Jetzt war ich ehrlich überrascht. Ich musste meine Hand zurückziehen, die auf der Maus lag, weil sie plötzlich zitterte. Ich. Im *Zuma.* Mit einem Burner-Typen. Auweia! Und das nächste Problem lag bereits auf der Matte.

»Was trägt man zu einem solchen Date?«

»Dein schwarzes Etuikleid natürlich. Elegant und dennoch sexy.«

Das Kleid hing seit acht Wochen in der Schutzhülle der Reinigung in meinem Schrank. Noch während ich darüber nachdachte, tippte Kate die wenigen Worte in die Tastatur: *Ich werde ein schwarzes Etuikleid tragen.*

»Kate?! Bist du des Wahnsinns?« Panik überkam mich. »Was zum Teufel soll ich mit diesem Kerl überhaupt reden? Warum hast du mich nicht wenigstens einen Moment drüber nachdenken lassen, bevor du zugesagt hast? Was, wenn das Kleid nicht mehr passt?«

»Ups, zu spät. Die Nachricht ist abgeschickt. Und ich habe das getan, weil du sonst gekniffen hättest«, sagte Kate ohne Gnade.

Tief durchatmend lehnte ich mich in meinem Ohrensessel zurück. Sie hatte recht. Aber zur Not konnte ich ja immer noch kneifen. Der Kerl kannte weder meinen Namen, noch würde er mich am Aussehen erkennen. Wer sagte, dass ich das schwarze Kleid tragen musste, und … dass ich überhaupt dort erscheinen würde? Kate musste ich ja nichts davon erzählen. Und nach dem Date würde sie mich ein für alle Mal mit diesem Blödsinn in Ruhe lassen.

Ein erneutes Pling. Kate las vor: *Ein schwarzes Etuikleid*

hört sich verlockend an ... Schmunzelnd klappte sie ihren Laptop zu. »Klar hört sich das gut an. Der Kerl hat jetzt schon Sex im Kopf.«

»Den es nicht geben wird«, maulte ich.

»Natürlich nicht, aber das weiß er ja nicht. Nur dieses eine Date, okay? Und jetzt sollte ich los.« Kate stand vom Sofa auf, schnappte ihren zugeklappten Laptop und drückte mir ein Küsschen auf die Wange. »Hoffentlich sieht dich jemand aus der Klinik mit diesem Prachtexemplar!«

Ich verdrehte nur die Augen. »Moment, so einfach kommst du mir nicht davon. Du wolltest mir heute von Steven erzählen. Das bist du mir schuldig, immerhin habe ich dich vor diesem William gerettet.«

Sie seufzte und setzte sich wieder. »Okay, wenn du unbedingt willst.«

»Wo hast du ihn kennengelernt? Oder kenne ich ihn sogar?«

»Nein, tust du nicht. Aber wir kämpfen beide um den Erhalt des Hauses in Brickell.«

»Das, in dem deine Oma wohnt?«

»Jepp.« Kate legte den Laptop auf dem Tisch ab.

»Jetzt lass dir nicht alles aus der Nase ziehen!«

Ich bewunderte Kate für ihren Einsatz. Ihre Oma lebte, seit ich denken konnte, in diesem zuckersüßen Haus im mediterranen Stil. Solche Häuser sah man sonst nur in South Beach. Das Haus in der South East 14th Street bildete da eine Ausnahme. Eingebettet zwischen hoch aufragenden Apartmentkomplexen trotzte es der Neuzeit. Für Investoren eine Rarität und in Anbetracht der Grundstückspreise eine Verschwendung von Wohnraum. Warum ein Wohnhaus mit zehn Mietparteien erhalten, wenn man es abreißen konnte, um einen Komplex für zweihundert Wohnungen hochzuziehen? Dass damit ein Stück von Miamis Stadtgeschichte verschwinden würde, war diesen Haien gleichgültig. Da zählte nur der Profit. Mehr Geld bedeutete mehr Macht. Ob das Machtgerangel auf dem Rücken alter Menschen ausgetragen wurde, schien auch in diesem Fall irrelevant. Der klassische Kollateralschaden.

»Also, er heißt Steven, aber das weißt du ja schon.«

Ich nickte.

»Stevens Großvater bewohnt die Wohnung schräg der meiner Oma. Na, und da die beiden die letzten Eigentümer sind, die sich weigern auszuziehen, haben wir uns zu viert zusammengesetzt und überlegt, was wir tun können.«

»Und dann seid ihr nach dem Teekränzchen zwischen den Häkeldeckchen deiner Oma übereinander hergefallen?« Allein der Gedanke ließ mich kichern.

»Genau«, stimmte Kate zu.

»Okay, erzähl weiter«, bat ich und machte mit der Hand ein Zeichen, als würde ich meinen Mund wie einen Reißverschluss verschließen. »Kaffee?«

»Gerne«, lenkte Kate ein. »Es gibt aber nicht viel zu berichten. Im Wohnzimmer seines Opas hat es ganz schön gefunkt und ich musste wirklich achtgeben, mich auf die Gespräche zu konzentrieren. Der kann einen vielleicht ansehen.« Kate machte eine Pause und fächelte sich Luft zu.

Dieser Steven musste ein ganz besonderer Typ sein. Kate war nicht so leicht zu begeistern, wenn es um Männer ging.

»Erzähl weiter«, drängelte ich, während ich den Kaffee aufsetzte. Vermutlich war ich die einzige Person in ganz Miami, die dieses Getränk noch mit einem alten italienischen Kaffeekocher zubereitete, während alle anderen Menschen einen Vollautomaten benutzten, der Latte macchiato und Cappuccino auf Knopfdruck ausspuckte. Dieses Ritual, die italienische, silberfarbene Maschine mit Pulver und Wasser zu befüllen, zuzuschrauben und auf den Herd zu stellen, während ich mit einem elektrischen Helfer die Milch selbst aufschäumte, gehörte für mich einfach zu einem guten Kaffee dazu. So hatte ihn meine italienische Mutter und auch meine Granny immer zubereitet. Diese Tradition führte ich nur zu gerne fort.

Kate hob ihre Stimme an, um gegen den Milchaufschäumer lautstärkentechnisch eine Chance zu haben. »Wir wollten gemeinsam die Presse informieren«, rief sie, bevor sie hilflos die Schultern zuckte und die Hände hob.

»Moment, gleich fertig.« Als ich mit dem Milchschaum zufrieden war, schaltete ich das Gerät ab, schenkte den Kaffee ein, goss die Milch hinein und löffelte den Schaum dazu. Zum Abschluss bestäubte ich die Kunstwerke mit ein wenig Kakaopulver.

»Steven hat mich auf einen Drink eingeladen. Wir wollten zusammen den Text für die Presseabteilungen der Miami Press und des Miami Herolds entwerfen. Auch eine Mitteilung an Arquitectura y Empresa hatten wir im Auge.«

»Oh, sag doch, wenn ich helfen kann. Ich weiß doch, wie schlecht dein Spanisch ist.«

Die Meldung zum geplanten Verkauf und dem zwangsläufig folgenden Abriss wäre sicherlich einen Artikel in dieser großen spanischsprachigen Architekturzeitschrift wert. Vielleicht regte sich der Widerstand der Bevölkerung. Mein Spanisch war sehr gut, da ich mein Schulspanisch noch mit Privatstunden verbessert hatte. Mehr als die Hälfte der Einwohner in Miami sprach

Spanisch und der Rest konnte sich zumindest einigermaßen in der Sprache verständigen. Aus diesem Grund war es unumgänglich, in den Kliniken zweisprachig zu sein, denn gerade die ältere Generation der hispanischen Einwanderer sprach nur gebrochen Englisch. In Notfällen führte es zu folgenschweren Verzögerungen, wenn das Krankenhauspersonal kein Spanisch konnte. Ich hatte niemals in diese Bedrängnis kommen wollen, und mittlerweile ging mir die Sprache fast perfekt über die Lippen. Selbst mein Italienisch war schlechter und das, obwohl ich italienische Wurzeln hatte.

»Hey, sooo mies ist es auch wieder nicht«, meckerte Kate. Dann ließ sie ihre Augenbrauen mehrfach nach oben schnellen. »Außerdem kann Steven perfekt Spanisch.«

»Aha, er flüstert dir kleine spanische Schweinereien ins Ohr.« Unter Lachen schob ich ihr den Becher mit Milchkaffee über den Tisch und setzte mich zu ihr.

»Stimmt. Und das klingt supersexy.« Kate ließ ihre Augenbrauen mehrfach nach oben schnellen.

Lächelnd nippte ich an meiner Tasse und leckte mir den Milchschaum von den Lippen. Es war schön, meine Freundin so verknallt zu sehen.

»Wann lerne ich ihn kennen?« Neugierig blickte ich über den Tassenrand hinweg zu Kate. »Oder hast du ein Foto?«

»Nein. Wir haben uns ja erst drei Mal gesehen. Das erste Mal bei seinem Opa, dann in einem Café und zuletzt bei mir, um die E-Mails zu entwerfen und abzuschicken.« Kate nagte auf ihrer Unterlippe. »Immerhin haben wir das noch erledigt, bevor wir uns um Angenehmeres gekümmert haben.« Sie gluckste.

»Jetzt bin ich neidisch«, murmelte ich, lächelte sie aber dabei breit an. Ein bisschen was war jedoch dran, mir fehlte der körperliche Kontakt. Nicht so sehr der Sex. Aber das Kuscheln und in den Arm genommen werden, sich nicht allein auf dieser Welt zu fühlen. Das Gefühl, zu jemandem zu gehören. George war seit vier Monaten weg. Eine lange Zeit, wenn ich mich mit den Schichten in der Klinik oft genug ausgepowert hatte, um das Gefühl der Sehnsucht nach George zu unterdrücken. Und jetzt? Jetzt konnte ich nicht mal mehr auf seine baldige Rückkehr hoffen.

»Musst du nicht, denn irgendwann triffst du den richtigen Mann.« Kate nippte an ihrer Tasse. »Und bis dahin gehst du mit den Falschen aus.«

»Erinnere mich nicht daran«, jammerte ich los.

»Ach komm schon, es ist nur eine geplante Show, sieh es einfach als das an, was es ist: ein notwendiges Übel, um das Gerede in der Klinik in eine dir angenehmere Richtung zu lenken.« Sie trank ihren Cappuccino aus. »Und jetzt muss ich wirklich los. Steven wartet auf mich.« Sie schnappte sich ihren Laptop und sprang auf die Beine. »Kneifen gilt nicht.«

»Ja, ja«, wiegelte ich ab. »Ich wünsche euch viel Spaß.«

»Den werden wir haben. Ruf mich morgen Abend an, verstanden?«

»Klar«, versprach ich und überlegte, ob ich in einem anderen Outfit im *Zuma* auftauchen sollte. Erst jetzt fiel mir ein, dass ich bis auf das kleine Schwarze nur noch ein feuerrotes Kleid hatte, das für ein solches Restaurant in Frage käme. Unauffällig wäre das nicht gerade. Aber alle anderen Kleider waren entweder zu sportlich oder Abendkleider, die ich zu verschiedenen Hochzeiten getragen hatte. Da ich geschmackvolle Freundinnen hatte, konnte man die Brautjungfernkleider zu jedem anderen festlichen Anlass noch tragen, doch zu einem Abendessen wären sie noch auffälliger als das feuerrote. Wie auch immer, grübeln half jetzt nicht weiter, ich musste mich ablenken.

Das war die beste Gelegenheit, mich um meinen vernachlässigten Garten zu kümmern. Einen Frühjahrsputz hatte er sowieso dringend nötig.

Automatisch strich ich sanft über den Rosmarinbusch und roch an meiner Hand. Ich liebte diesen frischen und würzigen Duft. Ich sollte mir mal wieder Zeit nehmen, mit verschiedenen Kräutern zu kochen. In letzter Zeit hatte es nur zu Rosmarinkartoffeln gereicht. Überhaupt hatte ich den Kräutergarten mit dem Ziel angelegt, endlich meiner Kochleidenschaft nachzugehen.

Meine Granny hatte mir alles beigebracht, was die italienische Küche anzubieten hatte. Als Kind war ich ständig bei ihr gewesen. Grannys alkoholfreies Tiramisu war das beste weltweit. Ich hatte nur ein Stück davon abbekommen, wenn ich ihr zuvor zur Hand ging. Diesen Preis hatte ich gerne gezahlt. Im Nachhinein war ich mir zwar sicher, meine Großmutter hätte mir auch ohne meine Mithilfe den Nachtisch serviert, aber als kleines Mädchen glaubte ich natürlich an die Drohung. Deshalb kannte ich ihre original italienischen Rezepte, und in den meisten Fällen vermochte ich es, damit sogar Eindruck zu schinden.

Mit meinem Garten allerdings nicht. Der sah mit viel Wohlwollen verwunschen aus.

Eine gute Stunde später waren meine Hände und Fingernägel schmutzig, aber das Gärtchen sah wieder halbwegs ordentlich aus, nachdem das ganze Unkraut weg war. Leider hatte ich für den kommenden Abend immer noch keinen Plan, aber das würde sich finden. Ich gähnte. Zeit, zu duschen und ins Bett zu kriechen. Die Frühschicht begann um fünf Uhr morgens, und obwohl es gerade mal erst neun Uhr war, kroch die Müdigkeit in mir hoch, denn die letzte Schicht hatte über zwölf Stunden gedauert, und saß mir noch in den Knochen. Besser, ich ruhte mich aus, da mir nach der nächsten Dienstzeit ja noch das Date bevorstand.

Wenn ich mich traute, hinzugehen.

KAPITEL 4

Mike

Nachdem ich bis zum Nachmittag von einem Geschäftsmeeting zum nächsten gehetzt war, hatte ich das dringende Bedürfnis, mich auszupowern. Bei zweiundzwanzig Grad im April war es noch angenehm, eine Runde zu joggen. In den Sommermonaten verzichtete ich darauf und kraulte lieber ein paar Bahnen im Pool. Mir ging es verdammt gut, körperlich als auch finanziell. Und immer noch konnte ich kaum glauben, wie schnell ich nach der großen Pleite wieder auf die Beine gekommen war.

Mit langen Schritten ging ich durch die schmale Pforte, die mich vom lang gezogenen Sandstrand trennte und lief los. Nichts entspannte mich mehr, als am Meer entlangzulaufen und die Brandung zu hören. Hier fiel aller Stress von mir ab. Ich sog tief die salzige Luft ein und setzte meinen Weg bis zum Sunny Isles Beach fort. Dort drehte ich um und machte mich auf den Rückweg.

Nach einer Dusche klappte ich meinen Laptop auf und öffnete *Gallivant*. Christopher hätte über mein Profil laut gelacht. *DarkGuy*! Allein der Name war schon dämlich. Aber die Damen flogen darauf. Auch auf das Bild der Yacht, des Bentley Cabrios und des Blicks aus meiner Wohnung. Im Grunde musste ich kein Wort sagen, und selbst, wenn ich mürrisch war, hielt das keine ab, ihr Glück bei mir zu versuchen. Geld war alles, was zählte, da durfte man sogar ein Arschloch sein. Klar, Frauen, die sich auf *Gallivant* anmeldeten, suchten genau das, was ich selbst suchte: Abenteuer. Und das konnte ich ihnen auf luxuriöse Weise bieten.

Ich klickte mich durch die Neuzugänge. Ein paar schrieb ich direkt an. Eine Frau weckte mein Interesse. Zwar war es eine von denen, die ihr Gesicht nicht zeigte, aber das waren letzten Endes oft die ganz leidenschaftlichen Bettgespielinnen. Und diese kurvige Silhouette sprach mich an. Also tippte ich:

Hey, auch wenn du dein Gesicht nicht zeigst, reizt mich das, was ich sehe, genug, um dich zu fragen, ob ich dich morgen Abend zum Essen einladen darf. Und? Hungrig?

Für heute hatte ich genug. Die erste Frau, die zusagen würde, mit der würde ich am kommenden Abend ausgehen.

Schon ploppte das Nachrichtenfenster auf.

Wie es der Zufall will, habe ich morgen Abend Zeit. Treffen wir uns um 20h im Zuma?

Oha, das *Zuma*. Sie war wohl der Typ Frau, der sich vor dem Vögeln teuer ausführen ließ. Nun, ich konnte es mir leisten und das *Zuma* verfügte über eine exquisite Küche.

Die Antwort fiel mir nicht schwer: *Gern. Ich werde pünktlich sein. Was wirst du tragen? Damit ich dich erkenne.*

Die Kleine war online. Sie zögerte. Dabei war das eine typische Frage. Das Erkennungsspielchen mit einer Rose oder Zeitung spielte längst niemand mehr. Wie gern würde ich jetzt ein Glas Wein genießen, aber ich hatte meine Prinzipien. Kein Alkohol während der Arbeitszeit. Auch nicht zu geschäftlichen Mittagessen. Und vor mir lag noch eine wichtige Telefonkonferenz mit einem asiatischen Geschäftspartner. Vor abends neun Uhr konnte ich bei zwölf Stunden Zeitverschiebung nicht anrufen. Da waren die Termine schwer zu koordinieren.

Nun antwortete sie doch: *Ich werde ein schwarzes Etuikleid tragen.*

Ein schwarzes Etuikleid. Das klang vielversprechend. Ich betrachtete noch einige Sekunden die Silhouette und das Profil der Frau, bevor ich zurückschrieb: *Ein schwarzes Etuikleid hört sich verlockend an ...*

Wie sie wohl aussah? Vielleicht war sie vom Gesicht her nicht mein Typ. Im Zweifelsfall würde der Abend nur aus einem guten Essen in einem exquisiten Restaurant bestehen. Je nach Nervfaktor genügte ein Blick auf das Handy, gepaart mit einer bedauernden Miene und dem abschließenden Versprechen, sich bald wieder zu melden. Und schon war ich aus der Nummer raus. Auch der Klang einer Stimme war mir wichtig, und es war bereits zwei Mal vorgekommen, dass mich helles Gepiepse die Flucht hatte ergreifen lassen. Aber ich konnte diese Frauen ja schlecht darum bitten, den Mund zu halten oder vor dem Treffen eine Audioaufnahme ihrer Stimme an mich zu schicken.

Das Date für den kommenden Tag stand. Jetzt widmete ich mich wieder meiner Arbeit.

KAPITEL 5

Annie

Während der gesamten Schicht hatte ich nicht eine ruhige Minute.

»Noch ein Notfall und die Abteilung kollabiert«, murmelte ich in meine Tasse Kaffee, bevor ich das kalte Gebräu hinunterstürzte und anschließend den Kopf in den schmerzenden Nacken legte.

Wie immer, wenn ich hoch konzentriert arbeitete, achtete ich nicht auf meine Körperhaltung. Alles, was zählte, war der Patient. Der letzte hatte sich an einer Motorsäge verletzt und ich durfte ihm den Oberschenkelschnitt mit vierunddreißig Stichen nähen. Der Kerl hatte Glück gehabt und die Arterie verfehlt, sonst wäre er vermutlich verblutet, bevor er überhaupt auf meinem Tisch gelegen hätte. Kaum hatte ich ihn zusammengeflickt, musste ich mich um zwei Verkehrsunfallopfer kümmern.

Immerhin bewahrte mich das vor irgendwelchen privaten Fragen, die ich weder beantworten konnte noch wollte.

»Mörderisch heute«, klagte Emma und hob die Kaffeekanne an. »Noch einen Kaffee? Der ist zwar noch heiß, aber mittlerweile auf Sirupkonsistenz zusammengekocht.«

»Besser nicht, sonst verursacht mir das Zeug ein Magengeschwür.« Ich holte mir ein Wasser und sah auf die Uhr. In dreißig Minuten kämen die Kollegen zum Schichtwechsel. »Was für ein Tag, oder? Immerhin ist uns heute niemand weggestorben.«

Emma nickte. »Ja, das war echt heftig. Ich glaube, ich werde mich bald versetzen lassen. Dieses Tempo macht mich fertig. Wie du das nur aushältst?«

Das wusste ich oft selbst nicht. Es war anstrengend in der Notaufnahme, aber so viel wie in dieser Abteilung lernte man auf keiner Station. Und man konnte nie ahnen, was einen erwartete, doch gerade diese Ungewissheit übte auf mich einen ungeahnten Reiz aus.

»Ewig werde ich das hier nicht machen«, sagte ich zu Emma und dachte kurz daran, dass ich das bereits vor sechs Monaten gesagt hatte. »Aber noch halte ich durch. Irgendjemand muss den Job ja machen.«

»Aber jeder hat das Recht auf ein Privatleben.« Emma nippte an ihrer Kaffeetasse und verzog angewidert den Mund, ehe sie die Tasse auf die Spüle stellte. »Widerlich.«

Bevor Emma noch mehr auf unser Privatleben zu sprechen kam, nickte ich nur zustimmend und drückte mich an ihr vorbei. »Ich bin jetzt auf der Zwölf.«

Eine Stunde später stand ich zu Hause unter der Dusche und ließ mir das heiße Wasser über den Kopf laufen. Was ich anziehen sollte, wusste ich immer noch nicht. Irgendwie hatte ich dieses Abendessen während der Arbeit komplett vergessen. Verdrängt würde es wohl eher auf den Punkt bringen. Rotes oder schwarzes Kleid? Irgendwie hatte ich Angst vor der eigenen Courage, mich mit einem wildfremden Kerl zu treffen. Das war nichts für mich. Ich sollte gar nicht hingehen. Es einfach sausen lassen und mich dem Gerede in der Klinik stellen. Entschlossen drehte ich das Wasser ab, fischte nach dem Frotteehandtuch und rubbelte mir über das Haar.

Ich konnte das leichte Ziehen im Nacken und ein noch größeres in der Magenregion nicht ignorieren. Was, wenn ein pickeliger Kerl auftauchte, der ein Profilfoto aus einer Bilddatenbank verwendet hatte? Ich zuckte mit den Schultern. In dem Fall musste ich mir wenigstens keine Feigheit vorwerfen und mich von Kate verspotten lassen. Doch, ich würde hingehen, und zwar im roten Kleid, nicht im schwarzen, wie ich ihm geschrieben hatte. Und wenn ich nur an der Bar ein Glas Wein trank und vorgab, von meiner Freundin versetzt worden zu sein.

Meine dunkle Mähne hatte ich vorsichtshalber hochgesteckt, damit ich nicht an meinen langen Haaren zu erkennen war. Das Kleid schmiegte sich wie eine zweite Haut an meinen Körper und die hohen Pumps setzten meine schlanken Beine gekonnt in Szene.

Mit pochendem Herzen stieg ich vor dem Restaurant aus dem Taxi. Die milde Sonne tauchte alles in goldenes Licht. Den Rücken durchgestreckt, trat ich durch die Tür. Der Eingangsbereich des japanischen Lokals wurde von hohen Bambusrohren dominiert und erzeugte eine warme

Atmosphäre. Eine hübsche Blondine in einem eleganten Abendkleid nahm mich in Empfang. »Annie Miller«, nannte ich ihr meinen Namen und blickte auf ihr Namensschild. »Ich habe einen Tisch für zwei Personen reserviert, Gina. Auf der Terrasse.«

Sie lächelte und blätterte in ihrem Auftragsbuch. Dann nickte sie. »Folgen Sie mir Miss Miller.«

Mit wiegenden Hüften schwebte sie durch den stylishen Innenraum. Links ragte eine Regalwand mit erlesenen Weinen auf. Vielleicht täuschte ich mich und es handelte sich nur um Dekoration. Auch der quadratische Barbereich mit den außergewöhnlichen Elementen in Form von Würfeln faszinierte mich. Rechter Hand lag ein separater Bereich mit kleinen Tischen und ebenso in Weiß gehaltenen Lounge-Möbeln. In dem Ambiente konnte man sich nur wohlfühlen. Es waren bereits viele Gäste anwesend. Es wunderte mich nicht, dieses Lokal selbst an einem Wochentag so gut besucht zu sehen. Glücklicherweise hatte ich an eine Reservierung gedacht.

»Möchten Sie an der Bar auf Ihre Begleitung warten?«

»Danke, ich würde lieber gleich auf die Terrasse gehen«, lehnte ich ab. Auch wenn der Innenbereich wirklich traumhaft schön war, liebte ich den Außenbereich des Restaurants. Durch eine gläserne Brüstung getrennt konnte ich direkt auf den Miami River sehen, und die Lichter der gegenüberliegenden Hochhäuser spiegelten sich bei Einbruch der Dunkelheit im Wasser. Eine Palmenallee säumte die gesamte Länge der Terrasse bis hinüber zum Landungssteg. Das *Zuma* war eines der wenigen Restaurants mit eigener Anlegestelle für Boote. Die wohlhabende Kundschaft wusste das zu schätzen, so konnten sie mit ihren Yachten direkt davor anlegen. Und Leute wie ich sahen dem ganzen Treiben interessiert und vielleicht ein wenig neidisch zu.

Gerade jetzt legte wieder so eine luxuriöse Yacht an.

»Bitte«, deutete Gina auf einen freien Tisch. »Darf ich Ihnen einen Aperitif bringen?«

Ich setzte mich auf die Bank mit Blick auf den Fluss. »Gerne. Einen trockenen Martini.« Meine Nerven flatterten und in dem Moment, als ich mich gesetzt hatte, wurde mir klar, dass ich so nicht sehen konnte, wenn meine Verabredung das Lokal betreten würde. Ich blickte auf die Uhr. Fünf Minuten vor acht. Sollte ich mich umsetzen?

Die Yacht, die angelegt hatte, ließ in diesem Moment die Gangway hinunter. Vermutlich schritt gleich ein dicklicher alter Kerl mit seiner jungen Gespielin herab. Der Typ würde sich toll vorkommen, weil er ein so attraktives Mädchen an der Seite hatte. Aber auch das gehörte zu Miami. Immer wieder stellte ich mir vor, wie es sein musste, sich auf diese Art zu prostituieren, denn nichts anderes war es. Ein lausiges Geschäft. Luxus gegen Sex. Und wenn er ihrer überdrüssig wurde, tauschte er das Püppchen aus. Willige Nachfolgerinnen standen gern bereit.

Mich schüttelte es innerlich bei dem Gedanken.

Eine brünette Kellnerin servierte mir den Cocktail. »Bitte schön, ihr Martini.«

»Vielen Dank.« Mein Blick suchte ihren, doch der war auf die Yacht fixiert. Eine leichte Röte überzog das Gesicht der attraktiven Frau. Irritiert sah ich von ihr zur Yacht.

Die Gangway war heruntergelassen und an der Reling tauchte ein großgewachsener Mann im Smoking auf. Selbst auf die Entfernung spürte ich sein Selbstbewusstsein. Wie er dort stand, kurz innehielt, bevor er über die Gangway nach unten ging. Kraftvolle Schritte. Zielbewusst. Einschüchternd. Mir schlug das Herz plötzlich bis zum Hals. Mit jedem Schritt, den der Mann auf den Eingang zuschritt, wurde mir flauer im Magen. Ich kam mir vor wie eine Maus, die eine Schlange anstarrt. Auch die Kellnerin stand stocksteif neben mir und fixierte den Mann, der mir allein durch seinen Anblick heiße Schauer über den Rücken jagte.

Ich schaffte es nicht, meinen Blick zu senken. Was hatte dieser Kerl an sich, das mich so aus der Fassung brachte?

Zielstrebig ging er auf die Treppe des Restaurants zu. Ein gepflegter Dreitagebart schmückte sein maskulines Kinn, ausgeprägte Wangenknochen, dunkle Augen. Das dunkle Haar wohlsortiert und ein wenig vom Wind zerzaust. Als er mit eleganten Bewegungen die Stufen erklomm, hob er den Blick und die tiefblaue Farbe seiner Iris schien beinahe zu leuchten.

Die Kellnerin eilte auf ihn zu. »Mike«, flötete sie und er schenkte ihr ein strahlendes Lächeln, das mich erfreut feststellen ließ, wie erleichtert ich war, bereits zu sitzen. »Wie schön, dass Sie uns wieder besuchen.«

Er begrüßte sie und sah an ihr vorbei. Zu mir! Für einen Augenblick verfingen sich unsere Blicke. Wie ein Schulmädchen spürte ich die Hitze in meinen Wangen aufsteigen. Dieser Mann brachte mich tatsächlich aus der Fassung.

KAPITEL 6

Mike

Eine Inszenierung meines großen Auftritts gehörte zum guten Ton und musste sein, obwohl es mir etwas unangenehm war. Wer ganz oben mitspielte, zeigte es, und im *Zuma* kannte man mich, denn ich verkehrte dort regelmäßig.

Und nicht nur ich, sondern all diejenigen, die mich hatten fallen lassen und jetzt wieder angekrochen kamen. Mir selbst bedeutete es nichts. Ich könnte natürlich zweifelsohne mit einem Taxi vorfahren, doch hätte das mit Sicherheit für Getuschel gesorgt. Ich erinnerte mich noch sehr gut an das Geschwätz von damals, als ich, um Geld zu sparen und möglichst schuldenfrei aus der Angelegenheit herauszukommen, alles von Wert verkauft hatte. Plötzlich kamen keine Dinner-Einladungen mehr, keine Gratiskarten für die Oper oder für ein Baseballspiel. Ich war unsichtbar geworden. Ein Geist.

Um die Erwartungen zu erfüllen, fuhr ich mit der Yacht vor, ließ die Gangway hinunter und stolzierte wie ein Pfau über die Uferpromenade zum flussseitigen Eingang des Restaurants.

Die Terrasse war gut besucht und ich erregte entsprechende Aufmerksamkeit. Ob meine Verabredung bereits hier war? Sollte sie meine Ankunft mitbekommen haben, hätte ich leichtes Spiel.

»Mike!«, rief die Kellnerin, der ich letztes Mal ein großzügiges Trinkgeld gegeben hatte. »Wie schön, dass Sie uns wieder besuchen.«

»Guten Abend, Grace. Es ist wie immer eine Freude, hier zu speisen«, sagte ich und mein Blick glitt an ihr vorbei zu einer Frau im roten Cocktailkleid.

Für einen Augenblick sahen wir uns in die Augen, nur kurz, im Anschluss verlor sie das Interesse und sah weg. Das war mir lange nicht mehr passiert! Leicht gelangweilt griff sie nach ihrem Cocktail und nippte daran. Ein zartes Gesicht, volle Lippen, ebenholzfarbenes Haar, ein schön geschwungener Nacken.

Schade, dass ich schon verabredet war. Diese kühle Schönheit hätte ich heute Abend gern erobert.

»Tisch für zwei auf der Terrasse?«, fragte Grace nach und riss mich so wieder in die Gegenwart.

»Richtig«, bestätigte ich. »Ich nehme an, mein Stammplatz ist reserviert?«

»Selbstverständlich ist er das«, flötete sie und ging voraus.

Mein Platz lag zwei Tische von der dunkelhaarigen Schönheit entfernt. Sie blickte leider nicht auf, als ich an ihr vorüberging. Eine Frau, die sich nicht für mich interessierte? Außergewöhnlich.

»In wenigen Minuten sollte die Schwester eines Geschäftspartners kommen«, sagte ich zu Grace. »Sie wird ein schwarzes Cocktailkleid tragen. Würden Sie bitte Gina informieren?«

»Natürlich. Und bis dahin das Übliche?«

»Ja, Danke.« Ich setzte mich so hin, dass ich die Fremde gut im Blick hatte.

Bisher hatte ich sie hier noch nie gesehen. Nun nahm sie ihr Smartphone aus der Handtasche. Ihr Begleiter musste ein ausgemachter Trottel sein, wenn er eine Frau wie sie warten ließ. Nur ein Tisch trennte uns. Ob ich sie ansprechen sollte? Das wäre unhöflich, immerhin sollte in wenigen Augenblicken meine Verabredung eintreffen. Wenn sie mich mit einer anderen Frau im Gespräch entdeckte, wäre der Abend vermutlich gelaufen. Und mit Sicherheit gehörte auch diese Schönheit zu den Glücksritterinnen, und wäre die Umstände nicht wert.

Grace servierte mir meinen Drink. »Ihr Whiskey, Mike.«

»Danke«, sagte ich, ohne den Blick von der Schönheit im roten Kleid abzuwenden. Fast schon war ich erleichtert, dass sich mein Date verspätete.

Die Fremde wirkte jetzt etwas nervös und blickte immer wieder auf ihr Handy. Nie sah sie zu mir, sondern nur auf ihr Smartphone oder auf den River hinaus. Ich folgte ihrem Blick.

Die Sonne war bereits hinter den Hochhäusern verschwunden. In den ersten Wohnungen brannte Licht. Ich mochte diesen Ausblick. Er zeigte das pure Leben. Die Menschen kamen von der Arbeit nach Hause, knipsten die Lichter in ihren Wohnungen an und genossen ihren Feierabend.

Die Frau im roten Kleid winkte Grace. Wollte sie gehen? Ihr Glas war fast leer, und vermutlich würde sie das Restaurant gleich verlassen. Das musste ich verhindern.

Ich stand auf und ging zu ihr an den Tisch.

»Guten Abend, Mike Sievers«, sagte ich mit einer angedeuteten Verbeugung. »Entschuldigen Sie bitte, dass ich Sie einfach so anspreche. Dürfte ich Sie vielleicht zum Essen einladen? Wie es scheint, wurden wir beide wohl versetzt.«

Irritiert blickte sie auf. »Bitte?«

»Es scheint, als hätte man uns beide versetzt«, wiederholte ich.

»Oh ja, sieht tatsächlich so aus. Aber … Ich weiß nicht …« Ihre plötzliche Unsicherheit passte nicht zu dem raffinierten Kleid. Auch nicht ihre vorangegangene Kühle. »Warum sollte ich Ihre Einladung annehmen? Schließlich kenne ich Sie nicht.«

»Das lässt sich ändern. Meinen Namen wissen Sie ja schon. Und Sie sind …?« Ich streckte die Hand aus.

»Annie.« Ihr Händedruck war überraschend fest. »Und ich kann mein Essen selbst bezahlen.«

Das war mir neu. Eine Frau wollte selbst bezahlen?

»Sie dürfen mich gerne einladen, wenn Sie möchten«, neckte ich sie.

Ihre rehbraunen Augen funkelten angriffslustig. »Warum sollte ich das wollen?«

»Weil Sie nicht allein essen möchten?« Noch immer hielt ich ihre Hand. Eine zarte, aber kräftige Hand. Weiche Haut. Wie es sich wohl anfühlte, wenn sie mich an anderen Stellen berührte?

Schade, nun wich sie zurück. Eine leichte Röte überzog

ihr Gesicht. »Tut mir leid.« Sie suchte nach der Bedienung. Wenn ich nicht schnell handelte, würde sie zahlen und gehen. Schon stand sie auf.

»Sie geben mir einen Korb?«

KAPITEL 7

Annie

Wo blieb nur die verdammte Kellnerin, wenn man sie brauchte?

Dieser Mann brachte alles in mir in Aufruhr. Während der vergangenen Minuten hatte ich wie ein kleines Kind auf das Handy gestarrt und zwanghaft vermieden, ihn anzusehen. Schon der würzige Duft, den ich eingeatmet hatte, als er an mir vorübergegangen war, hatte alle meine Härchen aufgestellt und ein wohliges Kribbeln über meine Haut gejagt. Wie gut, dass ich das rote Kleid trug und er nicht wusste, wer ich war. Dieser Mann zog mich mit einer Intensität in seinen Bann, wie ich es noch nie zuvor erlebt hatte.

Während ich gemächlich meinen Martini austrank, überlegte ich, was ich tun sollte. Ich saß wie festgewachsen auf dem Platz und mein Kopf rief laut: »Lauf weg, so schnell du nur kannst. Dieser Typ wird dir sonst das Herz brechen. Er ist nur ein reicher Kerl, der die Frauen benutzt und sie anschließend fallen lässt.« Doch mein Körper schickte mir deutliche Signale, wie gern ich mich von diesem Mann verführen lassen würde.

Hatte Kate DAS Gefühl gemeint?

Mein Körper glühte.

Doch mein Kopf blieb kühl. Er sagte mir ganz klar: »Annie, du zahlst jetzt, gehst postwendend nach Hause und nimmst eine kalte Dusche.« Ich hob die Hand, um die Kellnerin auf mich aufmerksam zu machen.

Mein Herz setzte fast aus, als mich der attraktive Mann ansprach. Oh Gott, diese unglaublich blauen Augen. Was hatte er gesagt?

»Bitte?« Das Blut rauschte in meinen Ohren und ich schluckte mehrmals. Konzentriere dich, Annie! Reiß dich zusammen. Ich räusperte mich und atmete tief ein.

Er redete weiter und schenkte mir ein unverschämt charmantes Lächeln.

Dass ich sein Date war, konnte er nicht wissen, und ich würde es ihm mit Sicherheit nicht sagen. Falls ich in meinem Gefühlschaos überhaupt einen vernünftigen Satz formulieren konnte.

Erst würde ich mit ihm Essen und danach ... ab auf die Yacht. Die Nacht würde brennen. Oh nein, das durfte ich auf gar keinen Fall zulassen. Ich war nicht so. Da konnte mein Körper Signale schicken, wie er wollte.

Der Stromstoß, als unsere Hände ineinander lagen, machte mich fast willenlos.

Hatte ich tatsächlich gesagt, dass ich mein Essen selbst bezahlen konnte? Der Kerl brachte mich so was von aus der Fassung. Ich starrte seine Lippen an. Wie es sich wohl anfühlte, wenn er mich küssen würde? Sein würziger und männlicher Duft legte meine Gedanken lahm.

Er lachte leise. »Sie dürfen mich gerne einladen, wenn Sie möchten.«

Okay, jetzt machte er sich über mich lustig. Höchste Zeit, den Kopf wieder einzuschalten. »Warum sollte ich das wollen?« Die Kühle in meiner Stimme überraschte mich selbst.

»Weil Sie nicht allein essen möchten?«

Ich zog meine Hand zurück, und schlagartig fehlte mir diese Nähe zu ihm. Völlig überrascht stammelte ich: »Tut mir leid.«

Wo blieb nur diese Kellnerin? Ich musste hier raus, bevor es mit meiner Selbstbeherrschung vorbei war und ich mich ihm an Ort und Stelle an den Hals warf.

»Sie geben mir einen Korb?«

Sein ungläubiger Blick brachte mich wieder auf den Boden zurück. Auch, wenn ich jetzt vielleicht etwas übertrieb, nur ein klein wenig, es schien mir die einzige Möglichkeit, ihm nicht sofort wie ein Schaf hinterherzulaufen.

»Ach, Sie glauben, Sie können hier mit Ihrer Yacht vorfahren und sich nehmen, was und wen Sie wollen, ja? Vielleicht können Sie das in den meisten Fällen sogar, aber ich folge Ihnen bestimmt nicht für eine billige Esseneinladung auf Ihre Yacht, um der Nachtisch zu werden. Denn darum geht es Ihnen doch in Wahrheit. Eine weitere Kerbe an Ihrem Bett …« Wie hieß dieses vermaledeite Bettding, wo die Männer ihre Kerben einschnitzten? Ach egal. »Mich beeindruckt Ihr Geld nicht. Vermutlich sind Sie bereits mit einem goldenen Löffel im Hintern geboren worden und glauben, sich mit Ihrem Geld alles erlauben zu können. Falsch gedacht.« Damit stand ich auf, ging über die Terrasse ins Lokal und durchquerte es, bis ich die Kellnerin an der Bar fand. »Ich möchte zahlen, bitte«, sagte ich und merkte, wie meine Stimme zitterte. Dreißig Dollar für einen Drink! Ich beglich den horrenden Betrag mit zwei Zwanzigern und stürmte hinaus auf die Straße.

Was zum Teufel hatte mich nur geritten, Mike hatte mich im Grunde ganz freundlich gefragt? Der Rest war meine eigene schmutzige Fantasie gewesen. Und wenn mich meine Menschenkenntnis nicht ganz verlassen hatte, war sein zunächst amüsierter Gesichtsausdruck einem verletzten gewichen. Oder war es nur verletzter Stolz? Ein Mann wie er bekam sicher nicht oft einen Korb.

»Annie«, hörte ich ihn meinen Namen rufen. Schon war er bei mir. Oh nein, bitte nicht. »Wenn ich Ihnen zu nahegetreten bin, entschuldige ich mich aufrichtig.«

Nur einen halben Meter von mir entfernt blieb er stehen und nahm mich bei den Schultern. Jetzt war er mir wirklich zu nahe. Er sah mir direkt in die Augen. »Nicht ich habe Sie verletzt, aber jemand anderes, richtig?«

»Das geht Sie gar nichts an«, wetterte ich und ging einen Schritt rückwärts, auch, um seiner Berührung zu entkommen.

»Wenn mich jemand lauthals in einem Restaurant beschimpft, geht es mich sehr wohl etwas an.« Nun hob er seine Hand, und legte seinen Zeigefinger unter mein Kinn. Ich stand bewegungslos da und starrte ihn an. »Und?«, fragte er. »War tatsächlich ich gemeint?«

Ich schüttelte den Kopf, und plötzlich zog er mich an sich und presste seine Lippen auf meine. Mein Körper reagierte sofort. Dieser Verräter schmiegte sich in seine Arme, und ich konnte nicht anders, als seinen Kuss hemmungslos zu erwidern.

Was geschah hier!? Mir schwindelte und zeitgleich fühlte ich mich fast schwerelos.

Heftig atmend ließ er mich los und wich zurück. »Die

von mir eingeforderte Entschuldigung für die vorangegangene Beleidigung deinerseits war nicht schlecht.« Dann zog er seine Visitenkarte aus dem Jackett und drückte sie mir in die Hand. »Falls du mich nochmals beschimpfen möchtest.«

Mit einem verschmitzten Lächeln drehte er sich um und ließ mich auf der Straße stehen.

Fassungslos starrte ich ihm hinterher. Oh mein Gott, ich wollte tatsächlich von diesem Mann flachgelegt werden. Das war wohl die animalische Anziehungskraft, von der Kate gesprochen hatte.

Benommen steckte ich seine Karte in meine Handtasche und hielt ein Taxi an. Nichts wie weg hier!

Auf der Rückbank des Taxis sitzend berührte ich meine Lippen, die vor wenigen Augenblicken seine berührt hatten. Dieser Kuss … dieser Mann ... noch immer hatte ich seinen Duft in der Nase, spürte seinen durchtrainierten Körper an meinem und sehnte mich zurück zu ihm.

Schließlich hielt das Taxi vor meinem Haus. Tief in Gedanken versunken zahlte ich und stieg aus. Wie schlafwandelnd betrat ich mein Wohnzimmer, schleuderte mir die High Heels von den Füßen und zückte mein Telefon. Es klingelte nur wenige Male. »Du bist schon zurück?«

»Kate? Kannst du kommen?« Meine Stimme klang heiser. »Und bring deinen Laptop mit.«

Sie verstand sofort. »Bin in fünfzehn Minuten da.«

Ich zog die Visitenkarte aus der Handtasche und überlegte, ob ich Kate seinen Namen nennen sollte. Bestimmt würde sie ihn sofort googeln und mir zureden, ihn wieder zu treffen, und wenn es nur wäre, um George aus meinen Gedanken zu verbannen.

Dabei hatte George bereits beim ersten Blick in Mikes Augen all seine Bedeutung verloren. Im Moment war ich sogar dankbar, dass er die Hochzeit abgeblasen hatte, denn diese Ehe wäre niemals glücklich geworden. Nicht nachdem ich jetzt wusste, welche Emotionen in mir schlummerten. Und nein, ich würde Mike nicht wiedersehen. Nicht, solange ich noch bei Verstand war. Der Typ suchte auf *Gallivant* ein Abenteuer nach dem anderen, fuhr großkotzig mit seiner Yacht vor und zeigte, was er sich leisten konnte, um skrupellos Frauen abzuschleppen, die sich von seinem Geld und seinem guten Aussehen blenden ließen. Mike war ein Womanizer par excellence. Wer sich auf ihn einließ, würde sich die Finger verbrennen.

Trotzdem wollte ich mir sein Profil genauer ansehen. Nur, was sollte ich Kate sagen? Alles natürlich, bis auf das Detail mit der Visitenkarte.

Es klingelte und ich steckte die Karte in den Kriminalroman, der auf meinem Tisch lag. Dann eilte ich zur Tür und riss sie auf.

»Kate, du glaubst gar nicht, was mir heute passiert ist«, plapperte ich direkt los und zog sie in die Wohnung zum Sofa. Ich erzählte ihr alle Details und wie ich mich dabei gefühlt hatte.

Mit jedem Wort wurden Kates Augen größer, bis sie sich bei der Kussszene die Hand auf den Mund schlug. »Und? Wann wirst du ihn wiedersehen?«

»Gar nicht. Er ist ein Aufreißer. Was soll ich mit so einem? Aber ich will kurz noch sein Profil genauer ansehen. Und vielleicht sollte ich mich als Frau mit dem schwarzen Cocktailkleid entschuldigen, weil ich ja offiziell gar nicht aufgetaucht bin.«

Kate klappte den Laptop auf und meldete mich auf *Gallivant* an. Ich notierte mir die Zugangsdaten, nur für alle Fälle. »Er ist mit einer Yacht vorgefahren?«

Ich nickte.

»Sieht er tatsächlich so gut aus, wie du beschreibst?«

Ich seufzte. »Noch besser«, gab ich zu.

»Und warum willst du ihn nicht wiedersehen? Du musst ihn ja nicht als heiratsfähiges Material betrachten, sondern nur als Spielgefährten.«

»Kate, du weißt, dass mir das nicht liegt.« Sex ging bei mir nur mit Gefühlen. Und das, was ich für Mike fühlte, war gefährlich. Gefährlich für mein Herz. Das hatte ich sofort verstanden. Energisch schüttelte ich den Kopf. »Ich kann das nicht.«

»Schade«, kommentierte Kate. »Darf ich mein Glück versuchen?« An ihrem breiten Grinsen sah ich, dass sie scherzte.

»Bitte«, gab ich mich großzügig.

»Nein«, lehnte sie ab. »Er sieht zwar echt scharf aus, aber meinem Steven kann er nicht das Wasser reichen.«

»Gibt es dazu endlich ein Beweisfoto?« Ich war neugierig, wie Kates Supermann aussah, wobei es eigentlich belanglos war, wenn ich sah, wie Kate strahlte, sobald von ihm die Rede war.

»Nein, aber ich werde ihn dir bald mal vorstellen, okay?« Kate klickte sich durch das Profil. »Mehr als Mike hast du nicht?« Sie kopierte das Profilbild in die Bildsuche ihres Browsers.

Mir wurde heiß. Daran, dass sie ihn mithilfe des Bildes suchen könnte, hatte ich nicht gedacht.

»Schade, kein direkter Treffer.« Kate klappte den Laptop zu.

Was Kate bedauerte, ließ mir einen Stein vom Herzen plumpsen. »Ich werde ihn sowieso nicht wiedersehen, egal, wer er ist.«

»Vielleicht ist er gar nicht so ein Aufreißer, wie du vermutest?«, orakelte Kate und grinste.

»Oder noch übler, als ich denke.« Mein glucksendes Lachen ging in ein Kichern über. »Aber ich bin ihm dankbar.«

»Dankbar ...« Kate legte die Stirn in Falten.

»Ja, denn durch ihn ist George Vergangenheit. In der Klinik können sie jetzt lästern und tuscheln, wie sie wollen, es ist mir plötzlich egal. Ist das nicht toll?« Ich stand auf und ging in die Küche. »Möchtest du ein Glas Wein?«

»Allerdings! Deine Wandlung muss unbedingt gefeiert werden.«

Ja, das musste es wahrhaftig. Und anschließend würde ich mich schriftlich bei DarkGuy für das geplatzte Date entschuldigen und mich bei *Gallivant* abmelden.

KAPITEL 8

Mike

Ihre Ablehnung gegen mich, vor allem gegen mein Geld, reizte mich bis auf´s Messer. Ich konnte sie nicht einfach so gehen lassen.

Schade, dass sie mir nur ihren Vornamen verraten hatte, denn als ich ihr zusah, wie sie hoch erhobenen Hauptes durch die Terrassentür ins hell erleuchtete Restaurant schritt, war mir schlagartig bewusst geworden, dass sie die Frau sein musste, mit der ich an diesem Abend eigentlich verabredet gewesen war. Ihre Silhouette hatte sich wie ein Scherenschnitt abgezeichnet und in natura waren ihre Rundungen noch verführerischer. Nur hatte sie anstelle eines schwarzen Kleides ein rotes getragen und sich nicht zu erkennen gegeben.

Hatte ich sie mit meinem Auftritt tatsächlich eingeschüchtert?

Genau das musste ich erfahren, also war ich ihr bis auf

die Straße hinaus gefolgt. Der Kuss hatte definitiv nach mehr geschmeckt. Und ich hatte nicht wie eigentlich erwartet eine Ohrfeige kassiert, im Gegenteil: Annie hatte sich an mich geschmiegt und mit lodernder Leidenschaft meinen Kuss erwidert. Mein Schwanz hatte sofort darauf reagiert. Und dennoch riet mir etwas, dass ich mein Blatt bei dieser Frau nicht überreizen durfte. Also hatte ich ihr gegen meine Gewohnheit nur eine Visitenkarte in die Hand gedrückt und ihr den Ball zugeworfen.

Zurück an meinem Tisch bestellte ich mir einen weiteren Whisky und Sushi to Go.

»Ist alles zu Ihrer Zufriedenheit, Mr. Sievers?« Der Chef persönlich stand zwei Minuten später an meinem Tisch und servierte mir den Whisky.

»Bestens, danke.« Ich hob mein Glas und prostete ihm zu. »Sagen Sie, ist Ihnen die temperamentvolle Lady im roten Kleid bekannt, die gerade gegangen ist?«

»Bedauere, sie gehört nicht zu unseren Stammgästen. Ich habe sie noch nie zuvor gesehen.« Er nickte mir verbindlich zu. »Der Whisky geht aufs Haus.«

»Das ist nicht nötig.« Ich nippte an dem Getränk. »Setzen Sie ihn mir auf die Rechnung.«

Das Klingeln meines Handys unterbrach uns.

»Hey, Chris«, begrüßte ich meinen besten Freund. »Was gibt es?«

»Störe ich dich?«

Ich lachte. »Nein, ausnahmsweise nicht. Stell dir vor, ich habe mir tatsächlich einen Korb eingefangen.«

»Die Dame gefällt mir jetzt schon«, hörte ich ihn lachend sagen.

»Mir auch, leider kenne ich nur ihren Vornamen.« Ich trank einen Schluck des milden Whiskys. »Was kann ich für dich tun?«, wechselte ich das Thema.

»Am Sonntag wollte ich zu Joe, um das neue Speedboot Probe zu fahren. Und ich musste meiner Frau versprechen, dich mitzunehmen, weil du mich ausbremsen sollst.«

Ich kannte Lauras Sorge um Chris. Er liebte die Geschwindigkeit, und seit ich ihn nach der Geburt ihres Sohnes einmal ermahnt hatte, künftig vorsichtiger zu fahren, weil er nun Familie hatte, war ich dafür zuständig, dass er sich daran hielt. Meist gelang es mir. »Um wie viel Uhr?«

»Um elf?«

»Perfekt. Ich hole dich ab.« Grace brachte mir das Sushi und zügig leerte ich mein Glas. »Sonst noch was? Mein Sushi wird kalt.«

»Guter Witz!«

Wir verabschiedeten uns, ich zahlte und ging auf die Yacht.

Der Bootsführer schipperte in gemächlichem Tempo über den Fluss mit Richtung auf die Bucht. Der Sonnenuntergang färbte den Himmel in ein dunkles, fast kitschiges Pink. Unwillkürlich fragte ich mich, ob Annie so eine Fahrt gefallen würde. Nachdenklich schob ich mir ein Sushiröllchen in den Mund und schüttelte über mich selbst den Kopf. Warum dachte ich über diese Frau überhaupt nach? Wegen eines harmlosen Kusses? Oder kratzte es an meinem Ego, weil sie meine Gesellschaft abgelehnt hatte?

Vermutlich war es eine Mischung aus beidem. Müßig, sich den Kopf darüber zu zerbrechen. Und ich ahnte, sie würde sich nicht bei mir melden. Zumindest nicht telefonisch.

Nach dem Essen und zwei langwierigen geschäftlichen Telefonaten verließ ich am Liegeplatz die Yacht und ließ mich nach Hause fahren. Das leere Penthouse wirkte heute noch größer und einsamer als sonst. Vielleicht sollte ich mir ein kleines Haus in der Stadt kaufen.

Ich sah auf die Uhr. Halb elf. Früh genug, um mich noch ausgiebig im Fitnessraum auszupowern, bevor ich schlafen ging. Vorher wollte ich noch sehen, was sich auf *Gallivant* getan hatte, mit etwas Glück würde mein Fitnessprogramm einer anderen Runde weichen.

Fünf Nachrichten, darunter eine ungelesene von der Dame, die mich angeblich versetzt hatte. Ich war davon überzeugt, dass es sich bei dem Profilbild und Annie um ein und dieselbe Person handelte. Rasch klickte ich auf den Umschlag.

»Tut mir leid, dass ich mich jetzt erst melde. Mir kam leider etwas dazwischen. Außerdem ist dieses Online-Daten nichts für mich, wie ich gemerkt habe. Bedaure. Alles Gute. A.«

Es war also Annie! Das A. sagte alles aus, ich hatte mich nicht getäuscht. Und sie log, denn sie war dort gewesen. Und sie hatte mich geküsst. Der Gedanke an Annie ließ meinen Schwanz kräftig anschwellen. Hart pochte er in meiner Hose, und obwohl er um die Zuwendung einer weiblichen Hand bettelte, war mir nicht mehr danach, die anderen Nachrichten zu lesen.

Ich klappte den Laptop zu, zog mir meine Sportkleidung an und ackerte die nächsten neunzig Minuten im Fitnessraum. Trotz der körperlichen Anstrengung ging mir Annie nicht aus dem Kopf. Ihre Unterstellung, ich wäre reich geboren und würde das Geld meines Vaters ausgeben, nagte an meinem Ego.

So konnte und wollte ich das einfach nicht stehen lassen.

KAPITEL 9

Annie

Wie dämlich war ich eigentlich? Spontan hatte ich mein Profil auf *Gallivant* gelöscht, und würde nie erfahren, ob Mike Sievers mir zurückgeschrieben hatte.

Ach, ich sollte das Thema abhaken. Die Annie im Restaurant brachte er sowieso nicht mit der Frau auf *Gallivant* in Verbindung. Wie auch? Höchstwahrscheinlich würde er die Entschuldigung annehmen und einen neuen Versuch starten. Das zu lesen, würde mich nur verletzen, denn es würde mir beweisen, wie gleichgültig ich oder der Kuss ihm waren.

Natürlich hatte ich ihn gegoogelt und dadurch so Einiges über ihn herausgefunden. Mike war nicht reich geboren, er war Selfmade Millionär und hatte erst vor wenigen Jahren alles verloren. Wie zum Teufel konnte es einer so schnell mit ehrlicher Arbeit vom Pleitegeier bis zum Millionär schaffen? Da steckten sicher krumme Geschäfte dahinter.

Zeit, mir diesen Kerl aus dem Kopf zu schlagen.

Erstaunlicherweise ging das Getuschel über das Ende meiner Beziehung mit George im Stress der Notaufnahme unter. Jedenfalls bekam ich nichts mit.

Worauf ich jedoch am Sonntagmorgen angesprochen wurde, war meine Auseinandersetzung mit Mike Sievers. Das sorgte für deutlich mehr Gesprächsstoff als mein Beziehungsende. Wer das beobachtet hatte, erfuhr ich nicht. Irgendwie musste Mike Sievers in gewissen Kreisen bekannter sein, als es bei der Googlesuche den Anschein hatte. Aber im Internet wurde ja sogar viel über mürrische Katzen wie Grumpy geschrieben, die mehr Follower als die Queen von England hatte.

Sogar meine Kollegin Emma sprach mich auf Mike Sievers an.

»Es war wirklich nichts. Wir haben nur wenige Worte miteinander gewechselt.«

»Das klingt im Flurfunk aber ganz anders«, widersprach sie. »Es wird gemunkelt, dass du ihn lautstark hast abblitzen lassen.«

Ich verdrehte die Augen. »Blödsinn. Wir kennen uns ja gar nicht.«

»Ja, klar … Ach, Mike Sievers«, flötete sie. »Jede Singlefrau ist hinter ihm her. Aber er lässt sich nicht einfangen.«

Die Alarmleuchte begann zu blinken. Die in der Küche wohlgemerkt. »Kaffeepause ist vorbei.«

Emma und ich eilten zum Noteingang.

»Was haben wir?«, rief ich der diensthabenden Schwester zu, die den Alarm ausgelöst hatte.

»Jetskiunfall«, informierte sie mich. »Blutende Kopfverletzung, nicht bei Bewusstsein.«

»Mehr Informationen hast du nicht?«

Die Schwester schüttelte den Kopf. »Der Wagen bringt ihn in zwei Minuten, dann kannst du dir selbst ein Bild machen.«

Ich drehte mich zu Emma um. »CT vorbereiten. Zuerst müssen wir wissen, wie schwer die Kopfverletzung ist.«

Emma eilte davon und ich desinfizierte mir die Hände. Der Wagen fuhr mit zuckenden Lichtern vor den Eingang. Ich rannte nach draußen, wo der Beifahrer bereits ausstieg.

»Ist er ohne Bewusstsein?«

»Leider ja. Er wurde beim Schwimmen von einem Jetski überfahren.« Er eilte zur Heckklappe und öffnete sie. Ein Kollege versorgte bereits die blutende Wunde. »Ein Glück, dass er nicht untergegangen ist.«

Warum zum Teufel mussten die Schwimmer immer wieder in den nicht für sie markierten Zonen schwimmen? Jedes Jahr kam es so zu schweren Unfällen.

»Die Blutung haben wir im Griff«, sagte der Sanitäter. »Blutdruck etwas schwach, aber stabil. Puls ebenfalls.«

Sie schoben die Trage heraus, klappten die Rollfüße auf. In dem Moment erkannte ich, wer hier eingeliefert wurde.

Mike Sievers!

»Alles in Ordnung? Sie sehen etwas blass aus.«

Augenblicklich erwachte ich aus meiner Erstarrung und schaltete automatisch meine aufwallenden Emotionen ab. Hier war ich Ärztin, nichts anderes.

»Ins CT«, forderte ich die Sanitäter auf, während ich neben der Rolltrage herlief und mir die klaffende Kopfwunde ansah. Diese befand sich direkt am Haaransatz. Mit etwas Glück würde man später nichts mehr davon sehen. Viel wichtiger war die Feststellung, ob er eine folgenschwere Kopfverletzung davongetragen hatte. Ich schickte ein Stoßgebet zum Himmel.

Emma hatte alles vorbereitet. Das Bett, das den Patienten in die Röhre schob, war bereits ausgefahren und die Maschine brummte leise. »Legen wir ihn behutsam hin. Die Nackenstütze bleibt.«

Ich schob meine Hände unter Mikes Bein und nickte meinen Kollegen zu. »Auf Drei.«

»Eins, zwei ... drei.« Routiniert hoben wir Mike auf den CT-Schlitten. »Danke, ab hier übernehmen wir. Emma«, wandte ich mich an meine jüngere Kollegin. »Wir brauchen ein Bett.«

»Ist auf dem Weg.«

»Gut, halte mir bitte ein Behandlungszimmer frei«, gab ich ein weiteres Kommando und zog mir die Handschuhe über.

Von einem Moment auf den anderen stand ich allein im Zimmer. Die Sanitäter rollten ihre Rolltrage nach draußen und Emma bereitete alles zur Wundversorgung vor.

»Mike?«, flüsterte ich. »Hörst du mich?« Ich leuchtete ihm in die Augen. Die Pupillen reagierten augenblicklich. Gott sei Dank! Ein gutes Zeichen. Dann besah ich mir die Platzwunde und zog sie behutsam ein wenig auseinander. Der Knochen war allem Anschein nach nicht betroffen. Notdürftig bedeckte ich die Wunde. »Dann wollen wir mal sehen.«

Mit pochendem Herzen drückte ich den Knopf und der Schlitten fuhr in die Röhre. Mir blieben nur wenige Sekunden, mich erneut zu ermahnen, dass ich mich nicht von meinen Gefühlen lenken lassen durfte. Was nötig war, war ein klar denkender Kopf. Mir durfte kein Fehler unterlaufen, nur weil ich Mike Sievers kannte.

Irritiert schüttelte ich den Kopf.

Den Patienten!

So wurde es gelehrt, um eine gewisse Distanz zu halten. Doch funktionierte das einen feuchten Kehricht, wenn alles in einem zu kribbeln begann, wenn man nur an diese Person dachte.

Ich schloss die Augen, atmete dreimal tief ein und aus, was mich merklich beruhigte. Die Aufnahme war fertig. Ich ließ den Schlitten wieder aus der Röhre fahren und sah auf den Gang. Emma schob ein Patientenbett vor sich her und erreichte gerade zusammen mit einem Helfer die Tür.

»Kommt herein, wir müssen ihn auf das Bett legen, und sofort in den Behandlungsraum mit ihm. Emma, bring mir im Anschluss bitte die Aufnahmen rüber.«

Mike stöhnte leise auf, als wir ihn umlagerten. Er schien langsam zu sich zu kommen.

Emma starrte auf das Gesicht. »Ist das nicht …?«

»Ja, ist er«, bestätigte ich ihre Vermutung knapp und mit professionellem Tonfall. »Welcher Raum ist frei?«

»Die Vier.«

Wir schoben Mike ins Behandlungszimmer.

»Willst du ihn hier nähen?«

Nickend ging ich zum Schrank und holte Nadel und Faden heraus. Die Wunde war zu tief, um sie zu klammern. Ich zog die Handschuhe aus und desinfizierte mir erneut die Hände, bevor ich in ein frisches Paar Einweghandschuhe schlüpfte.

Emma blickte von mir zu Mike. »Wie schaffst du es nur, so ruhig zu bleiben?«

»Mit Konzentration? Speichere die Aufnahmen und schicke sie mir rüber.«

Ich löste die Plastikummantelung von Nadel und Faden, nahm ein lokales Anästhesiespray und destilliertes Wasser. Behutsam reinigte ich Mikes Gesicht vom Blut, tupfte es ab und untersuchte die Platzwunde. Sie verlief direkt am Haaransatz, was ihm ersparte, dass ich ihm Teile des Kopfhaares abrasieren musste. Ich griff nach dem Spray und sprühte die kühlende Flüssigkeit auf die Stirn. Erneut stöhnte Mike leise auf. Vermutlich spürte er das leichte Brennen des Sprays.

Ich wartete drei Minuten. Immer wieder ertappte ich mich bei dem Wunsch, ihn nicht nur als Ärztin berühren zu wollen. Dieser Impuls, ihm zart über die Wange zu streichen und ihm zu sagen, alles würde gut ausgehen, war übergroß – und grenzüberschreitend.

Froh, dass die drei Minuten vorüber waren, spritzte ich die lokale Betäubung rund um die Platzwunde oberflächlich in die Haut. Gleich würde die Wirkung eintreten, sodass Mike das Nähen kaum noch spürte. Bis dahin legte ich sorgfältig Nadel und Faden zurecht. Meine Brüste waren nur wenige Zentimeter von seinem Gesicht entfernt, da ich mich schräg über ihn beugen musste, wenn ich die Stiche sauber nähen wollte.

Gut, dass er nicht bei Besinnung war.

Als ich den vierten Stich verknotete, wurde Mike unruhig. Ich stoppte meine Arbeit. »Scht. Ganz ruhig«, flüsterte ich und strich ihm über das Haar.

Mike schlug die Augen auf. »Du?«

Lächelnd hielt ich die Nadel hoch. »Bleib bitte ruhig liegen, ja? Nur noch fünf Stiche, und wir sind hier fertig.«

»Fünf Stiche?« Unwillkürlich wollte er sich an die Stirn fassen.

»Nicht!« Ich hielt ihn zurück und schüttelte den Kopf. »Einfach ruhig liegen bleiben. Es ist gleich vorbei.«

Mike sah mich ungläubig an. »Was ist passiert? Ich bin im Krankenhaus?«

»Du erinnerst dich nicht?« Das war nicht ungewöhnlich. Mich hatte er immerhin erkannt, was ein gutes Zeichen war. »Schließ die Augen, versuche, dich zu erinnern, und ich versorge inzwischen deine Platzwunde. Einverstanden?«

»Einverstanden«, flüsterte er und schloss die Augen.

Die letzten Stiche zu nähen dauerte eine gefühlte Ewigkeit. Jetzt, wo er wach war, fiel es mir deutlich schwerer, professionell zu bleiben. Außerdem fürchtete ich, ihm wehzutun, denn es blieb nicht aus, dass man die Einstiche ein wenig spürte, wenn man nur eine lokale Betäubung hatte. Ich verknotete den Faden des letzten Stichs, und besah mir das makabere Kunstwerk. Es sah gut aus.

»In einem Jahr wird man nichts mehr davon sehen. Versprochen.«

Mike öffnete die Augen. »Was ist mit dem Jungen?«

»Mit welchem Jungen?«

»Der Junge, der vom Jetski gefallen und beinahe ertrunken ist.« Mike versuchte, sich aufzusetzen, und stöhnte.

»Langsam«, bat ich ihn, doch er hörte nicht, obwohl er schmerzerfüllt das Gesicht verzog. Ich drückte ihn entschieden zurück auf die Matratze. »Liegenbleiben.«

»Ich muss wissen, was mit dem Jungen ist«, wiederholte er.

»Hier wurde niemand eingeliefert, aber ich frage sofort nach.«

Vor der Tür hörte ich lautes Reden. Die Unruhe übertrug sich auf Mike, der sich erneut aufsetzen wollte, was ich nicht zuließ. Ich bedachte ihn mit meinem finstersten Blick. »Liegenbleiben, habe ich gesagt. Ich frage nach.«

Mike schien sich tatsächlich ein wenig zu entspannen, wenn man ihm dennoch ansah, dass er Schmerzen hatte.

Doch mit einem Schmerzmittel musste er warten, bis ich das CT ausgewertet hatte.

Eilig schlüpfte ich durch die Tür nach draußen. »Was ist denn hier los?«

Emma stand einem attraktiven Mann Ende dreißig gegenüber. Er hielt ein Bündel Kleidung in der Hand. »Ich will sofort wissen, wie es ihm geht!«

»Wer sind Sie?«, fragte ich und hob beschwichtigend die Hände. »Sind Sie ein Familienangehöriger?«

»Mike Sievers hat keine Familie mehr, ich bin derjenige, der ihm am nächsten steht.«

Schon wollte er sich an mir vorbeischieben, doch ich hinderte ihn daran, indem ich mich vor die Tür stellte und den Kopf schüttelte.

»Er ist wach, braucht aber noch Ruhe. Und er will wissen, was aus dem Jungen geworden ist.«

Der Mann lachte trocken auf. »Dem geht es bestens! Zumindest, sobald er seinen Rausch ausgeschlafen hat!«

»Und Sie sind?«

»Christopher Brown.«

»Mr. Brown, Sie waren zum Zeitpunkt des Unfalls bei Mr. Sievers?«

»Ja. Wir machten eine Probefahrt mit dem Speedboot, als Mike mich bat, umzukehren, weil ein Jugendlicher von seinem Jetski gestürzt und nicht wieder aufgetaucht war. Also habe ich gewendet und Mike sprang ins Wasser.« Unruhig trat Christopher Brown von einem Bein auf das andere. »Gerade, als er mit dem Jungen auftauchte, kam dessen Freund und fuhr Mike über den Haufen. Er hielt den Jungen gerade noch so lange fest, bis ich beide ins Boot ziehen konnte. Dann verlor er das Bewusstsein.«

»Danke, ich werde Mr. Sievers sagen, dass der Junge wohlauf ist.« Ich zeigte auf die Stühle, die an die Wand montiert waren. »Und Sie müssen sich noch einen Moment gedulden.« Emma hob die CD hoch und reichte sie mir. »Danke.«

Ohne mich weiter um Mikes Freund zu kümmern, ging ich zurück in das Behandlungszimmer. Mike sah mich erwartungsvoll an.

»Dem Jungen geht es gut. Er war betrunken und wird einen Kater haben, mehr ist ihm nicht passiert. Sie haben ihm, wie ich gerade erfahren habe, das Leben gerettet. Der Freund, der ihm ebenfalls zu Hilfe kommen wollte, hatte Sie wohl leider nicht auftauchen sehen.«

»Waren wir nicht beim Du?« Mike lächelte mich schief an und mir wurden die Knie weich.

»Nun schaue ich mir mal das CT an«, überging ich seine Frage. »Die Platzwunde ist nicht von schlechten Eltern und egal, was sich bei den Aufnahmen zeigt, Sie müssen sich schonen.«

»Schonen? Guter Witz. Das kann ich mir nicht erlauben«, widersprach Mike.

»Solange ich Sie behandle, haben Sie meinen Anweisungen zu folgen, und die werde ich Ihnen nach der Auswertung des CTs geben. Sie können das Krankenhaus jedoch jederzeit verlassen - auf eigene Verantwortung.«

Ohne ihn anzusehen, ging ich zum PC, schob die CD ins Laufwerk und startete das Programm.

Wenig später vertiefte ich mich in die Aufnahmen. Keine Schädelfraktur, kein Anzeichen auf eine Blutung oder Hirnschwellung.

»Darf ich dich zum Segeln einladen?« Mikes Stimme klang fest, was mich nach diesem Schlag auf den Kopf überraschte.

Der Kerl kam vielleicht auf Ideen! Ohne zu antworten, konzentrierte ich mich auf die einzelnen Schichtaufnahmen. Achtsam scannte ich jede Aufnahme zweimal gründlich, bevor ich mir die nächste vornahm. Nachdem ich überzeugt war, dass Mikes Kopf nichts weiter abbekommen hatte, entwich mir ein erleichterter Seufzer.

»Als Dankeschön«, holte mich Mike aus meiner Erleichterung.

»Mike, Sie haben eine Kopfverletzung. Die Schnittwunde ist versorgt, aber eine Gehirnerschütterung kann ich nicht ausschließen, was bedeutet, Sie bleiben zwei Tage zur Beobachtung in der Klinik.«

»Ich habe nur ein wenig Kopfschmerzen, nichts, was ein Schmerzmittel nicht in den Griff bekommen könnte.«

»Und eine Wunde, die genäht werden musste.«

Mike setzte sich auf und schwang die Beine aus dem Bett. »Siehst du? Alles okay.«

Fast hätte ich die leichte Bewegung nach hinten übersehen. Er tarnte den Schwindel, indem er sich lässig mit den Armen abstützte.

»Wem willst du hier etwas vormachen?«, fragte ich ihn. »Du lässt dir nicht gerne sagen, was du zu tun hast, richtig? Und schon gar nicht von einer Frau.«

Lächelnd blinzelte er mir zu. »Als du vorhin gesagt hast, ich soll im Bett liegen bleiben, habe ich auf dich gehört, aber du bist ja einfach gegangen. Was sollte mich da im Bett halten?« Dieser freche Kerl flirtete ja mit mir! »Wann hast du Feierabend?«

Automatisch sah ich auf die Uhr. »In einer Stunde. Aber davon wirst du nichts haben, denn du bleibst zur Beobachtung hier.«

»Den Teufel werde ich tun.« Schon war Mike im Begriff aufzustehen. »Ich habe morgen einen wichtigen Termin. Den kann ich nicht versäumen.«

Ich stöhnte auf. Mike schien ein sturer Kerl zu sein.

»Vielleicht bringt dich dein Freund zur Vernunft. Ich kann natürlich nicht verhindern, dass du dich selbst entlässt, aber ich würde es dir nicht empfehlen.«

An der Tür angekommen, öffnete ich sie und winkte Christopher Brown zu mir. »Auf mich hört er nicht, vielleicht haben Sie ja mehr Glück. Vermutlich hat er eine Gehirnerschütterung, und ich würde ihn gern noch zwei Tage zur Beobachtung hierbehalten, doch er lehnt es ab. Wenn er geht, kann das schwere Folgen nach sich ziehen, sollte er Zeichen wie Schwindel weiterhin ignorieren. Aber bitte, es ist sein Leben!«

Mich brachte so viel Unvernunft in Rage. Was ging mich der Kerl überhaupt an? Sollte er tun, was er wollte.

KAPITEL 10

Mike

Geht es dir gut?« Christophers bedrückte Miene zeigte mir deutlich seine Sorge um mich.

Ich blieb sitzen, obwohl ich mich viel lieber hingelegt hätte, jetzt, wo Annie weg war. Ein leichtes Schwindelgefühl ließ mich mehrfach blinzeln, bis ich wieder klar sah. »Ich habe dir deine Klamotten, Schlüssel und Brieftasche mitgebracht.« Er legte meine Sachen an das Fußende.

»Unkraut vergeht nicht und du weißt ja, ich habe einen Dickschädel.«

»Der Dickschädel hat ordentlich was abgekommen. Hübsche Ärztin übrigens. Leg dich lieber wieder hin und lass dich von ihr noch ein paar Tage pflegen.« Christopher zog sich einen Stuhl heran und setzte sich neben das Bett. »Ich will nichts davon hören, dass du dich selbst entlässt, verstanden?«

»Muss ich. Morgen Mittag habe ich einen wichtigen Telefontermin, den kann ich nicht verpassen. Und ausruhen kann ich mich bei mir zu Hause. Da ist es deutlich komfortabler als in einem Krankenhaus.« Chris wollte mich mit einer hübschen Ärztin locken, kein schlechter Plan von ihm, doch leider kannte ich sie bereits, wenn auch nur flüchtig. »Kannst du mir den Nachnamen der Ärztin sagen?«

»Dr. Miller stand auf ihrem Schild, warum?«

»Weil ich nur ihren Vornamen kenne.« Ich zog die Augenbrauen hoch und schloss umgehend die Augen, als ein scharfer Schmerz auf meiner rechten Stirnhälfte mir genau zeigte, wo mein Dickschädel etwas abbekommen hatte. »Das ist Annie, die Kleine aus dem *Zuma*, die mir einen Korb gegeben hat.«

Augenblicklich lachte er laut los. »Sag nicht, du hast den ganzen Zirkus veranstaltet, um in diese Notaufnahme zu kommen.«

Wie kam er nur auf diese Idee? »So was traust du mir zu?« Niemals würde ich meine Gesundheit dermaßen leichtfertig aufs Spiel setzen. Um eine Frau zu erobern, tue ich zwar einiges, aber niemals solche Dummheiten.

Mein bester Freund legte den Kopf schief. »Du verlierst nicht gern.«

Da hatte er recht. »Und deshalb werde ich mich selbst entlassen, sonst verliere ich morgen nämlich den dicken Fisch, dem ich seit Monaten einen Köder vor die Nase halte.«

»Nur, wenn du dir eine Krankenschwester besorgst, die die Nacht über immer wieder mal nach dir sieht. Mit Kopfverletzungen ist nicht zu spaßen.« Entschlossen stand Chris vom Stuhl auf. »Darum werde ich mich jetzt kümmern. Gegen entsprechende Bezahlung wird sich in diesem Krankenhaus sicherlich eine Fachkraft für dich finden lassen.«

Widerspruchslos ließ ich ihn gewähren. Sein Spruch brachte mich auf eine Idee. Und Chris würde sowieso nicht locker lassen. In meinem Penthouse gab es mehr als genug freie Gästezimmer. Mühsam schälte ich mich aus dem Trockenanzug und schlüpfte in bequeme Sportkleidung. Mein Nacken und mein Kopf schmerzten. Besser, ich legte mich für einen Moment hin. Mit einem leichten Seufzen schloss ich die Augen.

Eine sanfte Hand strich über meine Wange. »Aufwachen. Hier kannst du nicht liegen bleiben.«

Ich öffnete meine Lider und blickte in warme braune Augen.

Annie.

Unwillkürlich lächelte ich.

Ihr Blick war mitfühlend und dennoch wirkte sie ein wenig wütend.

»Was ist los?«, fragte ich. »Warum bist du sauer?«

»Weil du dich selbst entlassen willst. Das kann richtig schief gehen.«

Sie machte sich tatsächlich Sorgen um mich. »Du könntest mitkommen und mich im Auge behalten.«

Annie lachte auf. »Such dir eine andere Nachtschwester.«

»Was, wenn ich aber keine andere will?«

»Du glaubst wirklich, du kannst dir alles erlauben!« Diese Mischung, wie sie mich zornig und gleichzeitig besorgt ansah, ließ mich hoffen, sie würde doch noch zusagen.

»Nein«, widersprach ich ihr, denn das konnte ich definitiv nicht. »Ich bitte dich. Es ist wirklich wichtig.«

»Wichtiger als deine Gesundheit?«

Diese Frau wusste, wie sie mein Gewissen erreichte. »Natürlich nicht. Aber mir geht es gut und ich muss dieses Telefonat führen. Es hängen viele Arbeitsplätze daran.«

Annie runzelte die Stirn. Ich sah, wie es in ihr arbeitete. Vermutlich kämpfte ihre Gewissenhaftigkeit gegen den Impuls an, mich zum Teufel zu jagen.

»Ich wäre dir sehr dankbar.« Mein Blick ruhte auf ihr. »Oder hast du Dienst?«

Sie schwieg noch immer.

»Ich werde brav sein.«

»Es wäre besser für dich, hierzubleiben. Also oben, in den Krankenzimmern.« Ein tiefes Seufzen drang aus ihrer Kehle. Dieses zarte Geräusch berührte mich. »Ich habe Feierabend und morgen meinen freien Tag. Den hatte ich mir allerdings anders vorgestellt.« Sie kämpfte weiter mit sich. »Aber dich allein in irgendeiner Wohnung zu wissen, würde mir vor schlechtem Gewissen keine Ruhe lassen. Was bleibt mir also anderes übrig?«

»Nichts.«

»Du bist ein sturer Hund«, sagte sie.

»Was?«

»Das hat dein Freund gesagt, als er mich draußen schon überreden wollte.«

»Hat er sonst noch was über mich erzählt?« Chris hatte tatsächlich versucht, Annie dazu zu bewegen, auf mich zu achten. Dafür würde ich ihm ein Bier ausgeben müssen! Annie würde die Nacht in meinem Apartment verbringen. Und ich? Ich fühlte mich schwindlig, der Kopf schmerzte und in diesem Zustand würde ich sie kaum verführen können. Der Gedanke an sich hatte etwas Reizvolles: Annie in meiner Wohnung ...

Meine Frage ließ Annie unbeantwortet. »Wenn du nicht auf meine Ratschläge hörst, bin ich schneller weg, als du schauen kannst, verstanden?« Sie sah mit besorgtem, aber entschlossenem Blick auf mich herunter.

»Verstanden«, stimmte ich zu. »Wie lange wirst du bleiben?«

»So lang es notwendig ist.« Sie nahm die Krankenakte vom Tisch und kam zurück an das Bett. »Hier noch die Unterschrift, dass du dich selbst entlässt und das Krankenhaus dadurch von jeglicher Verantwortung freisprichst, sollten Folgeschäden auftreten.«

Ohne zu zögern, nahm ich den Stift, den sie mir entgegenhielt und unterschrieb den Entlassungsantrag.

»Emma wird dich gleich mit einem Rollstuhl nach draußen bringen.«

»Muss das sein?« Es war mir unangenehm, mich herumfahren zu lassen, obwohl ich problemlos gehen konnte.

Annie seufzte. »Wie lange lebst du in den Staaten?«

Dass sie darauf keine Antwort erwartete, war mir klar, daher verdrehte ich nur die Augen und gab mich geschlagen. »Immer alles hübsch nach Vorschrift.«

»Genau.« Die Ironie in ihrer Stimme amüsierte mich.

Es würden interessante Stunden werden, sollte ich bald etwas gegen meine Kopfschmerzen bekommen.

»Ich hole dich vor dem Eingang ab.«

Annie ließ mich allein. Ich massierte mir die Schläfen, um die Schmerzen zu lindern. Keine fünf Minuten später ging die Tür auf und Annies Kollegin kam mit einem Rollstuhl herein.

»Es ist unvernünftig, was Sie tun, Mr. Sievers.«

»Es geht nicht anders.« Diese Emma war eine attraktive Frau mit hellblauen Augen. Zu einem anderen Zeitpunkt hätte ich mit ihr geflirtet. »Manchmal muss man unvernünftig sein.«

»Aber nicht auf Kosten anderer«, wandte Emma ein. »Wenn Sie Annie schlecht behandeln, gnade Ihnen Gott.« Sie schob den Rollstuhl vor mich.

Irritiert setzte ich mich auf und sah sie an. »Wie kommen Sie darauf, ich würde Ihre Kollegin schlecht behandeln?«

»Die Auseinandersetzung im *Zuma* hat sich herumgesprochen, und wenn Annie laut wird, hat sie allen Grund dazu.« Eindringlich zeigte sie auf den Stuhl. »Und nun, bitte, ich habe noch anders zu tun.«

Womit hatte ich diese Unfreundlichkeit verdient? Ich hatte weder dieser Emma noch Annie etwas getan.

Entschlossen stand ich auf. »Wenn Sie so viel zu tun haben, gehen Sie ruhig, ich finde allein hinaus.«

Den aufkommenden Schwindel ignorierend, wollte ich an ihr vorbeigehen. Sie hielt mich am Arm fest. »Das können Sie, aber nur im Rollstuhl, verstanden?«

Für einen Moment starrten wir uns nur an. Dann gab ich nach. Diese Frau machte nur ihren Job und ich sollte es ihr nicht noch schwerer machen. Also setzte ich mich in den Rollstuhl und stellte brav die Füße auf die ausgeklappten Stützen.

»Und bevor Sie den Stuhl in die nächste Ecke stellen und zu Fuß rausgehen, schiebe ich Sie bis vor den Eingang. Annie wird Sie abholen. Was ich davon halte, Annies Hilfsbereitschaft auszunutzen, verkneife ich mir besser.« Energisch drehte sie den Stuhl herum und schob mich vor sich her.

Ich hatte nicht vor, mich Annie gegenüber schlecht zu benehmen, und diese Unterstellung gefiel mir nicht. Vermutlich war die Frau überarbeitet oder untervögelt oder beides. Das war sogar sehr wahrscheinlich. Ihr nicht vorhandener Charme schreckte sicher jeden noch so willigen Mann ab. Ich verkniff es mir, das laut auszusprechen, es würde sie nur noch weiter gegen mich aufbringen. Und wer wusste schon, wie sie tickte, womöglich zog sie mir eine über und entsorgte mich in der Pathologie. Dieser absurde Gedanke ließ mich schmunzeln.

Wenig später schob Emma mich ins Freie.

»Danke, und gute Schicht noch«, verabschiedete ich mich.

Sie nickte nur knapp und ließ mich im Stuhl am Straßenrand stehen.

Immerhin war die Zufahrt überdacht und ich saß im Schatten. Um mir nicht noch mehr Ärger einzuhandeln, blieb ich sitzen und wartete auf Annie.

Ein klappriger rostroter Kleinwagen kam die Auffahrt hoch. Ich kniff die Augen zusammen, um sehen zu können, wer hinter dem Steuer saß. Es war tatsächlich Annie. Das durfte doch nicht wahr sein! Wie konnte sie als Ärztin mit einer solchen alten Schüssel herumfahren?

»Schicker Wagen«, sagte ich, als sie ausstieg.

»Ich weiß. Ein Erbstück meiner Großmutter.« Annie bedachte mich mit einem fast tödlichen Blick. »Einsteigen, bevor ich es mir anders überlege.«

Da hatte ich wohl einen wunden Punkt bei Annie getroffen, dabei hatte ich es nicht böse gemeint. »Die schlechte Laune scheint in diesem Gebäude ansteckend zu sein«, knurrte ich leise, stand auf und öffnete die Beifahrertür. Der Innenraum des italienischen Kleinwagens war winzig. Ohne zu murren, quetschte ich mich auf den Sitz für Zwerge. Meine Knie stießen am Armaturenbrett an und mein Kinn berührte beinahe meine Knie, aber für die paar Meter musste es gehen.

Während ich eingestiegen war, hatte Annie den Rollstuhl ins Gebäude gebracht. Sie blieb vor dem Wagen stehen und lachte schallend. Kopfschüttelnd stieg sie auf der Fahrerseite ein. »Okay, du hast gewonnen. Du siehst in diesem Auto wirklich etwas lächerlich aus.«

»Können wir fahren? Je kürzer ich so sitzen muss, umso besser für die Gesundheit, nehme ich an.«

Während der Fahrt sprach sie kein Wort, und folgte still meiner Wegbeschreibung. Zehn Minuten später reichte ich ihr an der Schranke zur Tiefgarageneinfahrt meine Zugangskarte. Annie hielt sie an den Scanapparat und die Schranke ging auf. Sie parkte ihr Auto neben meinem Bentley. Auch wenn sie meinen Wagen kurz musterte, achtete sie genau darauf, als ich ausstieg. Ein leichter Schwindel ließ mich innehalten. Annie bemerkte es, das sah ich an ihrem Blick, doch sie ließ es unkommentiert, wofür ich ihr sehr dankbar war.

KAPITEL 11

Annie

Noch immer konnte ich mir nicht erklären, warum ich mich dazu hatte überreden lassen, mit zu Mike Sievers zu fahren. Natürlich, er brauchte kompetente Überwachung, aber bei seinen finanziellen Verhältnissen wäre es ein Leichtes für ihn oder seinen Freund gewesen, jemanden zu engagieren.

Warum hatte ich zugesagt?

Vermutlich, weil der kleine Teufel auf meiner Schulter übermütig auf und ab gehüpft war und laut JA, JA, JA gerufen und dabei mein Kopf eindeutig NEIN gesagt hatte. Dennoch hatte ich mich ganz deutlich sagen hören: »Gut, für eine Nacht, aber wenn es Komplikationen gibt, landet er in der Klinik, ob er will oder nicht.«

Dass Mike Sievers nicht in meinem Viertel wohnen würde und ein anderes Fahrzeug gewohnt war, war mir von Beginn an klar gewesen. Mit seiner Größe war er auf meinem Beifahrersitz absolut deplatziert. Ich hatte alle Mühe, mich zusammenzureißen, weil es so witzig aussah, wie dieser stolze und attraktive Mann zusammengekauert auf dem Sitz saß und mir knappe Anweisungen gab, die mich über den Intracoastal Waterway in die beste Wohngegend der Stadt führten. Wer in Bayshore, Nautilus oder Mid-Beach wohnte, brauchte sich keine finanziellen Sorgen mehr zu machen, denn er hatte keine.

Vor einem beeindruckenden sechsstöckigen Gebäude reichte mir Mike seine Zugangskarte und ich parkte meine Knutschkugel neben einem schicken Bentley Cabrio.

Schnell wurde meine Aufmerksamkeit zurück zu Mike gelenkt, denn er schwankte leicht und gab sich offensichtlich alle Mühe, dies vor mir zu verbergen. Also sprach ich ihn nicht darauf an. Was er jetzt brauchte, waren Ruhe und Schlaf.

»Der Aufzug ist dort hinten.« Er ging voraus und seine Schritte wirkten sicher. Es musste ihn seine ganze Konzentration kosten, denn er hatte bisher nicht mal ein Schmerzmittel bekommen. Die hatte ich in meiner Tasche und ich würde sie ihm verabreichen, sobald er in seiner Wohnung war, da es sich um ein Kombiprodukt mit einem leichten Schlafmittel handelte. Und Schlaf war für ihn nun wichtig.

In dem etwas beengten Fahrstuhl stand ich zwangsläufig dicht neben ihm. Sein würzig-männlicher Duft machte mich ganz kirre. Oh Mann, ich könnte in diesem Moment in meinem Kräutergarten sein, mir einige Kräuter zupfen und mir ein wundervolles, wenn auch frühes Abendessen zaubern. Ich könnte … Ja, was könnte ich alles? Viel, sehr viel. Und dennoch wünschte ich, diese Fahrt nach oben würde ewig dauern.

Die Fahrstuhltür öffnete sich und ich blieb mit offenem Mund wie versteinert stehen. Vor mir lag ein riesiger

Wohnbereich mit einer komplett verglasten Fensterfront mit Blick auf den Ozean. Der Raum war größer als mein ganzes Häuschen.

»Herzlich willkommen«, sagte Mike und geleitete mich am Arm aus dem Fahrstuhl.

»Das ist …«, stammelte ich. Mir fehlten die richtigen Worte. Was sagte man, wenn man beeindruckt, hingerissen und sprachlos war?

»Es gefällt dir?«

Gefallen war nicht das Wort, das mir einfiel. Es war dekadent und protzig. Aber auch atemberaubend. Interessiert sah ich mich weiter um. Hinter dem Wohnbereich war ein offener Zugang zur Küche. Mehr konnte ich von hier aus nicht erkennen.

»Die Schlafzimmer sind oben.« Er zeigte zu der nach oben führenden Edelholztreppe. »Ich zeige dir dein Zimmer. Dann würde ich gern duschen.«

Ich nickte. »Gut. Ich werde was zu essen machen und du legst dich hin.«

»Du wirst in der Küche nicht viel finden«, gab Mike zu bedenken.

»Es wird hier ja einen Supermarkt geben, oder?« Die Medikamente, die ich in der Tasche hatte, durften nicht auf nüchternen Magen eingenommen werden.

»Ich bin nicht hungrig.«

Okay, er wollte nicht, dass ich mir Umstände machte, aber wozu war ich sonst hier? Nicht, um die schöne Aussicht zu genießen. »Aber ich bin es.«

»Verzeih, das hätte ich mir denken können.« Nickend zückte Mike seine Brieftasche und gab mir zweihundert Dollar in großen Scheinen. »Ein Supermarkt ist im Gebäude nebenan. Danke, dass du das für mich tust. «

Argwöhnisch betrachtete ich das Geld und wollte es

ihm zurückgeben. Daraufhin erntete ich einen erstaunten Blick.

»Annie, das Geld ist für die Lebensmittel. Nimm es bitte.«

»Gut, aber nur dafür«, erwiderte ich und steckte das Geld ein. »Ich werde mir dort noch ein paar Sachen kaufen, die ich für die Nacht brauche.«

»Wir hätten bei dir vorbeifahren können.« Er zog die Brauen hoch.

»Damit du noch länger zusammengekauert auf meinem Beifahrersitz hättest ausharren müssen?«

»Das stimmt allerdings. Es ist außerdem alles an Hygieneartikel da, was man braucht. Im Badezimmer.« Er ging die Holztreppe nach oben. »Komm, ich zeige dir die obere Etage.«

Im Zentrum des Obergeschosses standen wir statt in einem gewöhnlichen Flur in einer Art exquisiter Lounge, von der fünf Türen abgingen.

Mike öffnete eine. »Das ist mein Schlafzimmer, die anderen stehen leer. Du kannst dir deines aussuchen. In allen Bädern findet sich, was man als Übernachtungsgast benötigt. Sieh dich in Ruhe um.«

»Okay ...«, sagte ich staunend und fügte hinzu: »Dann ab mit dir unter die Dusche und bitte ruh dich anschließend aus. Ich hole dich, wenn ich fertig bin.«

»Aye, aye, Ma'am«, sagte er lachend, ging in sein Zimmer und ließ mich allein zurück.

Ohne die anderen Zimmer anzusehen, wählte ich für meine Übernachtung das Zimmer neben Mikes aus. So war ich in seiner Nähe, sollte er mich brauchen. Für meine nächtlichen Kontrollbesuche wäre es gleichgültig gewesen, aber sollte er nach mir rufen, würde ich ihn nebenan hören können.

Das Zimmer war traumhaft schön, luftig und mediterran in Naturtönen mit türkisen Farbtupfern eingerichtet. Es gab ein großzügiges Doppelbett, rechts und links davon einen Nachttisch, einen großen Einbauschrank und neben der Badezimmertür eine Kommode mit Spiegel. Überwältigend war jedoch die Fensterfront mit freiem Blick auf das Meer.

Ich hatte sogar Meerblick vom Bett aus! Beeindruckt ging ich weiter ins Badezimmer. Direkt vor einem Fenster stand eine auf antik gemachte Badewanne mit Füßen, die Dusche und das Waschbecken lagen gegenüber. Die Toilette war abgetrennt. Ich wusste jetzt schon, ich würde mir hier ein Bad gönnen. Und wenn es nachts um ein Uhr wäre, diesen Luxus wollte ich mir nicht entgehen lassen.

Nebenan hörte ich das Wasser rauschen. Auch wenn Mike vorgab, er sei in bester Verfassung, hatte ich den kurzen Schwindel bemerkt. Besser, ich wartete in seinem Zimmer, bis er wieder aus der Dusche kam. Sollte er ausrutschen, wäre ich gleich zur Stelle. Er musste ja nicht erfahren, dass ich gewartet hatte, bis er wieder auf trockenem Boden stand. Ich betrat sein Zimmer. Es war noch größer als das Nachbarzimmer. Die abgelegte Kleidung lag auf einem Haufen. Entweder er war unordentlich, oder es ging ihm schlechter, als er zugab. Wenn ich mir den ordentlichen Raum ansah, vermutete ich Letzteres. Ein merkwürdiges Gefühl überkam mich, als ich mitten in Mikes Zimmer stehenblieb und mich umsah. Ich sollte nicht hier sein. Das wusste ich. Und dennoch konnte ich dem Prickeln in meinem Magen nicht widerstehen. Der Aufruhr, den dieser Mann in mir entfachte, genoss ich und fürchtete ihn zugleich.

Das Wasser wurde abgedreht.

Höchste Zeit, um einzukaufen. Bevor er mich dort

antreffen konnte, verließ ich sein Schlafzimmer, eilte die Treppenstufen hinunter und inspizierte die Küche. Sie war voll ausgestattet. Die Gewürze standen sortiert in einem Regal, ebenso wie einige Vorräte. Nur frische Zutaten fehlten. Und die würde ich kaufen gehen, um eine schnelle Pasta zuzubereiten.

Die Zutrittskarte lag auf dem Esszimmertisch. Ich nahm sie und verließ das Apartment. Während ich ins Erdgeschoss hinunterfuhr, kam ich mir vor wie in einem Film, denn mit meiner Realität hatte das nichts zu tun. Und trotzdem fühlte es sich gut und real an.

Zwanzig Minuten später betrat ich mit zwei Tüten beladen das Penthouse. Ich ging direkt in die Küche und begann mit dem Kochen. Für mich persönlich hatte ich nur ein T-Shirt zum Schlafen und Abschminkpads gekauft. Mehr brauchte ich nicht. Morgen früh würde ich sowieso nach Hause fahren und der Film zu Ende sein.

Mit routinierten Handgriffen zauberte ich eine typisch italienische Pestosoße zu den bereits im Wasser kochenden Nudeln. Ich schnitt noch Cocktailtomaten auf und wusch den frischen Rucola.

Passende Teller fand ich in einem der Küchenschränke. Bevor ich alles anrichtete, ging ich hinauf und klopfte leise an Mikes Schlafzimmertür.

Nichts.

Ich legte mein Ohr an die Tür und lauschte.

Immer noch nichts.

Geräuschlos drückte ich die Türklinke hinunter und betrat sein Schlafzimmer. Obwohl es doppelt so groß wie meins war, sah das Bett dennoch riesig aus. Mike lag nur mit Boxershorts bekleidet darauf und schlief. Er lag halb auf der Seite und glich dabei einer römischen Statue: klar definierte Muskeln, feste Brust, sich abzeichnende Bauchmuskulatur und kräftige Beine. Sein Haar war zerzaust. Ich ging auf ihn zu. Mit jedem Schritt nahm das Kribbeln in meinem Körper zu. Wie ich diesen Mann begehrte, wurde mir erst bewusst, als ich die Hand ausstreckte, ihm das Haar aus dem Gesicht strich und dabei auf seiner Wange verharrte. Erschrocken über mich selbst, zuckte ich zurück und verließ eilig das Schlafzimmer.

Was zum Teufel war nur in mich gefahren? Ich betatschte einen schlafenden Mann!

Meinen Patienten!

Dabei hatte ich eine Sorgfaltspflicht zu erfüllen und durfte nicht meinem eigenem Verlangen nachgeben. Fast panisch eilte ich zurück in die Küche. Dort richtete ich zwei Teller an. Mikes stellte ich in den Kühlschrank. Den könnte ich später noch aufwärmen. Auf meinen gab ich einige Tomaten und Rucola. Mit dem Teller und einem Glas Wasser ging ich auf die Terrasse hinaus, setzte mich in einen gemütlichen Sessel und aß, auch wenn es den Hunger in mir nur notdürftig stillte.

Um mir die Zeit zu vertreiben, spülte ich meinen Teller, die Pfanne und den Topf, obwohl eine Spülmaschine vorhanden war. Durch die herumliegenden Gegenstände sah die fast unbenutzte Küche endlich so aus, wie meiner Meinung nach so ein Raum aussehen sollte: wie ein Ort zum Wohlfühlen. Die Küche bot alles, was das Herz begehrte, doch wo nicht gekocht wurde, da fehlte der Charme. Nichts stand herum. Kein Töpfchen mit Basilikum, keine leere Kaffeetasse, keine Krümel am Toaster, alles war blitzblank – etwas, das es bei mir nur gab, wenn ich einen Großputz veranstaltete. Also alle fünf Jahre vielleicht.

Gedankenverloren stromerte ich durch die Wohnebene. Alles wirkte unbewohnt, beinahe wie in einem Musterhaus. Das Apartment ließ keine Wünsche offen, trotzdem fehlte mir etwas Elementares: Persönlichkeit.

Rebellisch schleuderte ich meine Schuhe von den Füßen und ließ sie einfach liegen. Mit einem breiten Grinsen ging ich die Treppe nach oben, warf einen Blick in Mikes Zimmer, und da er immer noch tief und fest schlief, beschloss ich, den Sonnenuntergang von der Badewanne aus zu genießen.

Das warme Wasser lief in die Wanne, der bereitstehende Badezusatz verströmte den wohligen Duft nach Lavendel. Ich band meine Haare nach oben und ließ mich in das Wasser gleiten. Für einen Moment wusste ich nicht, ob ich genussvoll die Augen schließen sollte oder ob das eine Sünde wäre, weil ich so den Sonnenuntergang verpassen würde. Es war geradezu surreal für mich, in diesem Luxusapartment ein Bad zu nehmen und zuzusehen, wie die Sonne das Meer küsste, bis sie langsam darin versank und den blassblauen Himmel in ein leuchtendes Purpur verwandelte.

Ich genoss es mehr, als ich sollte, denn es würde nie wieder vorkommen, das wusste ich. Dies war alles weit außerhalb meiner Liga. Und ich brauchte diesen Luxus gar nicht, um glücklich zu sein. Dazu reichten mein kleines Häuschen und mein zauberhafter Garten. Gut, mein Badezimmer könnte eine Sanierung vertragen, aber das würde erst möglich werden, wenn ich Oberärztin in einer Klinik wurde und mein Gehalt entsprechend ausfiel. Solange musste ich mein Bad in der alten Zinkwanne genießen und mir mit geschlossenen Augen vorstellen, ich läge in dieser Wanne mit Blick auf den Ozean.

Erst als das Wasser fast kalt war, stieg ich aus dem Wasser, rubbelte mich mit dem flauschig weichen Badetuch trocken, zog meine Unterwäsche an und schlüpfte in den leichten Bademantel, der neben den Handtüchern lag. Höchste Zeit, wieder nach meinem Patienten zu sehen. Der Gedanke an Mike in seinem Schlafzimmer und ich nur in diesen Bademantel gehüllt, verursachte mir eine latente Angst. Meine Hände fühlten sich kalt an, obwohl es angenehm warm war.

Annie, reiß dich zusammen! Du bist in deiner Funktion als Ärztin hier, nicht als Frau, verhalte dich professionell! Um meinen Vorsatz zu untermauern, schlüpfte ich in meine Kleidung und legte den Bademantel auf meinem Bett ab.

Ordentlich angezogen fühlte ich mich wieder sicherer. Ich nahm meine Arzttasche und ging zu Mikes Zimmer. Das leise Klopfen hörte er nicht. Er schlief offenbar immer noch. Ein gutes Zeichen. Doch leider musste ich jetzt Blutdruck und Puls messen, daran war nichts zu rütteln. Leise öffnete ich die Tür und setzte mich zu ihm auf die Bettkante.

Ich legte meinen Finger um sein Handgelenk und zählte die Pulsschläge mit. Im Normbereich. Anschließend legte ich die Manschette um Mikes Oberarm, schloss sie und pumpte Luft hinein.

Plötzlich öffnete er die Augen.

»Alles in Ordnung. Ich checke nur kurz deine Werte, anschließend kannst du weiterschlafen.«

»Wie spät ist es?« Seine verschlafene Stimme klang rau und sexy.

»Ruhig«, mahnte ich ihn, da sprechen das Messergebnis des Blutdrucks veränderte. Langsam ließ ich die Luft aus der Manschette. »124 zu 83. Perfekt.« Ich zog ihm die Manschette vom Arm und legte sie auf seinen Nachttisch. »Es ist so gegen halb Neun.«

»Dann habe ich ja vier Stunden geschlafen.« Mike setzte sich auf und presste kurz die Lippen aufeinander, bis sich sein Gesichtsausdruck wieder entspannte. »Hast du schon gegessen?«

Seine Frage rührte mich. Machte er sich tatsächlich um mein Wohlergehen Sorgen? »Ja. Ich habe eingekauft und gekocht. Bist du hungrig?«

»Und wie!« Mike machte Anstalten aufzustehen.

Besser, er schonte sich weiterhin. »Ich bringe dir einen Teller hoch, einverstanden?«

»Essen im Bett?« Mike lächelte mich verschmitzt an, und mir ging das Herz auf. »Daran könnte ich mich gewöhnen.« Seine Stimme klang noch rauer und mir stellten sich alle Härchen auf. Wie gut, dass ich nicht im Bademantel an sein Bett getreten war.

»Bei deinen Finanzen findest du sicherlich jemanden, der diesen Job dauerhaft übernimmt«, sagte ich, wandte mich um und verließ sein Zimmer.

KAPITEL 12

Mike

Annies frecher Spruch verschlug mir kurz die Sprache. Er unterstrich deutlich ihre Meinung über Geld: Sie hielt nichts davon. Zumindest schien sie nichts von meinem Geld zu halten. Ob sie darüber wohl anders denken würde, wenn sie wüsste, dass ich mir alles selbst hart erarbeitet hatte?

Im Grunde konnte mir ihre Meinung gleichgültig sein. Das war sie aber nicht.

Genüsslich streckte ich mich. Der Schlaf hatte mir gutgetan. Das Pochen hinter meinen Schläfen fühlte sich deutlich schwächer an und ich wäre durchaus in der Lage gewesen, aufzustehen und unten im Esszimmer mein Abendessen einzunehmen.

Doch so war es wesentlich reizvoller. Annie an meinem Bett, wir in einem Zimmer. Dieses Mal würde sie nicht einfach davonlaufen können, dafür war sie zu gewissenhaft in ihrer Arbeit.

Annie war nervös, und das bedeutete, ich war ihr nicht völlig gleichgültig. Die zarte Berührung ihrer Hände an meinem Puls hatte sich im ersten Moment wie ein erotischer Traum angefühlt, doch als ich die Augen aufschlug, stand keine sexy Ärztin in einem kurzen weißen Kittel vor mir, sondern Annie.

Annie, auf deren Stirn sich eine kleine Falte bildete, weil sie sich konzentrierte, und die in mir mehr Verlangen auslöste, als in dieser Situation angebracht war. Doppelt, da ich nur Shorts trug und ihr mein anschwellender Schwanz mit Sicherheit aufgefallen wäre, wenn sie nicht direkt gegangen wäre, um mir etwas zu essen zu bringen. Ich sollte wohl besser in meine Jeans schlüpfen, um eine durchaus mögliche Erektion vor Annie zu verbergen.

Ich stand noch im Zimmer, als die Tür aufschwang und Annie mit einem Teller in der Hand hereinkam. Sie zog missbilligend die Augenbrauen nach oben. »Du sollst liegen bleiben. Sonst hätte ich mir die Mühe, dir das Essen hochzubringen, schenken können.«

»Bin wieder zurück und schone mich«, sagte ich, ging mit ausladenden Schritten auf das Bett zu und setzte mich im Schneidersitz darauf. Der herrliche Duft nach würzigen Kräutern ließ meinen Magen laut aufknurren.

Annie lachte. »Okay, Appetit scheinst du zu haben. Das ist gut.«

»Es geht mir gut.« Und das sagte ich nicht nur, um Annie zu beruhigen. Es ging mir wirklich deutlich besser. Der Schwindel war weg und die leichten Kopfschmerzen würden schnell wieder vergehen. Ich schnupperte. »Das riecht unglaublich lecker.«

»Fettuccine in Pestosoße mit Rucola und Cocktailtomaten, nichts Besonderes.« Sie reichte mir den appetitlich angerichteten Teller und das Besteck. »Die Fettuccine sind zwischenzeitlich zu verkocht, das passiert, wenn man sie aufwärmt, aber da du geschlafen hast …« Annie ging zu meinem Schreibtisch, den ich in der Ecke meines Schlafzimmers stehen hatte und setzte sich auf den Stuhl. »Trotzdem guten Appetit.«

»Den werde ich haben.« Ich steckte die Gabel in die Nudeln, drehte sie auf und schob sie mir in den Mund. Es war eine reine Geschmacksexplosion. Ich konnte die einzelnen Nuancen gar nicht alle herausschmecken. »Das schmeckt unglaublich«, sagte ich mit vollem Mund, kaute und schluckte hinunter. »Die beste Pasta, die ich je gegessen habe.«

»Lügner.«

Annie schwang ihre langen Beine über die Stuhllehne und drehte sich ein wenig zu mir, um mich aufmerksam zu mustern. Dabei war es absolut ehrlich gemeint. Okay, die Nudeln waren etwas matschig durch das Aufwärmen, aber diese Pestosoße war die beste, die ich jemals gekostet hatte, selbst wenn ich das Laura niemals sagen durfte.

Ich drehte die nächste Gabel auf. »Annie, diese Soße ist der Wahnsinn.«

Nun lächelte sie. »A la nonna!« Ein fast wehmütiger Ausdruck trat auf ihr Gesicht.

»Hast du noch mehr Rezepte deiner Großmutter parat?« Genussvoll aß ich weiter.

Annie sah mir amüsiert zu. »Du kannst nicht kochen, richtig? Das erkennt man an deiner Küche. Sie sieht unbenutzt aus.«

»Richtig, ich kann nicht kochen. Meine Haushälterin stellt mir manchmal was in den Kühlschrank zum Aufwärmen, aber meistens gehe ich auswärts essen. Mit

Kunden oder Geschäftskollegen. Oder ich bin bei Christophers Frau Laura eingeladen. Sie würde dich übrigens hassen für diese Soße.« Ich drehte die restlichen Nudeln auf die Gabel und zog sie quer durch den Teller, um die letzten Tropfen der Soße mit aufzunehmen. »Wobei, vielleicht würde sie sich mit dir verbrüdern, um dir das Rezept abzunehmen.«

»Du übertreibst«, wiegelte Annie ab.

Von wegen! Ich sah deutlich, wie sehr sie sich über das Kompliment freute. »Ich meine es ernst. Wenn du keine Ärztin wärst, würde ich dir vorschlagen, ein Restaurant zu eröffnen.«

»Klar, auf den zweihundertvierunddreißigsten Italiener hat Miami lange gewartet.« Annie stand auf, ging auf mich zu und streckte ihre Hand aus. »Ich bringe den Teller hinunter. Und anschließend gehen wir schlafen.«

»Gute Idee«, griff ich den eigentlich harmlosen Satz auf und zwinkerte ihr zu. Annies und mein Blick verfingen sich ineinander und ich nahm ihre Hand, zog sie auf meinen Schoß und küsste sie. Der Teller fiel auf die Bettdecke und ich schob ihn achtlos beiseite. Im ersten Moment versteifte sich Annie und ich wollte sie loslassen, da ich sie nicht bedrängen wollte, doch plötzlich schmiegte sie sich an mich und erwiderte den Kuss leidenschaftlich. Meine Hand strich über ihren Rücken und wanderte wieder nach oben zu ihrem Nacken. Ein leises Stöhnen entwich ihr. Dieses zarte Geräusch fachte meine Leidenschaft an und ich wollte sie mit mir auf das Bett ziehen, doch Annie machte sich steif, wand sich aus meinen Armen und ich ließ sie augenblicklich los.

Ihre Wangen waren gerötet und ihre Augen glänzten. Dann schüttelte sie langsam den Kopf, ging rückwärts, drehte sich um und eilte wortlos davon.

Diesen plötzlichen Rückzug konnte ich mir nicht erklären. Es hatte sich gut und richtig angefühlt. Verwirrt ließ ich mich zurück in die Kissen fallen und starrte an die Decke. Diese Frau machte es mir nicht leicht, aber so schnell würde ich nicht aufgeben. Morgen war auch noch ein Tag. Oder übermorgen. Oder nächste Woche.

KAPITEL 13

Annie

Was zum Teufel war hier nur geschehen? Zum Glück war ich gerade noch rechtzeitig geflüchtet, bevor es mit meiner Selbstbeherrschung völlig vorbei gewesen wäre. Ich hätte nicht hierherkommen sollten. Was hatte mich nur dazu bewogen?

Dieses dumme flatternde Gefühl in meinem ganzen Körper, das sich immer einstellte, sobald ich nur in seiner Nähe war, das war der Grund.

Und doch ließ ich es nicht zu.

Warum nicht? Weil er reich war und mir das Herz brechen könnte?

Sollte ich mich auf ihn einlassen? Oder jetzt einfach gehen? Allem Anschein ging es Mike tatsächlich deutlich besser, und wenn hier jemandem schwindlig geworden war, dann mir. Am liebsten hätte ich mich fallen gelassen, dem intensiven Gefühl nachgegeben, das er in mir entfachte. Jede Faser in meinem Körper verlangte nach Mike.

Am besten wäre es, zu gehen. Oder vielleicht sollte ich besser bleiben, immerhin könnte es noch Nachwehen der Kopfverletzung geben. Das Risiko wollte ich dann doch nicht aus Feigheit eingehen.

Kate! Ich würde Kate anrufen. Mich mit ihr besprechen, aber nicht im Nebenzimmer. Mike durfte nicht mithören. Ich würde mir in der unteren Etage eine ruhige Ecke suchen, aus der ich den Treppenaufgang gut im Blick hatte, damit Mike nicht überraschend auftauchen konnte.

Ich schnappte mir mein Smartphone und wählte Kates Nummer.

»Hey, später Feierabend heute«, meldete sich die vertraute Stimme meiner Freundin. »Wir haben ein paar Minuten, dann holt mich Steven ab.«

»Das wird reichen«, sagte ich und erzählte Kate haarklein, was der Nachmittag für Überraschungen für mich parat gehalten hatte.

»Und du bist in diesem Augenblick in seinem Luxuspenthouse?«

»Genau, ich sitze auf einem überdimensionierten Sessel mit gestreiftem Polsterbezug und habe den Treppenaufgang im Blick«, gab ich zu. »Was soll ich nur tun?«

»Die Treppe nach oben gehen, die Tür zu seinem Schlafzimmer öffnen und ihn vernaschen, was sonst?« Das glucksende Lachen von Kate kannte ich nur zu gut. Sie würde das tatsächlich tun. »Bist du auf dem Weg nach oben?«

»Nein.« So viel Mut würde ich niemals aufbringen. »Er ist mein Patient.«

»Blödsinn«, schimpfte Kate. »Er hat eine Platzwunde am Kopf, nichts weiter, und er ist genauso scharf auf dich wie du auf ihn. Also schnapp ihn dir und lass dich mal wieder verwöhnen.«

»Ich bin nicht wie du.«

»Das stimmt. Ich läge längst in seinem Bett.«

Im Hintergrund hörte ich das Klingeln an ihrer Haustür. »Du, ich muss jetzt los.«

»Schon gut, ich musste nur mit dir reden. Viel Spaß«, verabschiedete ich mich.

Dabei war mir im Grunde klar gewesen, wie ihre Reaktion ausfallen würde. Aber ich war nicht Kate. Bei mir ging das nicht so schnell. Da stand ich mir manchmal selbst im Weg. Ich war erwachsen und konnte tun, was immer ich wollte. Und an diesem Abend wollte ich auf gar keinen Fall in Mikes Bett landen. Es war aufregend genug, nur durch eine Zimmerwand getrennt zu sein. Und morgen bei Tageslicht wäre die Gefahr, eine gemeinsame Nacht zu verbringen, gebannt.

Auf Zehenspitzen schlich ich nach oben in mein Schlafzimmer, machte mich bettfertig und schlüpfte in T-Shirt und Slip unter die duftende Zudecke. Mein Blick schweifte hinaus aufs dunkle Meer, nur der Mond sandte einige silberne Strahlen über die sanften Wellen. Ein zauberhafter Anblick, der mich ablenkte, mir jedoch sehr deutlich zeigte, in welch unterschiedlichen Welten wir lebten. Mehr als eine gemeinsame Nacht würde es nicht geben.

Besser, ich widerstand der Versuchung, bevor ich mir eine blutige Nase holte, weil ich mich verliebte und er erreicht hatte, was er wollte: mich flachzulegen, danach wäre sein Interesse an mir eh erloschen.

Mit diesen trüben und wenig schmeichelhaften Gedanken schlief ich ein.

Draußen ging bereits die Sonne auf, als ich erwachte. Wider Erwarten hatte ich wie ein Murmeltier geschlafen. Ich streckte mich genüsslich, schenkte der wundervollen Aussicht vom Bett aus einen letzten Blick und stand auf. Nach einer erfrischenden Dusche schlüpfte ich in meine Kleidung von gestern und tapste in die Küche hinunter. Ich würde noch ein schnelles Frühstück vorbereiten, nach Mike sehen und mich verabschieden. Ich räumte Butter, Marmelade und Käse aus dem Kühlschrank, in einem der vielen Küchenschränke fand ich eine angebrochene Müslipackung. Ich stellte alles auf den Tisch und holte die Milch. Leider fand ich kein Obst. Und Brot gab es ebenfalls nicht.

Der Laden unten hatte um acht Uhr bestimmt schon geöffnet. Ich zog mir meine Schuhe an, schnappte mir die Zugangskarte und ging los. Zehn Minuten später fuhr ich im Aufzug wieder nach oben. Mit frischem Orangensaft, zwei Bananen, einem Apfel und vier Brötchen in einer Papiertüte trat ich aus dem Fahrstuhl und stand direkt Mike gegenüber.

»Guten Morgen.« Er strahlte mich an. »Ich hatte befürchtet, du wärst einfach gegangen.«

»Ohne nach dir zu sehen? Dafür bin ich zu verantwortungsbewusst.« Kopfschüttelnd schob ich mich an ihm vorbei. »Und? Wie geht es dir? Kopfschmerzen?«

»Keine, mir geht es wirklich gut.«

Ich spürte, wie dicht er mir folgte. »Okay, ich messe noch Puls und Blutdruck und anschließend gibt es Frühstück. Setz dich.« Die Tüte stellte ich vor ihn auf den Esszimmertisch, auf dem der Rest etwas unordentlich herumstand. »Du kannst auspacken.«

Ohne ihn anzusehen, ging ich an ihm vorbei, die

Treppe nach oben und griff nach meiner Tasche. Nach dem Frühstück war es Zeit, Abschied zu nehmen und das Ganze als Ausflug in eine andere Welt zu verbuchen.

Als ich die Treppe herunterkam, stand Mike an der Theke, die die offene Küche vom Esszimmer trennte, und schnippelte das Obst in mundgerechte Stücke. Die Brötchen lagen in einer Schale und die Gläser waren bereits mit Orangensaft gefüllt.

»Tee oder Kaffee?«

»Kaffee, sonst komme ich nicht in die Gänge.«

»So? Dabei rennst du hier herum wie nach vier doppelten Espressi«, erwiderte Mike. »Setz dich und lass uns frühstücken. Mein Blutdruck läuft dir nicht davon.« Entspannt drehte er sich zum Kaffeevollautomaten, stellte zwei Tassen darunter und drückte die Starttaste. »Fehlt noch was?«

Ich setzte mich an den Tisch und verstaute meine Tasche neben mir. »Ich würde sagen, es fehlt nichts.« ... *außer meinem Appetit*, fügte ich in Gedanken hinzu, denn der Hunger, den ich noch vor fünfzehn Minuten verspürt hatte, war diesem ungewohnten Magenflattern gewichen. Nervös griff ich nach dem Orangensaft, so konnte ich mich wenigstens an einem Glas festhalten.

Souverän servierte Mike den Kaffee. Seine Hände waren ruhig. Für ihn war das offenbar nichts Außergewöhnliches, hier mit einer Frau zu frühstücken.

»Danke.«

»Müsli oder Brötchen?«, fragte Mike, hielt beides hoch und sah mich auffordernd an.

»Müsli mit Obst.« Die Schale stand vor mir und Mike gab das Müsli in die Schüssel. Sich selbst legte er ein Brötchen auf den Teller. Durch sein Shirt zeichnete sich bei jeder seiner Bewegungen deutlich das Spiel seiner

Muskeln ab, was meinen Herzschlag noch mehr beschleunigte.

Ich griff nach der Obstschale und gab ein paar Stücke der Banane und des Apfels in mein Müsli. Mike beobachtete mich, das spürte ich, obwohl ich seinem Blick auswich. »Ist etwas?«, fragte ich, als ich es nicht mehr aushielt und fürchtete, ich würde mich beim Essen mit Milch bekleckern.

»Du bist schön. Ich sehe dich einfach gern an.«

Nun machte er mich verlegen. Schweigend aß ich mechanisch weiter. Er musste mich für völlig verkorkst halten.

»Du magst keine Komplimente?«

»Nur, wenn sie ehrlich gemeint sind.« Der Satz war mir herausgerutscht. Ich sah von meiner Schüssel auf.

Seine blauen Augen funkelten amüsiert. »Du glaubst nicht, dass du schön bist?«

»Ich glaube, du willst mich ins Bett kriegen. Darum schmeichelst du mir. Nichts weiter als heiße Luft.« Ich ließ den Löffel in die Schüssel fallen. »Und aus Dampfplauderei mache ich mir nichts. Deinen Puls und deinen Blutdruck kannst du dir in jeder Apotheke messen lassen. Ich werde jetzt gehen.« Energisch schob ich den Stuhl zurück, hob meine Arzttasche auf und nahm meine Handtasche von dem Tischchen im Eingangsbereich. Hektisch drückte ich auf den Fahrstuhlknopf. Nichts wie raus hier.

Mikes Arme umschlossen mich von hinten. Er neigte seinen Kopf zu mir hinunter. »Du bist schön, sexy und ja, ich möchte mit dir schlafen.« Er küsste meinen Hals.

Meine Knie wurden weich. Ich schloss die Augen und wusste, Widerstand war zwecklos.

»Und du willst auch mit mir schlafen«, raunte er mir ins Ohr.

Allein sein Atem auf meiner Haut ließ mich erzittern. Ich ließ beide Taschen fallen und lehnte mich an Mike, um etwas Halt zu finden. Der Fahrstuhl öffnete sich, doch auf einmal hatte ich vergessen, warum ich hatte gehen wollen.

Himmel ja, er hatte recht! Ich wollte es auch. Wollte mit ihm schlafen. Ihn spüren. Unbedingt …

»Sag es«, lockte er.

»Mike, ich …« Niemals würde mir so eine Forderung über die Lippen kommen.

»Komm schon, sag es mir«, forderte er erneut. »Ich will es von dir hören.«

Ich schluckte. Verdammt. Warum eigentlich nicht? »Ich … will mit dir schlafen«, gestand ich rau. Ich hatte diese Worte tatsächlich herausgebracht! Und es fühlte sich gut an.

Statt einer Antwort hob Mike mich hoch und trug mich die Treppe nach oben in sein Schlafzimmer. Die Arme um seinen Hals geschlossen, fühlte ich mich sicher, und obendrein hätte ich mit meinen weichen Knien bestimmt keinen Schritt gehen können.

Sanft legte er mich auf seinem Bett ab und beugte sich über mich, strich mir mit einer Sanftheit, die mir den Atem raubte, eine Haarsträhne aus dem Gesicht. In seinem Blick lag eine Mischung aus Zärtlichkeit und Begehren, was mir einen Schauder bis tief ins Herz schickte.

Nun zog ich ihn zu mir herunter, suchte seine Lippen mit meinen und wir verschmolzen zu einem Kuss voll glühender Intensität. Mikes Finger machten sich an den Knöpfen meiner Bluse zu schaffen. In quälender Langsamkeit öffnete er einen nach dem anderen, während ich dem Moment entgegenfieberte, an dem ich seine Hand auf meiner bloßen Haut spüren würde. Als er endlich mit den Fingerspitzen über meinen Bauch hoch zu meinen Brüsten strich, jagte ein elektrisierendes Prickeln durch meinen Körper. Mein Herz schlug einen rasenden Rhythmus. Als Mike den Frontverschluss meines BH´s öffnete, meine Brüste freilegte und sich beinahe andächtig über sie beugte, zitterte ich vor Erwartung. Er nahm einen Nippel in den Mund und begann, ihn zart zu liebkosen, und eine Welle der Erregung zog meinen Unterleib zusammen. Ich konnte ein Stöhnen nicht mehr unterdrücken und bäumte mich ihm voller Verlangen entgegen. Mike sog scharf die Luft ein – offenbar genoss er es ebenso wie ich.

»Ich will dich nackt sehen, Annie«, forderte er heiser zwischen seinen heißen Küssen und schob seine Hand unter den Bund meiner Jeans.

Auch ich konnte es kaum erwarten, seine bloße Haut auf meiner zu spüren, seinen prallen Schwanz, der sich hart gegen meinen Oberschenkel drückte, ohne die störenden Textilien zwischen uns. Wie auf ein geheimes Kommando rückten wir gleichzeitig voneinander ab, um schleunigst die lästigen Sachen abzustreifen. Mike zog sein T-Shirt über den Kopf und ich konnte endlich seinen muskulösen Oberkörper bewundern. Rasch streifte ich mir Bluse und BH ab, während er sich Jeans und Shorts widmete.

Ohne meine Schuhe zu öffnen, schlüpfte ich heraus und schleuderte sie von mir, was Mike ein amüsiertes Lachen entlockte. Mit begehrlichem Blick beobachtete er, wie ich mich aus meiner Jeans schälte. Meinen Slip gleich mit abzustreifen wagte ich nicht und behielt ihn lieber an – ein letzter kleiner Schutzschild gegen meine völlige Kapitulation. Nur noch damit bekleidet legte ich mich aufs Bett und streckte ihm erwartungsvoll die Hand entgegen. Doch Mike verharrte am Bettende und blickte mich an.

»Du bist wunderschön.«

Seine Stimme klang rau, sein Blick war verhangen. Langsam ging er um das Bett herum, kam hoch zu mir und beugte sich über mich. Er küsste mich auf den Mund, und dieser Kuss zusammen mit seiner nackten Haut an meiner jagte mir einen Schauer über den Rücken.

Wie ich diesen Mann wollte!

Seine Hand strich sanft über meine Brüste und wanderte über meinen Bauch abwärts in Regionen, die bereits lichterloh brannten. Gierig reckte ich mich ihm entgegen, weil ich ihn noch viel intensiver spüren wollte.

Mein Atem ging rasch und flach. Himmel, er hatte mich doch noch kaum berührt! Wenn schon ein paar kleine Streicheleinheiten mich dermaßen aus der Fassung brachten, was würde dann erst mit mir geschehen, wenn wir – was ich inzwischen voller Sehnsucht herbeiwünschte – tatsächlich richtigen Sex haben sollten?

Voller Anspannung fieberte ich dem Moment entgegen, an dem er mich an meiner intimsten Stelle berühren würde …

Als hätte Mike meine heimlichen Wünsche erraten, tauchte er mit einer Hand in mein Höschen ein. Keuchend öffnete ich die Schenkel für ihn. Seine Finger schoben sich langsam weiter, tasteten sich vor zu meinen feuchten Schamlippen, glitten behutsam tiefer und … ahhh endlich! Mike fand meine empfindsamste Stelle, massierte in sanften Kreisen meine hoch erregte Perle, bevor er seine Finger langsam in mich gleiten ließ und mich mit rhythmischen Bewegungen verwöhnte. Atemlos drängte ich mich ihm entgegen und ließ mich fallen – er war unheimlich geschickt und machte es mir leicht, alles um mich herum zu vergessen und nur noch zu fühlen. Mit einem heiseren Stöhnen schloss ich die Augen … nun gehörte ich nur noch ihm.

Mikes Lippen lösten sich von meinen und nun wanderten seine leidenschaftlichen Küsse nach unten zu meiner pulsierenden Mitte.

Himmel noch mal – er würde doch nicht …

Als ich die Augen aufriss, begegnete ich seinem zärtlichen Lächeln. Das beruhigte mich wieder etwas und ließ ihn gewähren, als er unendlich langsam mein Höschen tiefer und tiefer zog, bis ich mit den Füßen hinausschlüpfen konnte.

Als sich sein Kopf zwischen meine Beine senkte, hielt ich erwartungsvoll den Atem an. Noch nie hatte ich einen Mann das tun lassen, den ich eigentlich überhaupt nicht kannte. Mit dem ich nicht zusammen war. Der mein Patient war!

Offenbar spürte Mike meine Anspannung, denn er strich mir sanft mit dem Handrücken über die Wange. »Entspann dich und lass dich verwöhnen, Annie«, murmelte er leise, und ich gab meinen Widerstand auf, lehnte mich zurück und schloss die Augen.

Als er anfing, meine Klit mit der Zunge zu umschmeicheln, sie anstupste und schließlich sanft daran saugte, brachte mich die Intensität dieser Empfindung schon beinahe um den Verstand.

»Oh, Mike, du weißt gar nicht, wie sehr ich dich will.«

Hatte das wirklich ich gesagt?

Unfassbar.

Dann stellte ich endlich das Denken ein …

KAPITEL 14

Mike

Annies Atem beschleunigte sich spürbar, was mich dazu antrieb, meine Liebkosungen noch zu intensivieren. Ich hatte ihre anfängliche Zurückhaltung gespürt und einen Augenblick lang befürchtet, ich wäre zu forsch gewesen und sie würde einen Rückzieher machen.

Aber ich wollte sie für mich. Nie wieder sollte sich Annie nach einem anderen Mann sehnen, nur noch nach mir!

Fuck – wo kam das denn plötzlich her?

»Oh, Mike, du weißt gar nicht, wie sehr ich dich will.«

Gott, es kostete mich alles, was ich noch an Beherrschung besaß, sie nicht sofort und auf der Stelle zu nehmen und mich so tief ich konnte in sie hineinzubohren. Mein Schwanz fühlte sich an, als müsse er jeden Moment platzen, wahrscheinlich würde ich schon kommen, ehe ich überhaupt richtig in ihr war.

Sanft saugte ich an ihrer Perle, zwang mich, die Ruhe zu bewahren und erst sie zum Höhepunkt zu bringen, ehe ich mir mein eigenes Vergnügen gönnte, aber es fiel mir verdammt schwer.

»Nimm mich, Mike.«

Herrgott – musste das sein?

Ich wollte sie die Kontrolle verlieren lassen, dabei brachte sie mich dazu, fast die meine über Bord zu werfen.

»Noch nicht, lass dich gehen«, flüsterte ich gepresst und saugte weiter an ihrer Klitoris, leckte sie und verwöhnte sie gleichzeitig mit meinen Finger, bis Annie laut aufstöhnte. Ich spürte ihre herannahenden Kontraktionen, hörte ihre lauter werdenden Schreie, als sie sich mir entgegen wölbte, und hatte Mühe, nicht selbst auf der Stelle zu kommen. Fuck, ich war doch kein grüner Junge mehr, der schon abspritzte, nur weil eine Frau in seinen Mund kam!

Als ihr Höhepunkt nachließ, löste ich mich von ihr und richtete mich auf. Wir sahen uns in die Augen und Annie lächelte sanft.

»Jetzt du«, sagte sie, und ich war nicht in der Verfassung, mich lange bitten zu lassen.

»Bist du … bereit?«

»Ich war nie bereiter«, flüsterte sie an meinen Hals.

Vorsichtig schob ich mich in sie. Annie kam mir geradezu gierig entgegen, was mich noch tiefer in sie dringen ließ. Sie war eng, umgab mich heiß und willig und es kostete mich alle Mühe, mich noch ein wenig zurückzunehmen. Ich hatte den verrückten Ehrgeiz, sie erst noch einmal kommen zu lassen – ich wollte in ihr sein, wenn sie kam, wollte sie noch einmal so weit bringen, dass sie alles vergaß und sich gehen ließ.

»Ja, Mike … ja, so … tiefer … schneller …«

Oh Gott, diese Frau brachte mich um den Verstand!

Dann wurde ihr Atem noch schneller und ihr Stöhnen lauter und ich spürte tief in ihr, dass sie gleich soweit war.

»Oh, Mike«, flüsterte sie, presste sich an mich und dann spürte ich sie um meinen Schwanz herum zucken und … ließ endlich meiner Geilheit freien Lauf. Nach wenigen weiteren Stößen kam ich mit einer nie gekannten Heftigkeit. Ich stöhnte mich heiser, sah Sterne explodieren und hörte ein Rauschen in den Ohren, das mir fremd war.

Wahnsinn!

»Du bist unglaublich, Annie«, flüsterte ich, als ich schließlich wieder ein bisschen zu Atem gekommen war, und stützte mich auf die Ellenbogen, damit ich sie mit meinem Gewicht nicht erdrückte. Ihr Blick aus den sanften Rehaugen ging mir direkt ins Herz. Verdammt … das war …

Unendlich sanft strich mir Annie mit ihrer Hand über die Wange, ein glückliches Lächeln umspielte ihren Mund. Sie zog mich zu sich hinunter und ich rollte mich mit ihr im Arm herum, sodass sie nun auf meiner Brust lag.

»Frau Doktor, wenn Sie jetzt meinen Puls fühlen würden, wäre das mehr als besorgniserregend.«

Annie ging auf meinen Scherz ein. »Ich bin eine verdammt schlechte Ärztin, Mr Sievers. Was ich gerade mit Ihnen gemacht habe, war akute Gefährdung eines Patienten.«

»Absolut unverantwortlich, dafür aber unvergleichlich wundervoll.« Nichts mehr war von Annies abweisender Art zu spüren. Irgendwann während der letzten Stunde hatte sie ihre Schutzmauer fallen lassen und sich so leidenschaftlich gezeigt, wie sie war. Das hatte ich schon bei unserem ersten Treffen geahnt. Wer so schimpfen konnte, der liebte mit der gleichen Intensität.

»Ich hätte nach deinen Anschuldigungen im *Zuma* nicht damit gerechnet, dass du mir noch eine Chance geben würdest. Warum hast du dich nicht als mein Date zu erkennen gegeben?«

Annie entzog sich mir und setzte sich auf. »Du weißt es?«

»Deine Silhouette hat dich verraten.«

Hastig hüllte Annie sich in das Bettlaken und ihre Miene wirkte plötzlich reserviert. »Dann wusstest du die ganze Zeit über, wer ich bin?«

»Annie, du verstehst das falsch. Ich wusste nur deinen Vornamen, sonst nichts. Unser Treffen in der Klinik war zufällig.«

Misstrauisch sah sie mich an. »Ehrlich?«

Ich nickte. »Ich wollte dich nach deiner Standpauke kennenlernen, das schon, aber ich wusste nicht, wo ich dich finden sollte. Du hast mir nur einen Vornamen verraten. Ich bin jedoch glücklich, dich gefunden zu haben.« Mit ihr fühlte es sich richtig an. Aufrichtig. Da war nichts von der sonst so üblichen Oberflächlichkeit, die meine schnellen Nummern mit sich brachten.

Ihre Abwehr ließ nach, ich sah es an ihrer Körperspannung. Um den Widerstand völlig niederzuschlagen, zog ich sie an mich und küsste sie.

»Ich bin nicht so, wie du denkst«, begann ich.

»Was denke ich denn?«

»Du denkst, ich sei ein reich geborener Taugenichts.«

»Dann bist du ein arm geborener Taugenichts?« Annie kicherte leise.

»Willst du mit dem Taugenichts frühstücken?« Mein

Magen meldete sich zu Wort. »In einer Stunde muss ich das Telefonat führen. Du könntest dich am Pool entspannen. Anschließend habe ich keine Termine mehr. Wie hört sich das an?«

»Frühstück hört sich gut an, und über den Rest denke ich noch nach, einverstanden?«

Auch wenn das nicht die Antwort war, die ich gerne gehört hätte, nickte ich, denn ich würde keine Frau mehr um etwas bitten, selbst wenn es sich dabei um eine Frau wie Annie handelte. Diese Zeiten waren vorbei.

Ich gab Annie ein T-Shirt, das an ihr wie ein knielanges Kleid aussah, und schlüpfte selbst in Shorts und T-Shirt. Der Frühstückstisch war immer noch gedeckt, nur das Obst hatte eine bräunliche Farbe angenommen. Das Müsli war matschig in den Schüsseln, so entschieden wir uns beide für Brötchen mit Marmelade. Ich schnitt eins davon auseinander.

»Gibt es eine Hälfte, die du bevorzugst?«

Annie schmunzelte. »Jeder liebt die obere Hälfte.«

»Falsch«, ich schüttelte den Kopf. »Ich mag die untere Hälfte. Schon immer. Und es gibt viele Menschen, denen geht es genauso.«

»Glaube ich nicht.« Annie bestrich sich die obere Hälfte mit Butter. »Ich kenne niemanden, der freiwillig die untere Hälfte wählt.«

»Christopher und seine Frau streiten regelmäßig um die untere Hälfte.« Auch in diesem Fall ergänzten wir uns offensichtlich perfekt. »Wir können tauschen.«

Annie hielt mir die untere Hälfte hin. »Bitteschön, wobei ich das beim besten Willen nicht nachvollziehen kann.«

»Die untere Hälfte ist knuspriger«, verteidigte ich meine Vorliebe und biss herzhaft hinein.

Annie aß schweigend. Sie wirkte etwas nachdenklich. Ob es mit unserem Frühstückssex zu tun hatte? Sie war schwer zu durchschauen.

Ich beschloss, den Tag zu genießen, so lange er dauerte.

»Was machst du beruflich?«, fragte Annie. »Ich weiß nichts über dich, außer, dass du einen Dickschädel hast.«

»Im Hauptgeschäft bin ich Broker, aber ich bin noch im Immobilienbereich tätig. Ich saniere alte Gebäude.«

»Aha, hört sich recht trocken an«, gab Annie zu bedenken. »Ich bin lieber mit Menschen zusammen. Mit Zahlen habe ich es nicht so.«

»So trocken ist es gar nicht, gerade bei den Immobilien hat man ja immer mit Menschen zu tun, wobei man achtgeben muss, mit wem man zusammenarbeitet.« Ich erinnerte mich noch sehr lebhaft an Bruce Meyer. Der Mann ging über Leichen. Ich mied jeden, der mit ihm Geschäfte machte. Er hatte mich damals mit seinen hinterhältigen Tricksereien ruiniert.

Nachdenklich sah Annie mich an. »Wie kommst du an die Immobilien?«

»Sie werden mir von Architekten angeboten, die noch einen Geldgeber suchen.« Annies Interesse wunderte mich. Im Normalfall fragte niemand genauer nach.

»Was macht ihr mit den Leuten, die da noch wohnen? Vertreibt ihr die?«

Was traute sie mir eigentlich alles zu? Erst war ich ein Millionärssöhnchen und jetzt brachte ich Leute um ihr Zuhause. »Selbstverständlich nicht.«

Annie nickte, wirkte jedoch nicht überzeugt. Ich sah mich nicht in der Pflicht, mich weiter zu erklären. Trotzdem nagte es an mir, dass sie mich offenbar für einen schlechten Menschen hielt.

KAPITEL 15

Annie

Es fiel mir schwer, zu glauben, dass all sein Reichtum auf ehrlicher Arbeit beruhte. Wenn ich an die Schweinereien dachte, von denen mir Kate berichtete. Auch da gab es einen Investor und der scheute nicht davor zurück, die alten Bewohner zu bedrohen und mit Schikanen aus ihrem Zuhause zu drängen.

Ich kämpfte mit mir, ob ich bleiben oder gehen sollte. Was würde es wohl bringen, wenn ich bliebe?

Noch ein paar gestohlene Stunden, dann müsste ich wieder zurück in meinen Alltag, und Mike hätte mich schneller vergessen, als er sich etwas zu essen bestellen konnte.

Warum, zum Teufel, war ich nur schwach geworden? Sehenden Auges hatte ich mich ins Unglück gestürzt und mich auf einen Mann eingelassen, der mit den Frauen nur spielte.

Natürlich machte er mir Komplimente. Das war Teil des Spiels, und ich dumme Kuh fiel darauf herein und verliebte mich zu allem Unglück in ihn. Dabei hatte ich gewusst, er würde mir das Herz brechen. Wir lebten in unterschiedlichen Welten.

Andererseits ... ich könnte bleiben und die Stunden, die er mir bot, und seine Gesellschaft genießen, bevor mich das echte Leben wieder einholte.

»Alles in Ordnung, Annie?« Mikes Stimme klang tatsächlich besorgt.

»Natürlich«, log ich.

Unmöglich konnte ich ihm meine Gedanken mitteilen. Es würde ihn erschrecken, wenn er um meine echten Gefühle wüsste, ich erschrak ja selbst angesichts der ungestümen Gewalt, die über mich hereingebrochen war.

Wie konnte man nach so kurzer Zeit so intensiv fühlen? Und gerade ich, wo ich ein totaler Kopfmensch war, der zu Kate immer sagte, sie sei viel zu emotional. Plötzlich bestand ich selbst nur noch aus reiner Emotion. Mein Hirn hatte sich längst verabschiedet.

Und obwohl mich die Vernunft warnte, besser sofort zu gehen, beschloss ich, zu bleiben. Wie oft im Leben war es einem wohl vergönnt, so zu lieben? Und dass es Liebe war, daran hatte ich keinen Zweifel, so irrsinnig das auch war. Wir kannten uns kaum und dennoch war ich überzeugt, Mike zu lieben. Jede Minute wollte ich genießen und auskosten, bevor es vorbei war. Und das wäre es bald. Er war ein Womanizer, das schrieben alle Zeitungen. Warum sollte er sich ausgerechnet in eine Assistenzärztin verlieben, die sich bereitwillig in sein Bett gelegt und ihm somit schon alles geschenkt hatte?

Mike blickte auf die Uhr. »Ich muss kurz das Telefonat erledigen, lass das Geschirr stehen, ja? Geh nach oben auf die Dachterrasse und erhole dich. Dein Job ist anstrengend und du wirst hier noch gebraucht.« Die Zweideutigkeit seiner Worte unterstrich er mit einem Augenzwinkern. Er kam um den Tisch herum und küsste mich leidenschaftlich. Mein Körper reagierte sofort auf ihn. »Gib mir eine Stunde. Dann machen wir an genau dieser Stelle weiter.«

Mit einem Seufzen gab ich ihn frei. Er durchquerte das Wohnzimmer, öffnete eine Tür, hinter der sich offensichtlich sein Büro verbarg, und ließ mich allein zurück. Auch wenn er gesagt hatte, ich solle mich nicht um das Geschirr kümmern, so räumte ich dennoch den Esszimmertisch ab, stellte die benutzen Teller, Tassen und Gläser in die Spülmaschine und die Lebensmittel in den Kühlschrank. Als alles aufgeräumt war, stieg ich die Stufen zwei Etagen nach oben.

Ich hatte mit einer gemütlichen Sonnenterrasse gerechnet, aber nicht damit, dass auf der Dachterrasse ein gut gepflegter Privatpool auf mich wartete. Die Terrasse war uneinsehbar und ich hätte nackt schwimmen gehen können, doch das tat ich nicht. Stattdessen setzte ich mich an den Beckenrand und ließ meine Beine ins angenehm kühle Wasser baumeln, während ich meinen Blick über die Weite des vor mir liegenden Meeres schweifen ließ. Noch immer nur mit Slip und T-Shirt bekleidet, legte ich mich wenig später in einen der edlen, dick gepolsterten Bambusliegestühle, schloss genüsslich die Augen und verlor mich in Tagträumen.

Wie wäre es wohl, Mike regelmäßig zu sehen? Mein Herz klopfte bei dem Gedanken schneller. Ob er sich wohl in meinem Häuschen wohlfühlen würde, obwohl er an diesen Luxus gewöhnt war? Es war unvernünftig, sich solchen Illusionen hinzugeben, das wusste ich, dennoch konnte ich nichts dagegen tun.

Die milde Sonne und das Kreischen der Möwen ließen mich wegdösen. Von der lauten Geräuschkulisse der Stadt kam an diesem idyllischen Ort nichts mehr an. Eine tiefe Ruhe erfüllte mich, und ich schlief ein.

Irgendetwas kitzelte meinen Oberarm, streifte sanft über die Haut meines Armes entlang, dann an meinem Bein hinauf, bis sich eine Hand zärtlich an meinem Bauch hoch zu meinen Brüsten tastete.

»Ich kann dir einfach nicht widerstehen«, raunte Mikes Stimme an meinem Ohr. Träumte ich? Ich schlug die Augen auf. Mike sah mich an und in seinem Blick stand Begehren. »Ich hoffe, du verzeihst mir meinen Überfall.«

Das sehnsüchtige Ziehen in meinem Unterleib nahm zu, als er mir das T-Shirt hochschob und begann, an meinen Brustwarzen zu knabbern. Ein raues Seufzen entrang sich meiner Kehle, und ich zog ihn zu mir auf die Liege. Meine Hand wanderte über seine Brust, suchte sich ihren Weg unter den dünnen Stoff, ich wollte seine Haut spüren. Er hielt inne, zog sich das Shirt aus und warf es achtlos neben die Liege.

Die Wölbung in seinen Shorts reizte mich, ihm die gleichen Freuden zu geben, die er mir vor dem Frühstück geschenkt hatte. Gemächlich küsste ich mir meinen Weg seinen Hals hinab über die Brust bis über den Bauchnabel. Mike zog scharf die Luft ein, als ich eine Hand in seine Hose schob und seinen prächtigen Schwanz rieb, während ich ihn mit der anderen von seinen Shorts befreite. Als ich mit meiner Zunge seine Schwanzspitze berührte, stöhnte Mike auf, was mich dazu animierte, weiterzumachen. Seine Atmung beschleunigte sich. Er atmete stoßweise aus, bevor er mich nach oben dirigierte und mir tief in die Augen sah.

»Ein anderes Mal«, bat er. »Jetzt will ich dich ganz.«

Mike zog mich hoch, setzte sich und hob mich auf seinen Schoß. Dieses Mal überließ er das Tempo mir.

Ohne nachzudenken, setzte ich mich auf seinen aufgerichteten Schwanz. Gleichzeitig stöhnten wir auf, als er sich immer tiefer in mich schob, und ich mich zuerst sanft, dann immer heftiger auf ihm bewegte, während er meine Brüste küsste und seine Hände meinen Hintern umfassten. Ich ließ mich komplett fallen und ritt ihn immer wilder, bis ich aufschrie, als ich kam. Mike stieß noch ein paarmal in mich, bevor er mit einem lauten Stöhnen kam. Außer Atem lehnte ich mich an ihn und blieb reglos auf ihm sitzen. Jede Bewegung wäre eine Reizung zu viel gewesen, in meinem Inneren vibrierte alles.

Für einige Augenblicke hielten wir uns bewegungslos fest, bis Mike den Griff ein wenig löste und meine Stirn küsste.

»Das war unbeschreiblich.«

»Ja«, flüsterte ich. »Das war es.« Noch nie zuvor hatte ich einen so heftigen Orgasmus erlebt wie diesen.

Mike hob mein Kinn an, um mir in die Augen zu sehen. Unsere Blicke verschmolzen und ich lehnte mich an seine Brust. Diesen Moment wollte ich genießen. Diese Nähe, diese Vertrautheit, dieses Verstehen, ohne zu sprechen.

»Was hältst du von einer Runde schwimmen?«, fragte er mich irgendwann und holte mich damit wieder ins Hier und Jetzt zurück.

Ich nickte, wenn ich auch lieber noch so eng an ihn gekuschelt sitzengeblieben wäre. Behutsam stand ich auf. Um mich seinem Blick zu entziehen, hüpfte ich direkt in den Pool. Prustend tauchte ich auf. »Kalt.«

»Dann sollte ich dich wohl wärmen kommen.« Mit einem vollendeten Hechtsprung schnellte er ins glitzernde

Wasser, tauchte mit kräftigen Zügen neben mir auf, legte seine Hand um meine Taille und zog mich zu sich. »Könnte ich dich wohl dazu überreden, heute Nacht bei mir zu bleiben?«

Arbeitstechnisch wäre es kein Problem, die nächste Schicht hatte ich erst am kommenden Nachmittag. Trotzdem zögerte ich.

»Wir könnten uns einen Film ansehen.«

Der Gedanke, den Abend mit ihm zu Hause zu verbringen, war verlockend. Es würde noch Jahre dauern, bis ich meinen Studienkredit zurückbezahlen könnte. Also lebte ich sparsam, was sich schon an meinem alten Auto zeigte. Und ich wollte mich nicht von Mike einladen lassen. Und wenn es auch nur ins Kino wäre.

»Du darfst ihn dir auch aussuchen.« Mike lächelte, küsste mich und tauchte ab. Problemlos schwamm er unter Wasser eine ganze Bahn. Nun trennten uns etwa fünfzehn Meter. »Und? Bleibst du hier? Oder musst du zur Arbeit?«

Noch immer zögerte ich. Ich wollte bleiben, aber es wäre nicht klug. »Musst du nicht arbeiten?«

»Ich bin mein eigener Chef und gebe mir heute frei.« Er kraulte auf mich zu, hob mich auf seine Arme und sah mich bittend an. »Du kannst mich doch nicht hilflos zurücklassen.«

»Du und hilflos?«, wandte ich ein und entschied mich spontan, zu bleiben.

An diesem Tag liebten wir uns noch zwei weitere Male, was mich jedoch noch immer nicht genug von ihm bekommen ließ. Im Gegenteil, je öfter wir uns liebten, desto süchtiger wurde ich nach ihm. Auch Mike schien es so zu gehen.

Er fragte mich nach meinem Studium, nach meiner

Familie und nach meiner Arbeit. Selbst war er weit weniger auskunftsfreudig. Gut, ich wusste, er war Investmentbroker und steckte sein eigenes Geld in Immobiliensanierungen, doch über seinen familiären Background wollte er nicht sprechen. Auch nicht über seine Projekte. Er erzählte von seinem besten Freund Christoph und dessen Frau Laura, und selbst deren beiden Kinder erwähnte er, aber wer sonst noch eine wichtige Rolle in seinem Leben spielte, das behielt er für sich.

Mir war, als würde er mit jeder Frage, die ich ihm stellte, mir gegenüber reservierter. Also schwieg ich, kuschelte mich in seine Arme und genoss die Aussicht.

Da ich keine Fragen mehr stellte, entspannte sich Mike etwas und die Stimmung löste sich wieder. Dennoch blieb ich auf der Hut. Warum tat er sich so schwer, sich zu öffnen? Und warum zum Teufel öffnete ich mich so sehr, dass er mir gefährlich werden konnte?

Diese Frage beschäftigte mich die halbe Nacht. Ich lag in Mikes Armen, konnte jedoch keine Ruhe finden. Meine Gedanken kreisten und spielten so verrückt, dass ich um fünf Uhr morgens vorsichtig aus seinem Bett schlüpfte, mich anzog, meine Sachen nahm und das Apartment verließ.

Es war definitiv besser, ich ging, bevor er mich bitten konnte, zu gehen.

Wenn er mich wiedersehen wollte, wusste er schließlich, wo ich zu finden war.

Mein Auto stand noch neben seinem und unterstrich deutlich, in welch unterschiedlichen Welten wir lebten. Hoffentlich öffnete sich die Schranke, wenn ich mit dem Wagen davorstand, sonst hätte ich ein Problem. Ich hatte Glück, das Rollgitter glitt automatisch hoch und ich fuhr nach Hause.

Mein eigenes Zuhause kam mir plötzlich fremd vor. Klein, beengt und ein wenig heruntergekommen. Ich ließ mich auf das Sofa fallen, zog die Beine an und umarmte meine Knie.

Es war schön gewesen. Nun war es trotzdem an der Zeit, wieder ins echte Leben zurückzukehren. Warum lag mir bei dem Gedanken an das Ende mit Mike nur so ein dicker Klumpen im Magen und tiefe Traurigkeit auf meiner Seele?

KAPITEL 16

Mike

Genüsslich streckte ich mich und griff nach Annies warmem, weichem Körper. Am liebsten würde ich sie gar nicht mehr loslassen, wenn ich mich damit auch auf gefährliches Terrain begab. Es machte mich verletzlich.

Meine Hand suchte sie, fand sie aber nicht. Ich öffnete die Augen. Die andere Betthälfte war leer. Ich warf einen Blick auf die Uhr. Kurz vor sieben. War sie eine solche Frühaufsteherin? Vielleicht kam durch den Schichtdienst im Krankenhaus die innere Uhr durcheinander.

»Annie?«, rief ich und wartete auf eine Antwort aus dem Badezimmer. Nachdem ich nichts hörte, stand ich auf, ging zur angelehnten Badezimmertür und klopfte. »Annie?« Als wieder keine Antwort kam, schob ich die Tür auf. Nichts. Keine Spur von ihr. Ich sah mich in meinem Zimmer um. Kein Kleidungsstück lag herum. War sie in der Küche?

Ich zog mir Shorts an und ging hinunter. Auch die Küche und der Wohnraum waren verwaist. Was mir gleich auffiel: Ihre Schuhe lagen nicht mehr in der Ecke.

War sie gegangen, ohne mir Bescheid zu geben? Nach einer Kontrollrunde durch die Wohnung gab es keine andere Möglichkeit. Sie war weg. Ohne ein Wort. Ohne eine Nachricht.

Ich setzte mich einen Augenblick an den Küchentisch und starrte ins Leere.

Das hätte ich nicht von Annie erwartet. Für sie war es offenbar nichts weiter als ein netter Fick gewesen, dem man anschließend nicht mal Aufwiedersehen sagte.

Um das zu verdauen, zog ich meine Sportsachen an. Eine ausgiebige Strandrunde hatte immer schon meine Gedanken geklärt. Wobei es da eigentlich nichts zu klären gab, die Fakten sprachen für sich. War sie im Grunde nur für ein Vögeldate auf *Gallivant* gewesen? Nur warum hatte sie so viel Interesse an mir gezeigt? Steckte letzten Endes sogar noch ein Plan dahinter? Geschichten über mich ließen sich gut an die Presse verkaufen.

Wütend band ich meine Schuhe zu und ging nach unten. Ich trat durch die Zugangspforte und fing an zu laufen. Es war Zeit, sie mir aus dem Kopf zu schlagen, ein ausgiebiger Lauf würde mich auf andere Gedanken bringen. Ich hatte sowieso viel zu viel Zeit mit dieser Frau verbracht und mit jedem Schritt ärgerte ich mich mehr, mich ihr geöffnet zu haben. Und mit jedem Schritt kehrte das Hämmern in meinem Kopf zurück. Laufen zu gehen, war keine gute Idee gewesen. Noch nicht. Ich hätte auf Annie hören und mich noch ein paar Tage schonen sollen.

Annie. Sie hätte sich wenigstens verabschieden können.

So wenig Rückgrat hätte ich ihr allerdings nicht zugetraut. Wenn sie glaubte, ich würde ihr hinterherlaufen, hatte sie sich getäuscht, denn wenn ich einem Grundsatz treu blieb, dann diesem, genau das nie wieder zu tun. Keine war bisher die Mühe wert gewesen.

Was ist denn eigentlich los mit dir?«, fragte mich Christopher. »Du bist unausstehlich. Hast du noch Kopfschmerzen?«

Ich knallte den Schnellhefter auf den Konferenztisch zwischen uns. »Nein.«

»Ist es diese Ärztin? Hat sie dich nicht rangelassen?« Christopher lachte amüsiert. »Ich habe gleich gesehen, dass sie es dir angetan hat.«

»Sie ist einfach verschwunden«, sagte ich ohne weitere Erklärungen.

»Und das ist der großartige Mike Sievers nicht gewohnt«, stichelte er weiter. »Vielleicht hast du dich danebenbenommen.«

Konnte da was dran sein? Ich schüttelte den Kopf. In manchen Bereichen war ich vielleicht etwas zugeknöpft gewesen, aber wir hatten den geilsten Sex des Jahrhunderts gehabt. Da steckte was anderes dahinter.

»So nachdenklich? Du hast mit ihr geschlafen«, stellte er fachmännisch fest und lehnte sich im Bürostuhl so weit zurück, dass er entspannt die Füße auf dem Konferenztisch ablegen konnte. »Kann es sein, dass du dich verliebt hast?«

»Blödsinn«, knurrte ich. »Sie gefällt mir.«

»Na, das wurde ja mal Zeit. Wo ist das Problem?«

»Ich laufe keiner Frau nach. Sie ist gegangen und entweder sie kommt zurück oder …«

»… oder du lässt die erste Frau, die dir nach Jahren etwas bedeutet, aus falschem Stolz gehen. *Das* ist natürlich reif und erwachsen. Weißt du, Stolz hat in der Liebe wenig zu suchen, das habe ich bei Laura sehr schnell gelernt.« Christopher wippte im Stuhl auf und ab. »Warum rufst du sie nicht an und fragst, was los war? Vielleicht musste sie unplanmäßig ins Krankenhaus und wollte dich nur nicht wecken.«

»Für einen Anruf hätte sie mir ihre Nummer da lassen sollen.« Ich schüttelte den Kopf. »Lass uns weiterarbeiten.«

»Das Projekt ist gut, das habe ich dir bereits gesagt«, gab Christopher glücklicherweise das Verhör auf. »Der leitende Architekt ist geeignet. Er hat einen guten Ruf. Und er hat nicht gesagt, mit wem er zusammenarbeitet?«

»Nein, aber er kennt die Regeln. Die kennt inzwischen jeder in Miami.« Es stand sogar auf meiner Homepage, mit wem ich keinesfalls zusammenarbeitete, und wer das nicht respektierte, kam direkt mit auf meine Blacklist. »Mir gefällt das Projekt auch. Es fügt sich gut in die Umgebung ein, und da alle Bewohner problemlos aus dem baufälligen Kasten ausgezogen sind, steht der Abrissgenehmigung nichts mehr im Weg.«

»Wann hast du mit Harper den Termin?« Christopher nahm die Füße vom Tisch und stand auf.

Ich griff den Schnellhefter mit den Bauplänen und erhob mich ebenfalls. »Heute Nachmittag um drei.«

»Soll ich mit dabei sein?«

»Nicht nötig, ich wollte nur deine professionelle

Meinung zu den Plänen hören.« Ich klopfte ihm zwei Mal auf die Schulter. »Danke.«

»Geh zu ihr«, riet Christopher. »Und sei pünktlich bei uns. Klar?«

»Klar.« Ich hob zum Abschied nur die Hand. »Bis nachher.« Immerhin musste ich so den Abend nicht allein zu Hause verbringen.

In der Zeit bis zum Termin mit John Harper studierte ich intensiv die vorgelegten Baupläne. Alles schien genaustens durchdacht. Nicht nur optisch fügte es sich perfekt zwischen die anderen Gebäude ein, auch die geplante Innenausstattung war vom Feinsten. Das versprach eine hervorragende Rendite.

Die Gegensprechanlage knarzte, bevor meine Sekretärin sich zu Wort meldete. »John Harper ist hier.«

»Danke, Ellen, führen Sie ihn bitte in mein Büro und bringen Sie uns Kaffee«, bat ich und richtete die Unterlagen auf dem gläsernen Besprechungstisch.

»Mike!«, rief John erfreut aus, kaum, dass er mein Büro betrat. »Wie schön, dass wir uns wiedersehen. Seit dem letzten Projekt ist viel Zeit vergangen. Dabei hat es uns beiden viel Freude bereitet.«

»Darum habe ich nicht widerstehen können, als dein Kurier die Pläne gebracht hat.« Ich ging auf ihn zu und schüttelte ihm freundschaftlich die Hand. »Kaffee kommt gleich, und jetzt erzählst du mir, wie du an dieses Filetgrundstück gekommen bist.«

»Durch einen Kollegen. Er war zuerst damit beauftragt gewesen, doch sein Geldgeber hat ihn im Stich gelassen. Dabei hatte er bereits fast alle Mieter aus dem Haus gekauft. Zehn Eigentümer, alle über achtzig und froh, so viel Geld zu bekommen, um ganz bequem in einer noblen

Altersresidenz ihre letzten Tage zu verbringen und den Kindern noch was zu vermachen.«

Ich runzelte die Stirn. »Und es gab dabei überhaupt keine Probleme?« Das war ungewöhnlich. Irgendeiner wollte immer sein Zuhause behalten.

»Keine Nennenswerten. Die letzten beiden Eigentümer ziehen in zwei Monaten aus, anschließend ist das Gebäude leer.« John rieb sich die Hände. »Und selbst bei den hohen Abfindungen, die bezahlt wurden, ist die Rendite enorm. Hast du die Aufstellung geprüft?«

Ich nickte. Natürlich hatte ich meine Hausaufgaben gemacht. Für die kleinen Wohnungen waren im Schnitt eineinhalb Millionen als Ablöse bezahlt worden. Die virtuellen Pläne zeigten an der Stelle, an der das dreistöckige Gebäude auf dem großzügigen Gartengrundstück gestanden hatte, einen modernen Hochhauskomplex mit fünfundvierzig Stockwerken. Bis auf die oberen fünf Etagen lagen auf jedem Stockwerk drei Wohnungen, nur die oberen waren großzügiger geschnittene Etagenwohnungen mit ausladenden Terrassen. Die kleineren Wohnungen konnte man in dieser Lage für über zwei Millionen verkaufen, die oberen sogar für fünfzehn. Selbst wenn man zwei Drittel der angestrebten Einnahmen verbaute, blieb ein Gewinn von etwa hundert Millionen übrig. Lukrativ, ohne Zweifel und ich war überzeugt, John Harper konnte dieses Projekt erfolgreich umsetzen.

Ellen brachte den Kaffee und zog sich umgehend zurück.

Ich schenkte uns zwei Tassen ein. »Irgendwie ist es schade um das hübsche Gebäude.«

»Du alter Nostalgiker. Wenn es dich tröstet, im Garten scheint kaum noch Sonne, das Tageslicht wird von den umliegenden Gebäuden geschluckt. Und wenn man auf der gegenüberliegenden Straßenseite steht, sieht das niedrige Gebäude völlig grotesk aus. Es gehört dort schon lange nicht mehr hin.« John nippte an seinem Kaffee. »Aber ich weiß schon, was du meinst. Architektonisch ist es eine Seltenheit. Das Haus steht dennoch definitiv am falschen Platz.«

Ich musste John recht geben, es stand am falschen Platz. Eingekeilt zwischen den hohen Gebäuden wirkte es wie ein alter Zwerg, der unbemerkt im Schatten sein Dasein fristete. Vermutlich war es deshalb ein Kinderspiel gewesen, die Bewohner zu einem Verkauf zu bewegen. Es musste hart für sie gewesen sein, die gravierenden Veränderungen in unmittelbarer Nachbarschaft über die letzten Jahrzehnte zu ertragen. Vom Baulärm und Schmutz mal ganz abgesehen. »Du wolltest mir noch die Baugenehmigungen zeigen. Wenn die von meinen Anwälten geprüft worden sind, können wir loslegen.«

John nickte. »Kein Problem. Die Genehmigungen sind durch. Hast du Anmerkungen zu den Bauplänen?«

»Die Aufteilungen innerhalb der Wohnungen sind großartig, nur würde ich fünf Quadratmeter im Wohnzimmer abziehen und die Balkone vergrößern. Das wurde beim letzten Projekt von vielen Kaufinteressenten bemängelt. Kriegst du das durch?«

John runzelte die Stirn. »Verkauft haben wir dennoch alle Wohnungen.« Er zog die Pläne zu sich, malte mit seinem Bleistift in einem Etagengrundriss die Veränderungen und nickte. »Das kommt beim Wohnbereich mit offener Küche kaum zum Tragen.«

»Eben«, gab ich ihm recht. »Also könnten wir unterschiedliche Ebenen schaffen, mal mit größeren Wohnzimmern und mal mit größeren Balkonen. Auch optisch würde es eleganter wirken.«

John zeichnete einige Entwürfe und ich sah ihm fasziniert zu. Mit nur wenigen Strichen zauberte er eine neue Wohnlandschaft, die jeder bildlich sofort erfassen konnte. Er war einfach der beste Architekt, den ich kannte.

»Das klappt. Auch die Statik beeinflusst es nicht. Wenn du es so haben willst, muss ich neue Anträge stellen, aber das ist kein Problem.«

»Perfekt.« Ich leerte meine Tasse Kaffee. »Bis wann liegen die neuen Pläne vor?«

»Gib mir drei Wochen«, bat John, nahm die Pläne und klemmte sie sich unter den Arm. »Ich mache mich besser gleich an die Arbeit. Jeder Verzögerungstag kostet uns bares Geld.«

»Ich weiß, aber dir ist klar, dass es mir nicht nur ums Geld geht. Die Menschen sollen sich in unseren Häusern wohl und sicher fühlen.«

John lachte. »Darum arbeite ich so gern mit dir. Dieser Punkt zeichnet dich aus.«

»Ich mag keine faulen Kompromisse und keine linken Dinger«, bestätigte ich. Wenn ich etwas nicht leiden konnte, dann war es, wenn man andere hinterrücks aufs Kreuz legte. »Und es gibt keine bessere Werbung als zufriedene Kunden.« Das hatte mich die Vergangenheit geleert. Besser man verzichtete auf etwas Gewinn und agierte im Sinne der Käufer, das zahlte sich letztlich aus. Und ich konnte mir nach meiner großen Pleite sowieso keine schlechte Presse leisten. Vertrauen war ein zerbrechliches Gut. Aus diesem Grund fiel es mir so schwer, anderen Personen zu trauen. Man musste sich dieses Privileg bei mir erst verdienen.

Zwei Stunden nachdem John gegangen war, beschloss ich, Feierabend zu machen und vor dem Abendessen bei Chris und Laura noch eine Runde zu joggen, um mich auszutoben. Immer wieder kreisten meine Gedanken um Annie und ihr wortloses Verschwinden. Laura hatte für solche Situationen einen siebten Sinn und wenn ich, ohne mich auszupowern, bei ihr auftauchen würde, wäre es für sie ein Kinderspiel, mich zu lesen wie ein offenes Buch. Sie kannte meine tiefsten Abgründe, meine Zweifel an den Menschen und meine dunkelsten Momente. Sie hatte sie alle hautnah miterlebt, als ich am Boden lag. Seither spürte sie, wenn mich etwas beschäftigte.

Ich lief bis zum Las Olas Beach in Fort Lauderdale und wieder zurück. Der gleichmäßige Rhythmus brachte mich tatsächlich in mein inneres Gleichgewicht.

Nach einer raschen Dusche spazierte ich die beiden Blocks zu meinen Freunden. Schon an der Haustür empfing mich der Duft nach Basilikum und mein Magen knurrte. Christopher winkte mich herein, das Telefon zwischen Ohr und Schulter geklemmt. Er zeigte mir mit der Hand an, er würde in fünf Minuten bei mir sein. Ich schloss die Wohnungstür, schlenderte in die Küche und küsste Laura aufs Haar.

»Na? Was gibt es heute aus der Starküche?«

»Fettuccine an Pesto mit frischem Basilikum und Rucola. Und nein, du darfst nicht kosten.« Augenblicklich runzelte sie ihre Stirn. »Was ist los?«

Es war das Gericht, das Annie für mich zubereitet hatte. Gerade noch hatte ich mich ausgetobt, um Laura keine Angriffsfläche zu geben, und nun warf mich ein einfaches Pastagericht aus der Bahn? Das durfte jetzt nicht wahr sein.

»Nichts«, versuchte ich, mich herauszureden. »Das Gericht hatte ich gerade erst vorgestern. Allerdings mit Cocktailtomaten. Solltest du mal probieren.« Ich wandte mich ab und ging zum Kühlschrank. Obwohl ich keinen Durst hatte, zog ich ein Tonic heraus und öffnete es.

»Mike, sieh mich mal an«, bat sie mit ihrem unnachgiebigen Ton, den ich nur zu gut kannte.

Ich sah auf. »Was?«, fragte ich mit aller Unschuld, die ich in meine Stimme legen konnte.

»Da steckt eine Frau dahinter. Ich spüre es. Erzähl mir von ihr.« Laura löste ihren Blick von mir und kümmerte sich um ihre Pestosoße.

»Da ist nichts.« Ich setzte die Dose an und leerte sie zur Hälfte.

»Wo ist nichts?«, fragte Chris, der in diesem Moment die Küche betrat und neben mir stehen blieb.

Laura drehte sich zu uns um. »Was verschweigt ihr mir?« Sie zeigte mit dem hölzernen Kochlöffel auf mich. »Mike beschäftigt sich nie mit italienschen Gerichten. Er isst sie, aber er kommentiert sie nicht mit Zutaten. Eine Frau muss für ihn gekocht haben. Eine besondere Frau.«

Chris lachte auf. »Pech gehabt, jetzt bist du fällig.«

Laura kniff die Augen zusammen. »Du weißt Bescheid und erzählst mir nichts?«

»Das ist nicht mein Bier«, sagte er. »Apropos Bier, ich würde mir eines genehmigen. Sonst noch jemand?«

»Ich werfe dir die Dose gleich an den Kopf«, drohte Laura, lächelte aber dabei. Und ich wusste, ich würde um ein klärendes Gespräch nicht herumkommen.

KAPITEL 17

Annie

Annie?« Emma stand neben mir und riss mich aus meinen Gedanken. »Du hast Besuch.«

»Besuch?« Das Herz klopfte mir bis zum Hals. Mike! Er wollte mich wiedersehen!

»Eine Frau will dich sprechen. Sie ist in der Kaffeeküche.« Sie nahm mir die benutzten Mullbinden ab und nickte. »Ich mach das sauber. Geh schon. Du hast während der Schicht noch gar keine Pause gemacht und kannst bestimmt einen Kaffee vertragen. Irgendwann klappst du bei dem Tempo noch zusammen.«

Mein Herz rutschte direkt aus dem Hals in den Magen. »Hat sie ihren Namen gesagt?« Enttäuschung brach sich Bahn. Für einen kurzen Augenblick hatte ich mich tatsächlich der dummen Hoffnung hingegeben, Mike würde mich sehen wollen.

Emma schüttelte den Kopf.

Nach dem Tiefschlag konnte ich doppelt eine Pause vertragen. Ich schlief seit der gemeinsamen Nacht mit Mike nicht nur schlecht, eigentlich schlief ich gar nicht. Wenn ich nicht arbeitete, zermarterte ich mir das Hirn, ob es richtig gewesen war, einfach zu gehen. Ich hätte eine Nachricht hinterlassen können, oder meine Telefonnummer.

Dann sagte ich mir, wenn er tatsächlich Wert auf ein Wiedersehen legen würde, könnte er mich jederzeit in der Klinik anrufen. Meinen Namen hatte er. Und ich fragte mich, wie ich an seiner Stelle reagieren würde. Würde ich ihn an seiner Arbeitsstelle aufsuchen, wenn er aus meinem Bett verschwunden wäre? Auf gar keinen Fall!

Aber er war ein Womanizer und ich überlegte mir im Normalfall mehrmals, ob ich mit einem Mann schlafen wollte oder nicht. Für ihn war es nur die gute Gelegenheit gewesen. Für mich deutlich mehr.

Ich schlenderte zur Kaffeeküche und fragte mich, wer mich wohl sprechen wollte. Kate würde nicht das Risiko eingehen, mich hier zu überfallen, sie würde eine WhatsApp schicken und warten, bis ich mich bei ihr meldete. Sonst kannte ich niemanden, der mich auf Arbeit besuchen wollte. Vielleicht eine ehemalige Patientin?

Eine zierliche Person mit schwarzen Haaren und einem hübschen Gesicht saß an dem kleinen abgenutzten Tisch. Sie sah wie eine Italienerin aus.

»Sie wollen mich sprechen?«, fragte ich die fremde Frau. Ich hatte sie zuvor noch nie gesehen. Und ich vergaß kein Gesicht.

»Ja.« Die Frau stand auf und musterte mich interessiert. »Sie kennen Mike Sievers?«

Ich schluckte trocken. Stand ich hier vor Mikes Frau? Hatte ich etwas im Internet übersehen? War Mike ein verheirateter Mann? Und was viel wichtiger war: Hatte sie herausbekommen, was passiert war? Wie versteinert blieb ich stehen und starrte die dunkle Schönheit an.

»Sie sind ja ganz blass«, meinte die Fremde erschrocken und eilte zum Wasserspender. Hektisch zog sie einen der Plastikbecher aus dem Fach und goss Wasser ein. »Hier. Trinken Sie einen Schluck.«

Die Situation kam mir nun doch merkwürdig vor. Würde Mikes Ehefrau mir Wasser einschenken? Eher nicht. Ich räusperte mich. »Danke. Es war ein harter Tag«, wich ich aus.

»Entschuldigen Sie«, bat die Frau. »Ich habe mich gar nicht vorgestellt. Ich bin Laura Brown.« Sie streckte mir die Hand hin.

Ich nahm sie und schüttelte den Kopf. »Tut mir leid. Ihr Name sagt mir nichts.« Warum fragte mich eine Mrs Brown nach Mike? Ich trank einen Schluck.

»Christopher Brown ist Mikes bester Freund und ich bin seine Frau. Also die von Chris«, erklärte sie weiter.

»Ah.« Jetzt fiel das Puzzlestück an die richtige Stelle. »Ja, ich kenne Mr Sievers. Ihr Mann hatte mich gebeten, nach ihm zu sehen, da er sich selbst entlassen hat.«

»Typisch Mike. Das passt zu ihm. Deshalb bin ich nicht hier.« Laura Brown trug ein luftiges Sommerkleid, das ihrer Figur schmeichelte. Sie bemerkte meinen fragenden Blick. Dann lachte sie. »Oh, jetzt verstehe ich. Sie dachten, ich sei Mikes Frau.«

Diese Laura schien über einen Röntgenblick zu verfügen, doch was wollte sie hier? Oh, da kam mir eine andere Idee. Vielleicht war Laura ja die beste Freundin von Mikes Frau. Ich leerte das Wasser und streckte den Rücken durch. Wenn es so war, würde es jetzt ziemlich hässlich werden.

»Ja, das habe ich.«

»Mike ist nicht verheiratet.«

Der Aufprall des Steins, der mir gerade von der Seele plumpste, musste in ganz Miami zu hören gewesen sein. »Ist er nicht?«

»Er hat nicht mal eine feste Freundin«, führte Laura weiter aus. »Deshalb bin ich hier. Sie sind die erste Frau, die ihn …« Sie machte eine Pause. »Wie soll ich es ausdrücken … berührt, wäre wohl das richtige Wort.«

»Setzen wir uns doch«, schlug ich vor, weil meine Knie sich noch ziemlich wacklig anfühlten. »Auch ein Wasser?« Ich brauchte dringend noch etwas zu trinken.

»Danke.« Laura Brown setzte sich wieder an den abgenutzten Tisch, an dem sie zuvor bereits deplatziert ausgesehen hatte.

Ich schenkte uns beiden einen Becher ein. Kaffee hätte in dieser Situation meinen Puls nur noch weiter in die Höhe getrieben. »Bitte.« Ich stellte das Wasser vor sie hin und setzte mich ihr gegenüber. »Sobald ein Notfall hereinkommt, muss ich los.«

»Verstehe, ich sollte mich besser kurzfassen.« Sie nippte an ihrem Wasser. »Darf ich fragen, warum Sie ohne eine Nachricht gegangen sind?«

Meine Augenbrauen schnellten fassungslos nach oben. Wow, diese Frage überraschte mich – Mrs Brown nahm ja kein Blatt vor den Mund. Was sollte ich darauf nur antworten? Die Wahrheit ging nicht.

»Ich bin indiskret, ich weiß«, entschuldigte sie sich. »Aber mir liegt sehr viel an Mike. Er hat eine Menge mitgemacht. Wenn es nur ein Abenteuer für Sie war, können Sie mir das durchaus sagen, dann gehe ich und wünsche Ihnen alles Gute.«

»Und wenn nicht?«

»Dann würde ich Ihnen gern etwas über Mike erzählen, das Ihre Sichtweise ändert.«

»So …« Mir fiel es plötzlich schwer, zu atmen, und das sicher nicht nur deshalb, weil diese mir wildfremde Frau offensichtlich so feine Antennen hatte, dass sie mir beinahe unheimlich war.

Sie fuhr fort, während sie den Wasserbecher in der Hand hin und her drehte. »Ja, er ist ein Womanizer, aber nur, weil er sich eine blutige Nase geholt hat. Er ist nicht so, wenn er der richtigen Frau begegnet. Und ich habe den Verdacht, dass Sie das für ihn sein könnten.«

Ein warmes Gefühl flutete meinen Körper. Konnte das wahr sein? Ich legte den Kopf schräg, da ich nicht wusste, was ich ihr hätte sagen sollen.

»Ich kenne Mike viele Jahre, er ist für mich wie ein großer Bruder. Er ist mit Recht vorsichtig geworden. Doch das muss er Ihnen selbst erzählen, das steht mir nicht zu. Aber es hat ihn schwer beeindruckt, wie Sie ihm im *Zuma* gegenübergetreten sind und ihn wegen seines Auftritts zurechtgestutzt haben.« Sie ließ den Becher los und klatschte in die Hände. »Was hätte ich das gern miterlebt!«

Ich grinste schief. »Ich kann es nicht leiden, wenn jemand glaubt, sich mit Geld alles kaufen zu können. Denn das kann man nicht.«

»Das stimmt. Und dieser Tritt ans Schienbein hat ihm gutgetan. Mal wieder zu sehen, dass er sich nicht alles erlauben kann. Das hat ihn nachdenken lassen.«

»Er ist mir gefolgt und hat mich geküsst.« Meine Stimme glich einem Flüstern.

»Und Sie haben ihn nicht angerufen, obwohl er Ihnen seine Karte gegeben hat.« Laura legte ihre Hand auf die meine. »Noch ein Rückschlag für das erfolgsverwöhnte Herz.«

Ich wusste nicht, was ich sagen sollte. Die Wahrheit brachte ich vor dieser Frau nicht über die Lippen. Das ging einfach nicht. Es kostete mich Kraft, es mir selbst gegenüber einzugestehen, dass ich verliebt war und seine Wohnung aus Angst vor Zurückweisung verlassen hatte.

»Und Sie sind ohne Nachricht gegangen. Das ist ihm noch nie passiert.« Laura zog ihre Hand zurück. »Wenn er Ihnen etwas bedeutet, nehmen Sie meine Einladung an. Wie wäre es mit übermorgen zum Cocktail?« Sie reichte mir eine Visitenkarte.

»Das geht nicht. Da habe ich Spätschicht.« Ich ging zu den Dienstplänen. »Montag? Gegen acht?«

»Perfekt.« Laura erhob sich und nickte. »Und ich werde Mike nichts von unserem Gespräch erzählen. Er weiß nicht, dass ich hier bin. Wir werden behaupten, Christopher hätte Sie aus Dankbarkeit für Ihren Einsatz eingeladen. Er wird es zwar nicht glauben, aber das spielt keine Rolle. So müssen weder er noch Sie den ersten Schritt tun. Der Rest liegt nicht mehr in unseren Händen.« Sie lächelte mich an. »Und keine Angst, wir werden uns nicht weiter einmischen. Aber ich konnte in diesem speziellen Fall nicht mitansehen, wie Mike aus reiner Sturheit … ach, was rede ich denn.« Sie machte über ihre Lippen ein Zeichen, als würde sie einen Reißverschluss schließen. »Bin schon weg. Bis Montag!«

»Danke für die Einladung«, rief ich ihr noch hinterher. Ich holte mir nun doch einen Kaffee und setzte mich.

Mein Verstand konnte das noch gar nicht verarbeiten, während mein Körper verrückt spielte und in meinem Inneren alles vibrierte. Wäre ich wie meine Patienten an ein Messgerät angeschlossen gewesen, hätte diese Laura umgehend mitbekommen, wie es um mich bestellt war. Mein Puls war schlagartig angestiegen und glich vermutlich dem einer Maus. Und das Herz einer Maus schlug zehnmal so oft wie das eines gesunden Menschen.

Ich würde Mike wiedersehen!

Das und die Vorstellung, ihm nicht gleichgültig zu sein, ließen mich lächeln. Und wenn er eine entschlossene und herzliche Frau wie Laura zur Freundin hatte, konnte er kein schlechter Mensch sein. Obwohl ich seinem Reichtum immer noch widersprüchlich gegenüberstand, wischte ich diesen letzten Zweifel beiseite. Ich wollte Mike kennenlernen, und wenn er mir das Herz brach, musste ich mir wenigstens nicht vorwerfen, feige davongelaufen zu sein und dem Ganzen zwischen uns keine Chance eingeräumt zu haben. Außerdem musste ich ja nichts überstürzen, redete ich mir ein. Dabei hatte ich mich schon längst verloren.

»Du lässt den Kaffee kalt werden«, holte mich Emma aus meinem Gedankenkarussell. »Und? Was wollte die Frau?«

Ich lächelte, stand auf und trank einen Schluck. »Sie hat mich zu sich eingeladen.« Mehr sagte ich nicht, denn was hätte ich sagen sollen, ohne den Ausgang des Abends zu kennen?

KAPITEL 18

Mike

Nachdem ich den ganzen Tag in Besprechungen gesessen und über den neuen Bauplänen gebrütet hatte, freute ich mich auf einen entspannten Abend bei Chris und Laura. Das gab mir immer ein Gefühl von Zuhause. So sollte es sich anfühlen, dann wusste man, alles war gut und richtig, nichts aus dem Gleichgewicht. Nirgendwo konnte ich mich so fallenlassen wie bei den beiden. Da gab es keine Maske, die ich aufsetzen musste, keinen Grund, im Dauermodus zu funktionieren, nur weil es das Umfeld so erwartete, wenn man erfolgreich war. Dort konnte ich einfach ich sein, mit schlechter Laune, mit Zweifeln, mit all meinen Macken, die ich sonst vor allen anderen verbarg. Den beiden ging es genauso. Es war immer schön, Laura und Chris gelöst und locker zu erleben, ob gut oder schlecht gelaunt. Laura war oft ungeschminkt, wenn sie zu Hause war, und es stand ihr ausgezeichnet. Sie hatte kein Make-up nötig.

Bald wäre die Anspannung meines Arbeitstages verflogen. Normalerweise ging ich nach der Arbeit eine Runde laufen oder powerte mich in meinem Fitnessraum aus, dafür war an diesem Tag leider keine Zeit geblieben. Laura verabscheute Unpünktlichkeit, weil darunter ihre zubereiteten Speisen litten. Und ich erwies ihr gerne den Respekt, nicht zu spät zu kommen.

Auf dem Parkplatz checkte ich noch die letzten Mails. Ab Ankunft bei meinen Freunden würde ich das Handy nicht mehr beachten. Auch so eine Regel, die ich von den beiden gelernt hatte. Wenn man unter Freunden war, blieb das Geschäft geschlossen. Nichts war wichtig genug, um sich einen schönen Abend ruinieren zu lassen. Die Regel hatte nur einen Haken: Meine Geschäftspartner hielten sich nicht daran. Und gelegentlich hätte ein sofortiges Telefonat für eine wichtige Entscheidung viel Geld und Nerven gespart. Aber so waren die Regeln im Hause Brown, und ich hielt mich daran, wenn ich bei den beiden war. Im Grunde genoss ich diesen Luxus, mal für ein paar Stunden nicht erreichbar zu sein.

Das Taxi hielt vor dem Apartmentgebäude, als ich die letzte Order an John Harper geschickt hatte. Ich zahlte und betrat das Haus. Den Code vom Fahrstuhl für die direkte Fahrt ins Penthouse kannte ich seit vielen Jahren auswendig. Die Glocke drückte ich nur, um meine Ankunft anzukündigen.

Chris kam mir entgegen. »Komm rein, Laura hat sich heute selbst übertroffen!«

Der Geruch nach Kräutern zog durch die Wohnung. »Perfekt. Ich komme um vor Hunger.«

»Wir haben heute einen Gast«, plauderte Chris weiter, doch ich entdeckte die Unruhe in seinem Blick.

Irgendetwas war hier los. Ich hob fragend die Hände, um meinem besten Freund nonverbal eine Information zu entlocken. Laura hatte zwar anfangs versucht, mich bei jeder Gelegenheit mit einer ihrer Freundinnen zu verkuppeln, doch dachte ich, diese Runde abgeschlossen zu haben.

Chris ging, ohne mir ein Zeichen zu geben, voraus auf die hintere Terrasse.

»Musste das sein?«, raunte ich ihm zu, als ich eine Frau an der Brüstung am Ende der Terrasse stehen sah. »Ich hatte mich auf einen entspannten Abend gefreut.«

Die zarte Brise spielte mit dem offenen Haar der Frau, und sie strich sich eine Haarsträhne hinter das Ohr. Diese Bewegung ließ mich erstarren. Diese unbewusste Geste erinnerte mich an Annie.

Ich sah genauer hin.

Es war Annie. Diese Silhouette würde ich überall erkennen.

Chris war unbeirrt weitergegangen. »Nun komm schon«, forderte er mich auf. »Annie Miller kennst du ja bereits«, redete er weiter, während ich mich sammelte und zu ihm aufschloss. »Wir haben sie ebenfalls eingeladen als Dankeschön, weil sie so gut auf dich geachtet hat.«

In mir brodelte es.

Mein bester Freund hatte mich hinters Licht geführt. Sie hatten Annie hierherbestellt, um mich aus der Reserve zu locken. Was für ein hinterhältiges Spiel!

Und warum hatte Annie zugestimmt? Immerhin war sie einfach gegangen. Dieser Umstand sagte alles aus, da halfen auch keine nachträglich entschuldigenden Worte. Irgendetwas stimmte hier ganz und gar nicht. Annie spielte ein falsches Spiel, und welches, das würde ich noch herausfinden.

»Annie«, rief ich gespielt erfreut aus. »Wie schön, dich wiederzusehen.« *Nachdem du wortlos aus meinem Bett verschwunden bist*, fügte ich in Gedanken hinzu.

Annie fing meinen Blick auf. Augenblicklich wirkte sie unsicher, denn sie nagte auf ihrer Unterlippe. Das hatte ich bei ihr bisher noch nicht gesehen.

»Wie geht es dir, Mike?«

»Ausgezeichnet«, spielte ich die Farce mit, die meine Freunde hier eingefädelt hatten. Mir war klar, dass sie es nur gut meinten, aber an meinem einzigen Rückzugsort der Stadt ein Treffen mit Annie einzufädeln, grenzte an Verrat. »Und dir?«

»Keine Kopfschmerzen mehr?«

Annie trat einen Schritt auf mich zu. Ihre ganze Haltung drückte Unsicherheit aus. Tat ich ihr unrecht?

»Keine, die mit dem Unfall zusammenhängen.«

Ich ging ihr entgegen und küsste sie rechts und links auf die Wange. Zunächst wollte ich sie provozieren, doch als mir ihr Geruch in die Nase stieg, erinnerte sich mein Körper unwillkürlich an unsere gemeinsame Zeit und mein Schwanz reagierte augenblicklich. Irritiert und überrascht wich ich zurück.

»Und jetzt sage ich Laura guten Tag.«

Ich flüchtete von der Terrasse. Auf dem Weg in die Küche rief ich mich zur Ordnung und dachte an Bruce Meyer, den Hai im Immobilienbereich. Augenblicklich stieg Wut in mir hoch und meine Erektion verpuffte so schnell, wie sie gekommen war. Ich klopfte an den Türrahmen der Küche. Laura goss sich gerade ein Glas Rotwein ein und blickte hoch.

»Na? Überraschung gelungen?« Sie lächelte mich an. »Du sturer Hund hättest es sonst nur verbockt.«

»Ich hatte dich gebeten, dich nicht einzumischen.« An den Türrahmen gelehnt beobachtete ich ihr Mienenspiel. Sie wirkte amüsiert. »Warum hast du das getan?«

»Es ist nur ein Abend«, gab Laura zurück. »Und ein Dankeschön hat Annie Miller durchaus verdient, findest du nicht?«

»Ein Scheck für ihre Mühe hätte ausgereicht.«

»Cretino!« Ohne aufzusehen gab sie die Salatsoße über die angerichteten Teller. »Du solltest besser herausfinden, warum Annie gegangen ist.«

Schweigend sah ich Laura zu, wie sie die Soße über die Pasta goss, alles auf einen überdimensionierten Teller gab und in den vorgeheizten Backofen schob. Vielleicht hatte sie sogar recht. Natürlich wollte ich erfahren, warum sie ohne ein Wort, ohne eine Nachricht verschwunden war.

Vielleicht hatte sie einen Freund und die zwischen uns herrschende Chemie hatte sie überrollt. Doch nachts, als sie mit ihren Gedanken allein sein konnte, hatte sie ihre Schwäche bereut und war ins Bett ihres Freundes zurückgekrochen.

Wollte ich das wissen? Hören, dass Frauen ebenso wie Männer sich einfach mal gehen ließen? Dass es so war, wusste ich natürlich, trotzdem würde mir die Antwort nicht gefallen. Vermutlich würde mir keine Antwort gefallen. Denn welchen gottverdammten Grund gab es schon, sich nach einer heißen Nacht wie ein Dieb davonzuschleichen?

»Ich verzichte«, sagte ich, ging in die Küche und wartete, bis Laura mich endlich ansah. »Und du tu mir den Gefallen und mische dich nicht wieder ein. Soll ich die Salatteller ins Esszimmer bringen?«

Ich drückte ihr einen versöhnlichen Kuss auf die Stirn. Laura meinte es nicht böse. Das wusste ich und ich machte ihr keinen Vorwurf.

»Gern«, bedankte sie sich. »Und hör *einmal* auf mich. Bitte.«

Ich verdrehte die Augen, nahm das Tablett mit den vier Salattellern und ging ins Esszimmer. Für einen kurzen Augenblick wollte ich allein sein. Die Überraschung, Annie plötzlich hier zu sehen, hatte mir einen Schlag in den Magen verpasst.

Und dennoch freute ich mich.

Näher kommende Stimmen verrieten, dass Laura zu Tisch gebeten hatte. Der Weißwein stand geöffnet im Kühler und ich goss jedem ein Glas ein.

»Danke«, kommentierte Chris den eingeschenkten Wein und klopfte mir auf die Schulter. »Jetzt setzt ihr euch hin, und ich helfe meiner Frau, die Pastaschale auf den Tisch zu bekommen. Wie ich sie kenne, wiegt das Ding drei Zentner.« Chris verließ das Esszimmer.

Annie nahm mir gegenüber Platz. »Du willst nicht, dass ich hier bin«, kam sie ohne Umschweife zur Sache, doch ihre Stimme klang dünn.

»Wie kommst du auf diese Idee?« Ich blieb verhalten.

»Du weichst mir aus«, sagte sie offen. »Soll ich gehen? Ich könnte einen Notfall in der Klinik vorschieben.«

Energisch schüttelte ich den Kopf. »Ich freue mich, dich zu sehen, wenn ich dich hier auch nicht erwartet habe.« Für einen Moment verfingen sich unsere Blicke. Annie lächelte schüchtern. Die kleinen Grübchen in ihrer Wange waren bezaubernd. Sie war bezaubernd. Und an diesem Abend trug sie tatsächlich das schwarze Cocktailkleid, das sie zu unserer Verabredung hatte tragen wollen. »Schönes Kleid. Es steht dir.«

Annie kniff die Augen ein wenig zusammen und sah mich forschend an. Dann entspannte sich ihr Gesichtsausdruck wieder. »Danke.«

Erst in diesem Moment wurde mir klar, dass es für sie zunächst wie eine Spitze meinerseits gewirkt haben musste. Dabei war das Kompliment aufrichtig gewesen. Sie sah scharf aus, daran gab es keinen Zweifel. Ich zweifelte nur an Annies Absichten.

Warum war sie hier?

Diese Frage würde ich kaum beim Dinner beantwortet bekommen. Chris brachte die Riesenschüssel randvoll gefüllt mit Tortellini. Der Duft der Soße machte mir Appetit.

»Wow, das sieht lecker aus, und wie das riecht«, schwärmte Annie und sog die Luft ein.

»Danke«, sagte Laura. »Hoffentlich ist mir die Soße gelungen. Das letzte Mal hatte ich zu viel … ach, was rede ich … probiert einfach selbst.«

Chris verteilte das Essen auf unsere Teller.

Laura hob das Weißweinglas an und reckte es in die Mitte. »Auf einen schönen Abend.«

Annie stieß sanft gegen Lauras Glas. »Ja, auf einen schönen Abend und vielen Dank für die Einladung.«

Ich stimmte in den Tenor ein und Chris zwinkerte mir zu, trank einen Schluck und nahm das Besteck auf. »Und jetzt los, bevor es kalt wird.«

Laura warf ihm einen missbilligenden Blick zu, den Chris mit einem spitzbübischen Lächeln quittierte. Ich wusste, wie viel Wert sie auf gutes Benehmen legte, wenn sie Gäste hatte. Unter Freunden war sie da viel lockerer, aber Annie war ein Gast, und entsprechend forderte Laura perfekte Tischmanieren. Sie warf einen Blick zu Annie, die ebenfalls das Besteck in Händen hielt.

»Guten Appetit«, wünschte Annie. »Und ja, es wäre eine Sünde, Ihr wundervolles Essen kalt werden zu lassen.«

»Lassen wir das Sie«, bat Laura und spießte die erste Nudel auf. »Einfach Du und Laura und Chris. Und jetzt lasst es euch schmecken.«

»Guten Appetit«, wünschte ich, bevor ich mir die erste Gabel voll in den Mund steckte. Die Tortellini waren mit Spinat gefüllt, was hervorragend zu der Soße passte. »Lecker.«

Annie nickte zustimmend. »Ich schmecke den Safran, den Weißwein und natürlich die Sahne.« Sie steckte die Gabel erneut in die Soße und kostete die Soße ohne die Nudel. »Hmm«, murmelte sie. »Irgendetwas ist da noch. Etwas Fruchtiges, aber was?«

Laura lächelte zufrieden. »Ja, dieses Mal harmoniert es perfekt. Es ist nicht zu fruchtig geworden.«

Ich beobachtete das Geplänkel zwischen den beiden. Es war schön, zuzusehen, wie Annie mit Genuss aß und dabei über die Zutaten rätselte, während Laura freudig lächelte. Weder Chris noch ich machten uns für gewöhnlich einen Kopf darüber, was Laura in den Topf gab. Es schmeckte mir immer und das zu wissen, genügte mir. Chris saß mir schräg gegenüber und zog eine Augenbraue hoch, während er mich ansah. Ihm ging es offenbar genauso.

»Verrätst du es mir, Laura?«, bat Annie, nachdem sie mehrfach gekostet hatte. »Dieses Bitterfruchtige lässt sich leider nur schwer herausschmecken.«

Laura ließ sich etwas Zeit, bevor sie antwortete. »Orangenabrieb.«

Annie nickte zustimmend. »Natürlich! Warum bin ich nur selbst nicht darauf gekommen?!«

»Du kochst gerne?«, hakte Laura nach.

Annie nickte. »Aber nicht so gut.«

Kurz wollte ich ihr widersprechen. Annie sah, wie ich den Mund öffnete, und warf mir einen warnenden Blick zu. Also schob ich mir nur eine weitere Gabel hinein.

Laura strahlte über das ganze Gesicht. »Ach was, so gut ist es auch wieder nicht.«

»Sei nicht so bescheiden! Das ist ein ganz außergewöhnliches Gericht.«

»Wenn das so ist, nehme ich mir noch eine Kelle«, sagte Chris und schöpfte sich tatsächlich noch eine weitere auf den Teller. »Du auch?«

Abwehrend hob ich die Hände. »Nein, danke. Es schmeckt hervorragend, aber wenn ich mehr esse, schaffe ich den Hauptgang nicht. Und das wäre mit Sicherheit eine Schande.«

»Hauptgang?«, fragte Annie. »Ich dachte, das hier wäre der Hauptgang.«

Ihr entsetzter Gesichtsausdruck ließ mich laut auflachen. »Sagtest du nicht, du hättest italienische Wurzeln?«

»Doch schon, aber in vierter Generation.«

Laura lächelte. »Wie bei mir, aber die Tradition haben wir beibehalten. Pasta ist eine Vorspeise. Aber keine Sorge, der Hauptgang ist Wolfsbarsch in Salzkruste mit Gemüse. Das hat immer Platz.«

Das Essen verlief in lockerer Atmosphäre und ich entspannte mich zunehmend. Laura und Annie verstanden sich prächtig, fast so, als würden sie sich bereits viel länger kennen. Ihre gemeinsame Vorliebe fürs Kochen schien ihr Band noch enger zu knüpfen. Das Tischgespräch fühlte sich leicht an, entspannt, und das übertrug sich auf mich. Meine bohrenden Fragen rückten in den Hintergrund.

Nach dem Nachtisch erhob sich Laura vom Tisch. »Ich sehe noch kurz nach den Kindern.«

Annie sah irritiert von Laura zu mir.

»Die Kinderzimmer sind am anderen Ende, man hört sie kaum toben, außerdem hatte ich mit Renata vereinbart, dass sie ausnahmsweise einen Film ansehen dürfen. Deshalb hat man nichts von ihnen gehört.«

Annie stand ebenfalls auf. »Dann breche ich besser auf.« Sie sah auf die Uhr. »Es ist spät geworden.«

»Aber nicht doch«, widersprach Laura. »Es ist gerade erst kurz nach zehn.«

»Ich weiß, ich möchte nicht ungemütlich werden, aber ich bin seit fünf Uhr morgens auf den Beinen und morgen geht es wieder um fünf Uhr los. Es tut mir leid.« Annie blieb stehen und ich stand ebenfalls auf. Sie sah zu mir. »Bleibt bitte sitzen und genießt den restlichen Abend.«

Den Teufel würde ich tun. Ich würde sie nicht einfach gehen lassen. »Nein, ich bringe dich nach Hause.«

»Ich nehme ein Taxi«, widersprach sie.

Widerspenstige Lady. Du kommst mir nicht einfach so davon. »Ich bestehe darauf. Mein Wagen parkt unten auf dem Hof.«

Chris gähnte demonstrativ. Am liebsten hätte ich ihm den Hals umgedreht. Auffälliger ging es nicht mehr. Wenigstens hatte Annie es nicht gesehen. »Lass ihn fahren. Er ist dir sowieso noch was schuldig«, sagte er. »Und ich helfe meiner Frau mit den Zwergen.«

Annie blieb unschlüssig stehen. »Also gut«, gab sie nach und ging auf Laura zu. »Vielen Dank für den schönen Abend und das hervorragende Menü.«

»Danke fürs Kommen.« Laura warf mir zwischen den Küsschen auf die Wange einen Blick zu. »Ich hoffe, wir sehen uns bald wieder.«

Annie lächelte. »Ich würde mich freuen.« Den Blickwechsel zwischen Laura und mir hatte sie nicht bemerkt.

»Gut, dann bringe ich euch mal zur Tür.«

Ich küsste Laura ebenfalls auf die Wange und flüsterte in ihr Ohr. »So viel Heimlichtuerei hätte ich dir gar nicht zugetraut.«

»Versau es nicht«, flüsterte sie zurück, gab mich frei und winkte Annie nochmals zu.

Kaum standen wir im Fahrstuhl auf dem Weg nach unten, knisterte die Luft zwischen uns.

KAPITEL 19

Annie

Als sich die Fahrstuhltüren geschlossen hatten, erfasste mich das ungewohnte Kribbeln und meine Nervosität stieg ins Unermessliche. Die Stille zwischen uns war greifbar, gleichzeitig schien es mir, als stünde die Luft im Fahrstuhl unter Hochspannung. Unfähig mich zu bewegen oder auch nur ein Wort zu sagen, starrte ich auf die geschlossenen Türen.

»Warum bist du hier?«, unterbrach Mike die Stille.

»Schlägst du freundliche Einladungen zum Cocktail aus?«, fragte ich. Von einem Abendessen war nie die Rede gewesen. »Und außerdem wusste ich nicht, dass du hier sein würdest«, log ich und ich spürte die heiße Röte in mir aufsteigen.

Mike beobachtete mich und lachte. »Du bist eine schlechte Lügnerin.«

»Na und? Dann wusste ich eben, dass du da bist.«

»Das führt mich wieder zu der Frage nach dem Warum«, beharrte er auf einer Antwort.

Das Öffnen der Fahrstuhltüren ersparte mir eine weitere Antwort. Was hätte ich denn sagen sollen? Ich konnte schlecht das Gespräch zwischen Laura und mir wiedergeben. Ich seufzte und stieg aus dem Lift.

»Vielleicht, weil ich nicht ohne Nachricht hätte gehen sollen?«

Mike brummte hinter mir. Wie sollte ich das Geräusch deuten? Unsicher drehte ich mich um. Er hatte sich direkt vor mir postiert und sah mich nachdenklich an. Ich hielt seinem Blick stand, obwohl in mir alles rebellierte.

»Dann tut es dir leid, ohne ein Wort gegangen zu sein?«

»Tut es dir denn leid?«, provozierte ich ihn. Ich musste es aus seinem Mund hören, dass das mit uns nicht ein profaner One-Night-Stand gewesen war.

»Sag mir warum«, bat er erneut.

Ich trat einen Schritt zurück, wandte mich ab und ging gemächlich auf den Ausgang des Apartmentkomplexes zu.

»Stures Weib«, knurrte er hinter mir und ich musste ein Lachen unterdrücken. Er war wohl nicht ganz so cool, wie er sich immer gab. Das erleichterte mich. Und es ließ ihn zum ersten Mal nicht so selbstsicher wirken.

»Nach links. Dort steht mein Wagen.«

Da ich sein Cabrio bereits in der Garage bewundert hatte, fand ich das Auto problemlos.

»Du musst mich nicht fahren, ich kann mir ein Taxi nehmen«, versuchte ich es noch einmal mit Starrsinn.

Mike drückte auf die automatische Türverriegelung, kam auf die Beifahrerseite und öffnete mir die Tür. Dabei streifte er meinen nackten Oberarm. Seine Nähe brachte mich durcheinander. Er zog mich unwillkürlich an. Am liebsten hätte ich mich in seine Arme geworfen und meinen Mund auf seinen gepresst.

»Was geht nur in deinem Kopf vor«, fragte er und wich mit einem so diabolischen Lächeln zurück, dass ich glaubte, er hätte meinen Wunsch, ihn zu küssen, erraten. Vielleicht hatte er das auch. »Bitte«, bat er mich, in den Wagen zu steigen.

Eilig schlüpfte ich auf den Beifahrersitz. Das weiche hellbeige Leder duftete neu, es fühlte sich weich an. Kein Vergleich zu meinen billigen Polstern in meinem klapprigen Auto. Die Verkleidung der Armaturen war aus edlem Mahagoniholz gefertigt.

»So, und wohin darf ich die Dame bringen?« Mit einer eleganten Bewegung glitt er neben mich auf den Fahrersitz und sein männlicher Duft mischte sich mit dem Geruch des Neuwagens. Eine attraktive und würzige Mischung.

»North-Eastern 58th Street, das liegt nahe dem Eaton Park.« Ich war gespannt, ob er diese Ecke der Stadt überhaupt kannte.

»Das ist Upper East Side«, stellte Mike fest, doch ich schüttelte den Kopf.

»Der Straßenzug gehört zu Little Haiti, und bevor du die Nase rümpfst, ich lebe gern dort. Ich mag es bunt.« Abwehrend verschränkte ich die Arme. »Soll ich doch ein Taxi nehmen?«

»Quatsch, wofür hältst du mich?« Mikes Stimme klang aufrichtig entrüstet.

Seine rhetorische Frage beantwortete ich dennoch besser nicht. Ich hielt ihn immer noch für ziemlich verwöhnt. Es mochte sein, dass er kurzzeitig mal pleite gewesen war, aber wenn er in dieser Zeit bei seinen

Freunden gewohnt hatte, wusste er dennoch nichts aus dem Leben der normalsterblichen Bewohner Miamis.

Mike legte den Gurt an, startete den Motor, öffnete das Dach und fuhr los.

Die milde Luft wehte in den Wagen. Es war ein herrliches Gefühl, mit offenem Dach durch die Nacht zu fahren. Die Brise streichelte die Haut und fühlte sich samtig an. Gemeinsam mit Mike in diesem Auto zu sitzen, nachts unterwegs zu mir nach Hause zu sein, war genauso surreal wie das Bad in seinem Penthouse bei Sonnenuntergang. Da prallten zwei Welten aufeinander und ich befürchtete, dass sie bei aller Anziehung einfach zu unterschiedlich waren, um kompatibel zu sein.

»Lebst du schon immer in dem Viertel?«

»Ja, ich bin bei meiner Granny aufgewachsen und sie hat mir das Haus vermacht.« Beim Gedanken an meine Großmutter tauchte automatisch ein Lächeln auf meinen Lippen auf. »Sie war eine großartige Frau! Die Menschen im Viertel haben sie geliebt. Sie hatte immer einen Rat oder ein gutes Wort für jedermann.«

»Das hört sich schön an.« Mike nickte und sah mich an. »Ich hätte sie gern kennengelernt.«

Ich sah zu ihm hinüber und unsere Blicke verfingen sich kurz, bevor Mike wieder auf die Straße sah. »Wie waren deine Großeltern?«

»Ich habe sie nie kennengelernt. Ich bin bei meiner Mom aufgewachsen, meinen Vater habe ich nie getroffen. Aber meine Mom tat alles in ihrer Macht stehende, um mich glücklich zu machen.«

Diese Aussage passte nicht in mein vorgefertigtes Bild vom Kind, das mit dem goldenen Löffel im Mund geboren worden war, obwohl Laura diese Vorstellung mit ihren

Andeutungen bereits etwas verändert hatte. »Bist du in Miami aufgewachsen?«

Mike nickte. »Im Süden von Miami. Ich bin erst nach der Uni ins Zentrum gewechselt.«

Ich schwieg in der Hoffnung, er würde mir noch mehr von sich erzählen.

Wir fuhren bereits die North-East 2nd Avenue entlang und würden in wenigen Minuten in meine Straße abbiegen. Auch wenn ich alles über Mike wissen wollte, schwieg ich. Er war kein Mann, der sich drängen ließ, ich hielt mich besser zurück.

»Die 58. sagtest du?«, hakte er nach.

»Ja, dort vorn geht es links ab«, gab ich ihm das Kommando.

Der Verkehr um diese Uhrzeit war längst abgeschwächt und so hatte die Fahrt leider weniger als dreißig Minuten gedauert. »Das beige Häuschen auf der linken Seite«, wies ich ihn an.

Er hielt vor dem Haus und schaltete den Motor ab. »Hübsch.«

»Wenn man Dauerbaustellen mag«, scherzte ich, denn das Haus hatte einen neuen Anstrich nötig und der Lattenzaun, der meinen Garten begrenzte, hätte ebenfalls Farbe vertragen. Durch meine langen Schichten kam ich einfach nicht dazu und einen Maler konnte ich mir nicht leisten. Ich schnallte mich ab. Mike war längst ausgestiegen und wollte mir tatsächlich die Tür öffnen.

»Bitteschön«, sagte er und hielt mir sogar seine Hand hin.

Ich ergriff sie, stieg aus und stand dicht vor ihm. »Danke fürs Nachhausefahren.«

»Du schuldest mir noch eine Antwort«, flüsterte Mike.

Ich sah zu ihm hoch. »Ich schulde dir nichts.«

Mike zog mich an sich. »Doch, das tust du.«

Seine raue Stimme jagte mir eine Gänsehaut über den Körper. Nur noch wenige Zentimeter trennten unsere Lippen voneinander, und ich schaffte es nicht, ihm zu widerstehen, als er sich langsam zu mir hinunterbeugte, mich an sich drückte und küsste. Erst zart und behutsam. Als ich meine Lippen leicht öffnete, wurde der Kuss jedoch leidenschaftlich und ich ließ mich davontragen.

Wie lange wir in diesem Kuss verschmolzen auf der Straße standen, konnte ich nicht einschätzen. Erst ein neckischer Pfiff holte mich in die Gegenwart zurück.

»Annie, du hast ein Zuhause!«, rief mir der pubertierende Sohn meiner Nachbarin zu.

Mike löste sich von mir. »Hey, was erlaubst du dir für Frechheiten einer Lady gegenüber?«

Derek lachte. »Annie verträgt das schon!«

»Nur kein Neid, Derek, deine Stunde wird noch irgendwann kommen«, neckte ich ihn. Er war ein Großmaul, aber den Mädchen gegenüber wusste er noch nicht so recht, wie er sich verhalten sollte. »Solltest du nicht längst im Bett sein?«

»Das könnte ich dich ebenfalls fragen«, feixte er zurück, lachte und ging durch die Gartenpforte zu seiner Haustür. »Schönen Abend noch.«

»Der Junge hat recht.« Mike lächelte mich an und streichelte meinen Nacken. »Darf ich mit reinkommen?«

»Aber nur auf einen Kaffee«, gab ich nach und wusste, ich würde ihm nicht widerstehen können, wenn er es darauf anlegte. »Oder möchtest du etwas anderes?«

»Da würde mir spontan was einfallen. Gib mir einen Moment, ja?«, bat er, ging auf die Fahrerseite, schloss das Verdeck und den Wagen.

Zwischenzeitlich hatte ich das Tor geöffnet und die

Lampe auf der Veranda angemacht. Im Licht sah die Fassade noch schlimmer aus. Was er wohl über mein Häuschen dachte? Es hatte nichts gemein mit seinem Luxuspenthouse.

»Hier fehlt eine männliche Hand«, stellte er fest und da er seinen Arm um meine Hüfte legte, wusste ich nicht, ob er das Haus oder meinen Körper meinte.

»Ist das so?«

Er hörte die Provokation in meiner Stimme und küsste mich auf den Nacken, was mir tausend kleine Schauer über den Rücken jagte.

»Oh, ja, das tut es.« Mike nahm mir den Haustürschlüssel aus der Hand, öffnete die Tür und eng umschlungen schoben wir uns hindurch in den Flur. Mit dem Fuß gab er der Tür einen Tritt und drückte mich an die Wand. Ich fingerte nach dem Lichtschalter und knipste das Flurlicht an.

»Was habe ich mich danach gesehnt«, raunte er mir zu. »Annie, nur der Gedanke an dich …«

Den Rest des Satzes ließ er in der Luft hängen. Es blieb keine Zeit zu reden. Alles, was ich wollte, war, Mikes Hände auf meiner Haut zu spüren, ihn zu küssen, zu erkunden und mich ihm und unserer Leidenschaft hinzugeben. Mike ließ sein Sakko auf den Boden gleiten, knöpfte sich das Hemd auf, ließ es ebenfalls herabfallen. Nicht eine Sekunde wandte er seinen Blick von mir ab. Das Feuer in seinen Augen verbrannte mich beinahe.

Er legte seine Hand auf meinen Rücken, öffnete den Reißverschluss meines Kleides und schob es mir über die Schultern, sodass es mit einem leisen Flüstern zu Boden glitt.

»Wow«, raunte er, bevor er seine Hand ausstreckte und

behutsam mit den Fingern den Rand meines Büstenhalters nachzeichnete. »Du bist fast unwirklich schön.«

Ich stand in schwarzen High Heels, Netzstrümpfen und schwarzer Spitzenunterwäsche vor ihm.

Allein sein glühender Blick ging mir durch und durch, trieb mir das Blut in die sensibelsten Körperregionen und ich fühlte mich so sexy und begehrenswert wie noch nie in meinem Leben. Mikes offenkundige Bewunderung gab mir das Gefühl, schön und unwiderstehlich zu sein und alle Hemmungen vergessen zu können. Ich war schon feucht, ehe er mich auch nur angefasst hatte. Gierig legte ich ihm ein Bein um die Hüfte und zog ihn eng an mich. Die eindeutige Härte, die sich gegen meinen empfindlichen Schritt presste, brachte mich unwillkürlich zum Stöhnen.

Oh mein Gott, ich wollte diesen Mann. Wollte ihn spüren. Nackt und heiß und … tief in mir. Sofort.

Als ich mich an seinem Gürtel zu schaffen machte, lachte er leise auf. »Wolltest du mir nicht einen Kaffee machen?«, flüsterte er.

»Kaffee um diese Uhrzeit ist ungesund«, antwortete ich heiser und hielt seinem brennenden Blick nur mühsam stand. »Ich habe da ein viel besseres Rezept als Kaffee …«.

Gier klang aus meiner Stimme, doch es war mir egal. Ich wollte ihn so sehr! Himmel, dieser Mann brachte mich zum Schmelzen.

»Wenn das meine Ärztin sagt, wird es wohl stimmen.«

Quälend langsam ließ Mike seine Hand in mein Höschen gleiten. Bebend vor Verlangen hielt ich den Atem an, wollte nur noch fühlen, konzentrierte mich auf seine Berührung da unten und fieberte dem Augenblick entgegen, wenn er endlich meine empfindlichste Stelle finden würde.

Stöhnend schloss ich die Augen.

»Mike …!«

»Ja?«

»Ich will dich spüren.«

»Wo – sag es mir …«

»In mir. Tief in mir drin.«

Sein Keuchen an meinem Ohr steigerte mein eigenes Verlangen noch einmal. Mein Atem ging heftig und ich stieß einen heiseren Laut aus, der irgendwo zwischen Staunen und Stöhnen lag, als Mike mit einer herrischen Bewegung meinen Slip zerriss und langsam einen Finger in mich schob.

»Da? Ist es da gut?«

Der sanfte Rhythmus seiner Hand befeuert meine Gier nur noch mehr, doch zugleich war er auch Frust pur.

»Mehr!«, keuchte ich, gefangen in einem geradezu animalischen Wunsch nach etwas viel Größerem in mir.

»So?« Auch seine Stimme war nur noch ein heiseres Keuchen, als er einen zweiten Finger dazu nahm, dann einen dritten. »Gut so?«

»Fast. Aber noch immer nicht genug …«

»Meine unersättliche Göttin!«

Unsere Hände behinderten sich fast gegenseitig dabei, seinen Gürtel und Reißverschluss zu öffnen. Endlich spürte ich seine samtene Härte unter meinen Fingern, als Mike mich auch schon hochhob und an die Wand presste.

Ich riss die Augen auf und begegnete fasziniert seinem lodernden Blick.

»Willst du ihn?« Er drückte die Spitze seines prächtigen Schwanzes an meinen pochenden Eingang. »Hier?«

»Ja«, hauchte ich wehrlos vor Verlangen und wartete atemlos ab … »Aaahh.«

Endlich drang er in mich. Glitt tief hinein und trieb

mich binnen weniger Augenblicke an den Rand des Erträglichen. Abwechselnd stieß er tief in mich und zog seinen Schwanz beinahe ganz wieder heraus, verharrte einen Moment, nur um erneut hart zuzustoßen. Ich hielt die Augen geschlossen, war nur noch pures Gefühl, nackte Lust, animalisches Begehren.

»Mehr«, keuchte ich, als ich spürte, wie die Welle sich langsam aufbaute und auf mich zu rollte. »Schneller … Bitte … Mike.«

Ganz hinten in meinem Kopf fiel mir noch auf, wie schamlos ich einen Mann anflehte, mich tiefer, schneller, härter zu ficken, weil ich endlich kommen wollte. Kommen *musste*. Alles in mir war zum Zerreißen gespannt.

»Du willst mehr?«

»Ja«, keuchte ich so heiser wie er.

»Tiefer? Schneller?«

»Ja, oh ja … Bitte, Mike … Ich … ooohhh …«

Er gab mir mehr. Gab mir genau das, was ich brauchte, ließ mich in einem Meer von Blitzlichtern explodieren.

Ich wusste nicht mehr, was ich schrie, ich kam. Laut und heftig. Irgendwo am Rande meines getrübten Bewusstseins nahm ich noch Mikes eigenes Stöhnen wahr, sein Krampfen, seinen Höhepunkt. Irgendwann nach einer gefühlten Ewigkeit ließ ich meinen Kopf an seine Schulter sinken und atmete tief aus. Erst da lockerte er seinen Griff und ließ mich vorsichtig herunter.

»Dabei wollte ich tatsächlich anständig bleiben und dich nicht bedrängen«, entschuldigte er sich mit rauer Stimme.

»Du hast mich nicht bedrängt. Ich wollte es – so sehr.«

Noch immer hielt er mich eng umschlungen. Ich hob

meinen Kopf und sah ihn an. Mikes liebevoller Blick ließ mich lächeln.

»Soll ich dich ins Bett bringen?« Mehr Worte waren für den Moment nicht notwendig.

»Oben, erste Tür links.«

Mike löste sich von mir, hob mich auf die Arme und trug mich in mein Schlafzimmer. »Sieht gemütlich aus«, kommentierte er und legte mich auf meine Bettdecke. »Darf ich bleiben?«

Die Frage rührte mich. »Um vier Uhr muss ich raus.«

»Weckst du mich? Oder wirst du selbst aus deinem eigenen Bett wortlos verschwinden?«, fragte er.

»Ich überlege es mir«, neckte ich ihn und hob meine Hand, um ihn zu mir ins Bett zu ziehen.

Mike legte sich zu mir und schloss mich in die Arme. Eng aneinandergekuschelt schliefen wir ein.

KAPITEL 20

Mike

Ich lag wach – mit Annie in meinen Armen. Ihre leisen Atemzüge beruhigten mich. Auch wenn wir hier zusammen in ihrem Bett lagen, waren wir keinen Schritt weiter als damals in meinem Penthouse. Wir hatten atemberaubenden Sex gehabt, aber miteinander gesprochen hatten wir nicht. Dabei hätten wir besser reden sollen, anstatt direkt im Hausflur übereinander herzufallen, wenn ich auch dieses leidenschaftliche und unerwartete Zusammentreffen mehr genossen hatte, als gut für mich war.

Vielleicht konnten wir bei einer schnellen Tasse Kaffee morgens um vier wenigstens klären, ob wir uns wiedersehen wollten oder ob es nur ein weiteres Abenteuer gewesen war. Inzwischen war ich wenigstens davon überzeugt, dass Annie mich nicht mit in ihr Häuschen genommen hatte, um mir für die Presse irgendwelche

Geheimnisse zu entlocken. Denn dafür war sie viel zu schnell völlig erschöpft eingeschlafen. Die Schichten im Krankenhaus verlangten ihr offensichtlich alles ab.

Annies beruhigender Atem ließ mich letztlich wegdämmern und mein Gedankenkarussell ruhte.

Hey, Schlafmütze. Aufwachen«, flüsterte eine leise Stimme. Ein sanftes Streicheln weckte mich auf. Augenblicklich zog der Duft von Kaffee in meine Nase.

Ich öffnete die Augen und entdeckte Annie, die neben mir auf der Bettkante saß und in der Hand zwei Tassen Kaffee hielt. Selbst am frühen Morgen sah sie zum Vernaschen aus. Ich setzte mich auf und nahm die Tasse entgegen.

»Also bist du wieder aus dem Bett verschwunden. Schade.«

»Die Pflicht ruft«, antwortete sie leichthin und trank einen Schluck von ihrem Kaffee. »Milch ist drin, Zucker ist aus. Tut mir leid.«

»Ich hätte die Milch nicht gebraucht. Danke für den erneuten Service.« Ich hatte die am Bett servierte Pasta nicht vergessen. »Daran könnte ich mich gewöhnen.«

Annie lächelte. »Das würde ich an deiner Stelle nicht tun.«

Auch wenn sie lächelte, es war der Zeitpunkt, etwas klarzustellen. »Annie, ich möchte dich kennenlernen. Tauchst du wieder unter oder darf ich dich heute Abend abholen?«

»Trink den Kaffee, in zehn Minuten ist Aufbruch, ich muss pünktlich in der Klinik sein«, sagte sie, stand auf und ging auf die Schlafzimmertür zu.

Sie wich meiner Frage aus. Energisch schlug ich die Bettdecke zurück. Nackt wollte ich in den Flur hinunter, um mir meine Klamotten zu holen und abzuhauen. Nachlaufen würde ich Annie nicht. Das kam gar nicht in Frage, nicht, nachdem ich ihr klar gesagt hatte, wie gern ich sie wiedersehen wollte.

Mein Blick fiel auf das Häufchen Kleidung, das am Fußende des Bettes lag. Sie hatte, während ich schlief, meine Klamotten ordentlich zusammengelegt und ins Schlafzimmer gebracht?

»Und es wäre schön …«

Eilig zog ich mich an. »Bin gleich weg«, unterbrach ich sie harsch.

»Okay, ich wiederhole: Und es wäre schön, wenn du mich heute Abend um acht hier abholen würdest.« Sie lehnte lässig im Türrahmen und sah mich an.

Erleichterung durchflutete mich, was mich nicht davon abhielt, mich schnell anzuziehen, damit ihr nicht auffiel, dass mich ihre vermeintliche Abfuhr getroffen hatte. Diese Frau schaffte es, mich aus der Ruhe zu bringen und das gefiel mir ganz und gar nicht. Sie hatte mehr Macht über mich, als jede Frau zuvor.

»Gut«, sagte ich kühl. »Um acht Uhr.« Den Kaffee ließ ich unberührt. Ich verschnürte die Schnürsenkel meiner Schuhe und ging auf Annie zu. »Bis später«, verabschiedete ich mich, bevor ich ihr einen herzhaften Kuss gab, die Treppe hinunter polterte und die Haustür öffnete.

»Dein Kaffee«, rief Annie hinter mir her.

Ohne ihr zu antworten, schloss ich die Tür, setzte mich in meinen Wagen und fuhr los. Auch wenn ich gern den Kaffee mit ihr getrunken hätte, war der Morgen ziemlich schief gelaufen. Das würde ich später gutmachen. Und ich wusste auch schon wie.

Auf der Fahrt nach Hause plante ich bereits den Abend, meine Termine für den heutigen Tag hatte ich im Kopf und da ich so früh schon unterwegs war, würde ich, bevor ich mir eine Dusche gönnte, eine Runde am Strand joggen, um den Kopf freizubekommen. Annie sollte bis zu unserem Treffen aus meinen Gedanken verschwinden. Der Abend würde zeigen, ob es für uns eine mögliche Zukunft gab oder nicht. Außerdem musste ich hoch konzentriert das neue Projekt angehen, sonst würde ich Fehler machen, und Fehler verbrannten bei einem Luxusbau bares Geld.

Als ich mich um halb acht auf den Weg zu Annie machte, lag ein zufriedenstellender Arbeitstag hinter mir. Das Abrissunternehmen würde in zwei Wochen das baufällige Haus dem Erdboden gleich machen und dem Baubeginn würde nichts mehr im Wege stehen. Bis dahin wollte John die neue Baugenehmigung wegen der geänderten Baupläne vorliegen haben. Alles klappte reibungslos. Es verwunderte mich immer wieder, wie gut in den letzten Jahren beruflich alles lief.

Bei Tageslicht sah Annies Häuschen urgemütlich aus. Der leicht verwilderte Garten besaß einen kleinen Kräutergarten und ich konnte Annie geradezu darin beim Unkrautzupfen vor meinem geistigen Auge sehen. Die ausladenden Bäume sorgten für ausreichend Schattenplätze. Der Rasen könnte gemäht werden, bevor er nur noch mit einer Sense in Form zu bringen wäre. Es könnte Spaß machen, ihr dabei zu helfen, aus dem Grundstück eine kleine Wohlfühloase inmitten der Stadt zu zaubern. Das Haus und die Fensterläden benötigten einen Anstrich und wie es im Haus aussah, daran erinnerte ich mich nur noch vage. Meine Augen hatten weit Verlockenderes erblickt als Annies Wohnungseinrichtung.

Pünktlich um zwanzig Uhr stieg ich aus dem Wagen, ging zur Gartenpforte und suchte außen nach einer Klingel. Am Pfosten, wo das kleine Tor eingehängt war, fand ich sie und drückte darauf.

Nichts.

Ich klingelte erneut.

Wieder rührte sich nichts. Da die Pforte verschlossen war, stieg ich darüber und ging zur Haustür, um zu klopfen.

»Ich bin gleich da!«, rief es aus dem Inneren.

Schritte näherten sich und Annie öffnete die Haustür. »Warum hast du nicht geklingelt?«

»Habe ich.« Ich zeigte nach draußen zum Tor. »Sie scheint nicht zu funktionieren und die Pforte war verschlossen.«

»Du bist drüber gestiegen?« Annie schüttelte den Kopf. »Du weißt schon, dass das gefährlich werden kann, wenn dich jemand sieht.«

Ich grinste und sah an mir herunter. »Glaubst du wirklich, mich würde zu dieser Uhrzeit und im Anzug jemand für einen Einbrecher halten und auf mich schießen?«

Nun grinste Annie selbst. »Okay, die Glocke muss ich wirklich reparieren lassen. Ohne das Klingeln funktioniert der automatische Türöffner der Pforte nicht.«

»Dann solltest du das schnell erledigen lassen. Gerade nach Einbruch der Dunkelheit musst du vor dem Öffnen wissen, wer vor deiner Tür steht.« Die Gegend hier war jetzt nicht die Schlechteste der Stadt, aber üble Gestalten gab es auch in diesem Viertel und mir war gar nicht geheuer, wie leichtfertig Annie mit ihrer Sicherheit umging.

»Mich kennen hier alle. Und sie wissen, es gibt hier nichts zu holen«, antwortete Annie leichthin, schnappte sich ihre Handtasche und trat zu mir auf die überdachte Veranda.

An diesem Abend trug sie das feuerrote Kleid, in dem ich sie zum ersten Mal gesehen hatte, und ihr Haar verführerisch offen.

»Du siehst atemberaubend aus«, sagte ich, beugte mich zu ihr und küsste sie sanft auf den Mund. Annie erwiderte den Kuss und schmiegte sich an mich, was mich fast dazu verleitete, etwas ganz anderes zu tun, als sie auszuführen.

Fast widerwillig löste ich mich von ihr und reichte ihr meinen Arm. »Bereit?«

»Ja. Wohin gehen wir?«, fragte sie und spazierte mit mir zum Wagen.

»Lass dich überraschen.«

Annie sah mich unsicher an, ließ sich jedoch durch die Stadt fahren.

Während der Fahrt zum Restaurant erzählte mir Annie von ihrem Tag in der Klinik. Mit jedem Satz, den sie sprach, wuchs meine Bewunderung für sie. Wie sie in größtem Stress die richtigen Entscheidungen treffen konnte, um Menschenleben zu retten. Das würde die meisten Menschen, die ich kannte, schon ans Limit bringen. Doch nach der getroffenen Entscheidung folgte bei Annie noch die richtige Behandlung der eingelieferten Patienten.

»Der Junge war gerade mal sechszehn und stand einfach nur zur falschen Zeit am falschen Fleck«, resümierte Annie die Einlieferung eines Jungen mit einer Schussverletzung in der rechten Schulter. »Er hatte Glück, ein Stück weiter links, und die Kugel wäre in die Lunge eingedrungen. Ob er es dann geschafft hätte, wage ich zu bezweifeln.«

»Das muss sehr belastend für dich sein«, mutmaßte ich.

Annie lachte trocken. »Nicht mehr so wie früher, da habe ich alles persönlich genommen. Doch das darfst du nicht, sonst macht dich der Job kaputt. Man darf die Notfälle nicht an sich heranlassen, je weniger Persönliches du über die Menschen weißt, desto bessere Arbeit kannst du abliefern.«

Das war nachvollziehbar. »Machen das alle Ärzte so?«

»Nicht alle. Wer es nicht schafft, sich zu distanzieren, wechselt bald die Abteilung. Die Notaufnahme ist hart und mir gelingt es nicht immer. Wir haben es mit Menschen zu tun und nicht mit kaputten Gegenständen. Aber so lang wir es ohne Verluste hinbekommen, lässt sich das wegstecken. Man sieht nur den Erfolg.« Für einen Moment schwieg Annie. »Aber lass uns von etwas anderem sprechen.«

KAPITEL 21

Annie

Es war so leicht, sich mit Mike zu unterhalten. Irgendwann während der Fahrt dachte ich, mein Arbeitsalltag in der Klinik müsse ihn langweilen, und so schlug ich einen Themenwechsel vor. Außerdem wollte ich nicht an blutende Fleischwunden und ausgerenkte Glieder denken, während ich mit einem Mann wie Mike in dessen Wagen chauffiert wurde. Da sollten mir angenehmere Gedanken durch den Kopf gehen.

Als Mike den Wagen auf den bewachten Parkplatz der Gran Opera lenkte, fühlte ich mich unwohl. Ich wusste nicht, ob ich Oper mochte, oder nicht. Bisher war ich in noch keiner gewesen.

Zu viel Arbeit und deutlich zu wenig Zeit. Noch ein Jahr musste ich durchhalten, anschließend hatte ich Erfahrung genug, um mich auf eine gehobenere Position zu bewerben, was weniger Arbeit und mehr Geld bedeutete.

Das war mein erklärtes Ziel. Und dann würde ich auch die kulturellen Angebote der Stadt besser nutzen.

Mike hielt an. Irgendwie waren meine Gedanken abgeschweift und es wurde Zeit, mich wieder auf meine Verabredung zu konzentrieren. Ein livrierter Angestellter öffnete die Wagentür. Ich stieg aus und wartete, bis Mike den Wagen umrundet hatte. Dem Mann hielt er den Schlüssel zum Parken hin, mir reichte er den Arm, um mich bei ihm einzuhängen.

Allein diese Geste und die Berührung ließen mein Herz pochen. Seite an Seite betraten wir die Oper. Der Platzanweiser begrüßte Mike freudestrahlend. »Es ist mir eine Freude, Sie wieder bei uns begrüßen zu dürfen, Mr Sievers. Und in so reizender Begleitung.«

Auch wenn er es nett meinte, war mir das eine Spur zu schleimig. Es gehörte offenbar zum Stil des Hauses, von allem etwas zu viel zu bieten. Ich mochte es weniger aufwendig, würde das Mike an diesem Abend jedoch verschweigen. Er hatte sich solche Mühe gegeben, und ich war ihm dankbar dafür.

Mike folgte dem befrackten Herrn, beugte sich ein wenig zu mir und flüsterte: »Schleimer, aber mit einem hat er recht, meine Begleitung ist hinreißend.«

Mit zusammengepressten Lippen verkniff ich mir das Lachen. Auch in seinen Augen glitzerte es amüsiert. Er war offensichtlich kein Snob und das erleichterte mich immens.

»Bitte sehr, Ihr Tisch«, sagte der Mann, die Arme hinter dem Rücken verschränkt und zeigte auf einen Stehtisch. »Ist er zu Ihrer Zufriedenheit? Ein Glas Champagner?«

»Danke. Gerne«, bedankte sich Mike, sah mich an und zwinkerte mir zu. Kaum war der Angestellte in der Menge untergetaucht, beugte sich Mike zu mir. »Überraschung gelungen?«

»Ich war noch nie in der Oper«, gab ich zu. »Was wird eigentlich gespielt?«

»La Traviata.«

Leider wusste ich nicht, worum es in dem Stück ging. Ein Kellner brachte zwei Gläser Champagner und ich ließ den Blick durch den offen gestalteten Raum gleiten. Alle Stehtische waren geschmackvoll eingedeckt. Auf den gestärkten weißen Damasttischdecken standen Champagnergläser und die elegant gekleideten Besucher unterhielten sich leise.

»Und? Gefällt dir der Eingang?«, wollte Mike wissen.

Ich nickte. »Ich mag den Mix aus alt und neu.«

»Warte erst mal den Hauptsaal ab. Ich mag diese besondere Atmosphäre. Und ich bin sicher, du wirst es lieben.«

»Was ist, wenn ich es hasse?«

»Dann gehen wir«, sagte er gleichmütig.

Es würde ihm tatsächlich nichts ausmachen. Das beeindruckte mich mehr, als die Einladung in die Oper.

Mike verzog gequält das Gesicht. »Shit.«

»Was ist? Geht es dir nicht gut?«

»Entschuldige bitte, ich habe nur jemanden gesehen, dem ich an diesem Abend lieber nicht begegnen wollte.« Mike sah an mir vorbei und seine Mimik verhärtete sich.

Ohne es zu wollen, drehte ich mich um und besah mir die anderen Gäste. Zwischen den Tischen kam eine Dame in einem eleganten Kleid auf uns zu. Ihr dunkles Haar trug sie hochgesteckt, was sie etwas streng wirken ließ. Vielleicht lag es auch an den zusammengekniffen Lippen und dem harten Blick, der ihr etwas Gouvernantenhaftes verlieh.

»Na, wenn das nicht Mike Sievers ist«, flötete sie so laut los, dass selbst die Gäste an den anderen Tischen auf uns aufmerksam wurden. Das war mir äußerst unangenehm. »Hallo Mike, führst du eine deiner Gespielinnen aus?«

Gespielinnen? Meinte die etwa mich? Unerhört! Für einen kurzen Moment überlegte ich, ob ich mir diese offensichtliche Provokation gefallen lassen sollte, doch Mike kam mir zuvor.

»Meryl van Steiner, immer noch die berechnende Giftspritze, weil ihr Leben so bedauernswert ist, dass sie glaubt, andere Menschen herabsetzen zu müssen.«, sagte er mit charmantem Tonfall. Sein Blick war so kalt wie Eis. »Darf ich vorstellen? Die Dame neben mir ist die reizende Annie Miller, der du in hundert Jahren nicht das Wasser reichen kannst. Was willst du hier?«

Die Arroganz, mit der diese Frau Mikes Beleidigung während der Vorstellung schlichtweg überging, machte mich sprachlos.

Plötzlich richtete sie ihren Giftspritzenblick auf mich. »Schätzchen, darf ich Ihnen einen guten Rat geben? Wenn Mike Sie ein weiteres Mal ausführen soll, wäre es ratsam, eher keine Kleidung von der Stange - und noch dazu aus der vorletzten Saison – zu wählen.«

»Bitte?!« Mehr brachte ich nicht zustande, dieser verbale Spontanangriff kam so überraschend, dass mir nichts, aber so gar nichts einfiel, das ich erwidern könnte. Mike kam mir mit seiner eloquenten Art zu Hilfe.

»Dein Niveau scheint in unendliche Tiefen eines Kellergewölbes gefallen zu sein. Es wäre besser, wenn du dich jetzt verabschiedest, bevor ich Gefahr laufe, ebenfalls meine guten Manieren zu vergessen.«

»Ach, ich wollte nur einem alten Freund einen guten

Abend wünschen.« Sie bedachte Mike mit einem kalten Lächeln und mir wurde klar, dass sie mich nur beleidigte, um Mike zu treffen. Ich griff über den Stehtisch, konnte jedoch nur Mikes Fingerspitzen berühren, doch das genügte, um ihm zu zeigen, dass diese Frau mich nicht treffen konnte.

»Wir waren nie Freunde, vergessen?« Mike beugte sich nach vorn, nahm meine Hand und sah zu ihr hoch. »Und wenn du uns entschuldigen würdest. Wir möchten ungestört den Abend genießen.«

Mit einem gekünstelten Lachen zog die Frau weiter. Ich sah, wie sie an einen Tisch mit zwei Männern und einer Frau ging. Verwirrt sah ich Mike an. »Was war denn das?«

»Das ist eine lange Geschichte«, wich er aus.

So leicht wollte ich es ihm nicht machen. Die Feindseligkeit in der Stimme der Frau war keinesfalls harmlos gewesen. »Der Abend ist noch jung und ich liebe lange Geschichten.«

Mike sah mich nachdenklich an. »Du wirst mich nicht von der Angel lassen, richtig?«

»Richtig.« Ich sah Mike eindringlich ein. »Die Kurzversion genügt vollkommen«, warf ich ihm den Ball zu.

»In Ordnung. Meryl ist meine Ex-Verlobte. Das ist knapp zehn Jahre her. Ich war damals ziemlich erfolgreich und diese Frau beherrschte es perfekt, die Rolle an meiner Seite zu spielen. Natürlich gab sie vor, mich zu lieben. Aber was sie geliebt hat, war der Lifestyle, den ich ihr bieten konnte. Auch wenn sie von Adel ist, Geld hat ihre Familie schon lange nicht mehr. Und ich Trottel habe nicht bemerkt, dass sie mir nur etwas vorspielte.«

»Puh«, sagte ich. »Das ist übel.«

»Ja. Die Erkenntnis bekam ich allerdings erst, als ich innerhalb von sechs Monaten alles verlor.«

Mike hob die Hände, als ich etwas sagen wollte, also schwieg ich. Ich wusste von seiner Pleite, aber nur das, was Laura mir gesagt oder was ich im Internet gefunden hatte, und viel war das nicht gewesen, daher hätte ich gern nachgefragt.

»Ich habe in ein Bauvorhaben investiert und wurde betrogen. Ich hätte durchaus meine Gelder sichern können, aber dann hätten mehr als hundert Familien alles verloren. Für mich war es eine Frage der Ehre, mich finanziell nicht herauszuwinden. Ich habe die Familien bis auf den letzten Cent ausbezahlt und stand vor dem Nichts.«

Ich verstand. »Und deswegen hat dich deine saubere Verlobte sitzengelassen.«

»Exakt. Mit einem Loser wollte sie nicht zusammenbleiben.« Mike trank sein Glas Champagner fast in einem Zug leer. Ein deutliches Zeichen, dass ihn diese menschliche Enttäuschung immer noch sehr mitnahm.

»Das tut mir leid.«

Mike lachte trocken auf. »Mir nicht, so ist es mir erspart geblieben, mit dieser falschen Schlange noch länger unter einem Dach zu wohnen.«

Schweigend nippte ich an meinem Glas. Dieser Schlag Frauen war mir unbegreiflich. »Aber du hast dich schnell erholt. Wie hast du das nur geschafft?«

Mike sah mich nachdenklich an.

»Sorry, es geht mich nichts an.« Peinlich berührt blickte ich auf die Tischdecke vor mir.

»Weißt du, die Menschen vergessen besonders Gutes und besonders Schlechtes nicht. Und ich habe den besten Freund, den man haben kann.«

»Chris?«, fragte ich und ahnte die Antwort.

»Richtig. Er und seine Frau ließen mich bei sich wohnen und Chris wusste trotz der Pleite, was ich kann.

Er gab mir Startkapital. Ich musste zwar jeden Schritt mit ihm absprechen, aber das war in Ordnung. Nach dem ersten großen Bauprojekt war ich wieder im Spiel. Die Käufer, die ich damals nicht hatte im Regen stehen lassen, kauften bei mir, weil sie mir vertrauten. Sie wussten, ich würde sie nie betrügen. Ein wichtiger Punkt im Immobiliengeschäft. Und so sprach es sich schnell herum, dass ich Apartments in guter Qualität zu einem fairen Preis verkaufte. Die ersten Investoren kamen auf mich zu und so ging es schnell aufwärts, bis ich wieder liquide genug für meine eigenen Investmentprojekte war.«

Nun schämte ich mich ein wenig über all die schlechten Gedanken, die ich bisher über Mike und seine Geschäfte gehabt hatte. Mike hatte seine Kunden nicht abgezockt, wie es vermutlich die meisten anderen Menschen getan hätten. Er war ehrlich und aufrichtig geblieben und hatte lieber sein eigenes Vermögen verloren, als jemanden zu schädigen. Ich wusste gar nicht, was ich sagen sollte.

Ich hob mein Glas an. »Darauf, dass die Anständigkeit gewinnt!«

»Darauf trinke ich gern.« Er stieß gegen mein Glas und lächelte.

»Darf ich dich noch etwas fragen?«

Mike nickte.

»Wen hat die Schnepfe nun geehelicht?«

»Den Besitzer einer Airline, die durch zu geringe Auslastung ins Trudeln gekommen ist. Der Airline ging es vor der Eheschließung bereits nicht gut, das wusste Meryl leider nicht. Letztes Jahr musste das Unternehmen Insolvenz anmelden.«

»Damit bekommt wohl wirklich irgendwann jeder das, was er verdient.«

»Ich bin mir sicher, sie hat die Scheidung längst eingereicht, um wenigstens noch einen Teil des Privatvermögens einzukassieren. Aber viel ist dort nicht mehr übrig.«

»Das erklärt einiges«, sagte ich. Aus diesem Grund war sie auf Mike nicht gut zu sprechen. Die falsche Reue über ihre Entscheidung setzte ihr selbst zu und hatte sie verbittert. Die gerechte Strafe für diese berechnende Art, wie sie ihren Ehemann ausgewählt hatte. Liebe spielte da offenbar keine Rolle.

Ein Glockenspiel bat die Besucher auf ihre Plätze. Mike reichte mir galant den Arm. »Lass uns nun den Abend genießen.«

Gemeinsam gingen wir die Stufen nach oben, wo sich die kleinen Balkonkabinen befanden. Mike hatte Plätze in der ersten Reihe. Nun hoffte ich noch inniger, mir würde die Oper gefallen. Die prunkvoll ausgestatteten Logen glitzerten im Schein der geschmackvollen Beleuchtung. Die Atmosphäre ließ mir eine Gänsehaut über den Körper streifen. Es war atemberaubend. »Es ist wunderschön«, flüsterte ich Mike zu.

Er lächelte und hielt meine Hand. Das Licht verdunkelte sich und die ersten Takte der klassischen Musik erfüllten den Raum. Augenblicklich nahmen mich die Handlung und die Melodie gefangen. Als Halbitalienerin verstand ich den Text, was das Erlebnis noch fesselnder machte. Die Kurtisane Violetta liebte ihren Alfredo so innig, dass sie ihm nach ihrem Tod eine neue Liebe und ein glückliches Leben wünschte. Als Violetta ihren letzten Atemzug tat, spürte ich, wie ein paar Tränen meine Wange hinab kullerten.

Mike sah es. Mit seinem Handrücken wischte er sie mir behutsam weg. »Es gefällt dir also«, stellte er fest.

Gefallen war kein Ausdruck. Diese Kraft überrollte

mich geradezu. Niemals würde ich diesen Abend vergessen. Der aufbrandende Applaus riss mich vom Stuhl. Begeistert klatschte ich und zollte den Darstellern meine Anerkennung.

Das Licht ging an und ich spürte, wie ich Mike anstrahlte. »Danke.«

Er beugte sich zu mir, küsste mich zart und reichte mir den Arm. »Es war mir ein ganz besonderes Vergnügen.«

Schweigend verließen wir das Gebäude.

»Sollen wir eine Runde spazieren gehen?«, schlug Mike vor.

»Sehr gern.« Die Luft war mild und nach diesem gewaltigen Erlebnis wollte ich mir die Beine vertreten.

Aus den Augenwinkeln sah ich Meryl, wie sie die Oper ebenfalls verließ und ihr böses Gesicht ließ mich vermuten, dass sie mit wenig guten Gedanken hinter uns her sah.

Mike gab dem Parkplatzwärter ein großzügiges Trinkgeld. »Ich kenne eine tolle Spazierstrecke.«

Verwundert runzelte ich die Stirn. »Okay.«

Fünfzehn Minuten später parkte Mike den Wagen in der Alton Road. Wir schlenderten Arm in Arm die Strandpromenade entlang. Die Seile der edlen Segelyachten knarzten und die Kokospalmen raschelten in der weichen Frühlingsbrise, die sanft die Haut streichelte. Das Ambiente war perfekt und ich blieb für einen Moment stehen, weil es sich anfühlte wie in einem wahr gewordenen Traum.

»Danke.« Ich stellte mich auf die Zehenspitzen und küsste Mike mitten auf der Straße. Die anderen Menschen, die spazieren gingen, waren mir in diesem Moment völlig gleichgültig. Ich löste mich mit einem Seufzen von ihm und sah ihm in die Augen. »Danke für den wundervollen Abend.«

»Du willst schon nach Hause?«, fragte Mike, der meine Worte offensichtlich falsch gedeutet hatte.

»Nein«, antwortete ich. »Ich wollte mich einfach nur bedanken.«

Er lächelte und nickte. »Weißt du, der Abend ist noch lange nicht vorbei.«

»Ist er nicht?«

»Ich habe nämlich noch eine Überraschung für dich.«

»Habe ich dir gesagt, dass ich eigentlich Überraschungen hasse?«

Mike sah mich eindringlich an.

»Ja, das tue ich«, bestätigte ich. »Seit meine Granny mir an meinem fünften Geburtstag eine Überraschung versprochen hatte und plötzlich ein Clown vor mir stand. Ich hatte vor diesem großen und merkwürdig aussehenden Kerl eine solche Angst, dass ich weinend davongerannt bin. Seither mag ich weder Clowns noch Überraschungen.«

Mike drückte mich an sich und strich mir eine vom Wind zerzauste Haarsträhne hinter das Ohr. »Ich verspreche dir, es wird kein Clown sein. Vertrau mir.«

Immer, wenn jemand diese beiden Worte bisher gesagt hatte, war ich anschließend enttäuscht worden. Es kostete mich große Überwindung, Mike Vertrauen zu schenken, weil es mich verletzen könnte. Wir sahen uns tief in die Augen und ich spürte, er wollte nicht nur, dass ich ihm in dieser Hinsicht vertraute. Trotz meiner sonst so gewohnten Vorsicht nickte ich schließlich.

»Okay. Ich vertraue dir.«

Mike küsste mich sanft auf die Stirn. »Lass uns weitergehen. Es ist nicht mehr weit.«

Schweigend und Arm in Arm gingen wir die Promenade entlang, an stattlichen Segel- und Motoryachten vorüber, und so langsam dämmerte mir, was Mike vorhatte: Er brachte mich zu seinem Schiff. Da ich ihm die Überraschung nicht verderben wollte, schwieg ich, bis Mike vor der Yacht stehenblieb, die ich im *Zuma* gesehen hatte.

»Darf ich dich an Bord einladen?« Die Gangway war heruntergelassen, Mike trat darauf und reichte mir die Hand. Bevor ich sie ergriff, schlüpfte ich aus meinen High Heels, nahm sie in die linke Hand und reichte Mike meine rechte. »Mit diesen Absätzen würde ich dir dein schönes Schiff beschädigen.« Das hatte ich früh gelernt, schon auf den alten Dielen meiner Großmutter hatten die Absätze kleine Löcher in das Holz gebohrt. Den edlen Holzboden des Schiffes wollte ich keinesfalls beschädigen.

Mike lächelte und führte mich über die schmale und leicht wippende Gangway. »Du bist die erste Frau, die sich darüber überhaupt Gedanken gemacht hat. Bisher musste ich alle weiblichen Besucher darum bitten, die Schuhe auszuziehen. Ich habe natürlich Bordschuhe für Gäste«, erklärte Mike und ich fragte mich, wie ignorant manche Frauen eigentlich sein konnten. Es war für mich klar, dass die spitzen Absätze kleine Löcher in die Holzdielen bohren würden. Wie konnte man nur so gedankenlos sein?

»Willkommen an Bord«, sagte er. »Was hältst du davon, wenn wir ein Stück rausfahren? Nur ein paar Meilen, um vor Virginia Key zu ankern. Der Blick wird dir gefallen.«

»Von mir aus können wir im Hafen bleiben«, schlug ich vor, da ich ahnte, wie teuer es sein musste, ein solches Schiff zu bewegen.

»Lass mir das Vergnügen, dich zu verwöhnen«, bat

Mike und zog mich mit sich ans Steuerpult. »Sieh dich in Ruhe um, bis ich die Leinen gelöst habe, okay?« Er küsste mich kurz und ließ mich am Steuerstand allein. Das Boot war atemberaubend schön, obwohl ich noch keine der Kabinen gesehen hatte. Die Yacht war groß, aber nicht überdimensioniert, sodass sie jederzeit den Miami River hochfahren konnte, wie ich im *Zuma* gesehen hatte. Eindrucksvoll war sie wegen der edlen Ausstattung dennoch. Ich stand mit bloßen Füßen auf warmem Teakholz.

Der Abend wurde immer eindrucksvoller und ich fragte mich, wann dieser Traum wie eine Seifenblase zerplatzen würde.

Mike kam zurück. »Und? Bereit für die kleine Ausfahrt?«

»Wenn es nicht weit ist?«

»Wirst du schnell seekrank?«

Ich verneinte. »Das nicht, aber es ist nicht nötig.«

»Lass mir die Freude«, wischte Mike meine Bedenken vom Tisch. »Setz dich und entspann dich.« Er drückte den Startknopf und die Motoren begannen tief zu brummen. »Noch eine Sache ...«

Fragend sah ich ihn an.

»Würdest du mit mir über Nacht hierbleiben? Also, draußen vor Virginia Key?«

»Ich habe nichts zum Übernachten eingepackt.«

Mike zwinkerte mir zu. »Ich denke, ich habe an alles Notwendige gedacht.«

Der Traum würde noch weitergehen.

Ich nickte. »Ich muss mittags zu Hause sein.« Kate und ich wollten uns morgen Mittag kurz vor meiner Schicht treffen. Wenn ich ihr von diesem Abend erzählte, würde sie ausflippen.

»Ich werde dich pünktlich zu Hause absetzen«, versprach er. »Meine Überraschung, meine Regeln.«

»In Ordnung, deine Überraschung, deine Regeln. Das nächste Mal lade ich dich ein und es gelten meine Regeln, einverstanden?«

»Ich freue mich darauf.« Mike steuerte die Yacht aus seinem Liegeplatz in die Wasserstraße zwischen Dodge und Fisher Island. Kaum hatten wir den schützenden Hafen verlassen, legte Mike seinen Arm um mich und steuerte einhändig weiter. Jede seiner Bewegungen wirkte so souverän, dass ich mich augenblicklich wohl und sicher fühlte.

Kaum zog Dodge Island an uns vorbei, war der Blick frei auf die beeindruckende Skyline von Miami. Mike fuhr etwas näher an die Küste. Das Licht der Hochhäuser spiegelte sich im tiefschwarzen Wasser der Biscayne Bay.

»Das ist wunderschön«, flüsterte ich beinahe ehrfürchtig. Tagsüber hatte ich die Skyline schon vom Wasser aus gesehen, aber nachts glitzerte die hell erleuchtete Stadt im Meer und der Anblick war zauberhaft.

Mike verlangsamte das Tempo und die Wasserspiegelungen glitten gemächlich an uns vorüber. Ich stand neben ihm am Steuerstand und kuschelte mich in seinen Arm.

»Gefällt es dir?«

Gefallen? Das war kein Ausdruck für diesen Moment. Es war atemberaubend. Still nickte ich, sagen konnte ich in dem Augenblick nichts. Noch nie in meinem Leben hatte ich mich so wohl gefühlt, und das hatte nichts mit dem Ausblick oder dem Luxus zu tun. Die Nähe zu Mike, seine Freude zu spüren, weil seine Überraschung geglückt war, erfüllte meine Seele. Wenn ich gekonnt hätte, hätte ich diesen Moment eingefroren.

Nach zwei Meilen lagen wir bereits vor Virginia Key.

Mike ließ den Anker hinunter und vergewisserte sich, dass das Boot fest fixiert war. Den Gedanken daran, mit wie vielen Frauen er vor mir hierher gefahren war, wischte ich beiseite. Seine Vergangenheit konnte ich nicht ändern und ich versuchte mir Lauras Worte vor Augen zu halten: *Mike ist ein Womanizer, aber nur, weil er sich eine blutige Nase geholt hat. Er ist nicht so, wenn er der richtigen Frau begegnet. Und ich habe den Verdacht, dass Sie das für ihn sein könnten.* Und ich hoffte, Mikes Freundin lag richtig, sonst würde er mir definitiv das Herz brechen.

»So nachdenklich?«, unterbrach Mike meine wilden Gedanken. »Alles in Ordnung?«

»Natürlich«, bestätigte ich ihm, obwohl ich mir nicht sicher sein konnte, dass dies tatsächlich stimmte.

Mike trat zu mir, küsste zuerst meinen Nacken, um mich wenig später in seine Arme zu schließen. »Du bist wundervoll, weißt du das?«, flüsterte er und als er mich leidenschaftlich küsste, vergaß ich meine Bedenken und gab mich nur meinen Gefühlen hin. Mein Körper reagierte entsprechend. Ich erwiderte seinen Kuss und als Mikes Hand meine Brust berührte, stöhnte ich leise auf. Wie ich diesen Mann begehrte! Seine Anwesenheit brachte mich durcheinander. Nur eine Berührung von ihm, und ich war willenlos.

KAPITEL 22

Mike

Vorsichtig kniff ich den steilen Nippel ihrer Brust, der sich deutlich durch den Stoff des figurbetonten Kleides abzeichnete. Sofort wurde ihr Kuss weicher und ich merkte, wie sie sich mir öffnete, um sich mir völlig hinzugeben. Ihr leises Keuchen unterstrich meine Wahrnehmung und ich presste mich noch enger an sie, um ihr zu zeigen, wie sehr ich sie begehrte. Mein steinharter Schwanz verlangte mehr nach ihr, als ich es je zuvor bei einer Frau erlebt hatte. Ungeduldig dachte ich daran, ihr jetzt gleich das Kleid hochzuschieben, ihr das Höschen vom Leib zu reißen und sie sofort zu nehmen. Hart und unerbittlich.

Aber diesmal wollte ich mir Zeit lassen, sie genießen und ihr zeigen, dass ich ein ebenso sanfter wie auch leidenschaftlicher Liebhaber sein konnte. Außerdem verschaffte es mir ein klein wenig Genugtuung, sie in diesem Kleid hier auf meinem Schiff zu haben. Schon, als ich sie das erste Mal darin gesehen hatte, wollte ich sie und es gefiel mir, dass sie nun tatsächlich mir gehörte.

Während ich weiterhin unendlich langsam ihre Brustwarze zwirbelte, schienen ihr beinahe die Knie wegzusacken. Mit dem anderen Arm fing ich sie auf und dachte nicht daran, sie zu erlösen.

Meine Küsse wurden sanfter und zurückhaltender, obwohl sie sich kaum bremsen konnte.

»Bitte ...«, flehte sie zwischen unseren Berührungen.

Fieberhaft nestelte sie an den Knöpfen meines Hemdes und ich ergriff ihre Handgelenke.

»Na, so stürmisch?« Mein Lächeln verriet das Vergnügen, das sie mir mit ihrer Ungeduld bereitete.

»Ich will dich.« Mit großen Augen sah sie zu mir auf und ich konnte nicht anders, als mich auf ihre vollen Lippen zu konzentrieren, die von unseren sinnlichen Küssen bereits geschwollen waren.

Und wie ich sie wollte, aber diesmal würde es nicht so schnell gehen. Wir hatten die ganze Nacht für uns und ich hatte nicht vor, ihr viel Schlaf zu gönnen.

Meine Hände gaben sie frei, aber anstatt sie an mich zu ziehen, fischte ich nach ihren Fingern und zog sie hinter mir her unter Deck in Richtung der großzügigen Schlafkabine, in der ein behagliches Bett auf uns wartete. Während sie mir atemlos folgte, ging ich gemütlich, ja fast schon ruhig und ich ahnte, dass ich sie mit dieser Ruhe um den Verstand brachte.

Schwungvoll drehte ich mich zu ihr um und zog an ihrer Hand. Wie von selbst fiel sie mir in die Arme und ich empfing sie mit einem nicht enden wollenden Kuss.

Immer wieder drängte sie sich fester an mich, verlangte nach mehr, aber ich zog mich rechtzeitig zurück, nur um sie erneut sanft zu berühren. Ihr frustriertes Stöhnen entlockte mir ein Lächeln.

»Lass dir Zeit«, sagte ich schmunzelnd. »Wir haben alle Zeit der Welt.«

»Das sagst du. Du hast keine Ahnung, wie ...«

»Wie?«

»Wie sehr ich dich will.«

»Etwas mehr Selbstbeherrschung, Miss Miller«, tadelte ich sie spielerisch. Dann ließ ich meine Fingerspitzen auf Wanderschaft gehen. Zart erkundete ich ihr Gesicht und als ich über ihre Augenlider strich, schloss sie die Augen. Endlich hatte sie verstanden! Völlig entspannt stand sie da und ich sah sie einfach nur an, während ich sie mit den Händen erkundete. Ihre nackte warme Haut fühlte sich prickelnd an und nach meinen Berührungen konnte ich ihre Gänsehaut spüren. Sanft fuhr ich ihr durchs Haar, in den Nacken, über das Dekolleté und die Arme. Ihr Mund öffnete sich und ihr Atem wurde schneller.

Nach einer gefühlten Ewigkeit, in der ich ihre Ruhe voll ausgekostet hatte, fand ich den Verschluss ihres Kleides und zog ihn unendlich langsam nach unten. Meine Fingerspitzen berühren dabei die Haut an ihrem Rücken und als sie erschauderte, strich ich ihr Haar zur Seite und küsste sie unterhalb ihres Ohres den Hals hinab. Wenn es in ihrem Körper ebenso prickelte wie in meinem, war ich zufrieden.

Als sie sich bewegte und ihre Beine zusammenpresste, wusste ich, wie sehr ich sie um den Verstand brachte. Dabei erging es mir kein bisschen besser.

Mit letzter Selbstbeherrschung schob ich die Träger des

roten Traums von ihren Schultern. Zuerst rechts ein Stück, dann links, dann wieder rechts. In einer fließenden Bewegung rutschte das Kleid von ihrem Körper. Danach widmete ich mich ihrem BH. Bedächtig öffnete ich den Verschluss, während meine Lippen über ihre Schultern wanderten. Annie keuchte, als ich den BH von ihren Armen zog. Ihr entblößter Oberkörper raubte mir den Atem. Obwohl ich sie schon nackt gesehen hatte, war ich aufs Neue von ihrer Schönheit fasziniert.

Nur mit den Handrücken streifte ich beidseitig die zarte Haut ihrer Brüste und sparte dabei absichtlich die harten Nippel aus. Zitterig sog sie den Atem ein und beeindruckt beobachtete ich, wie sie mit sich kämpfe, um sich nicht zu bewegen.

Langsam beugte ich mich ihr entgegen, senkte den Kopf und knabberte erst an der einen, dann an der anderen Brustwarze.

Keuchend ließ sie den Kopf in den Nacken fallen. »Mike«, hauchte sie tonlos und wollte mir durch die Haare fahren.

Spielerisch entkam ich diesem Versuch und rutschte an ihrem Körper herab. Vor ihr kniend, krallte sie sich in mein Haar und ich presste mein Gesicht zwischen ihre Beine. Dabei fuhr ich mit den Händen unter den Bund ihrer aufreizenden Spitzenunterwäsche.

»Du riechst so gut«, brummte ich erregt und nahm den Duft ihrer Weiblichkeit in mich auf. Dann zog ich ihr das letzte Stück Stoff vom Körper.

Als ich wieder aufrecht stand, schmiegte Annie sich an mich. Es war ein geiles Gefühl, diese splitterfasernackte Frau in meinen Armen zu halten, obwohl ich noch angezogen war.

Langsam schob ich sie in Richtung des Bettes und gemeinsam legten wir uns hin.

»Jetzt bist du dran«, hörte ich sie in mein Ohr raunen.

Wie? Überrascht sah ich Annie an und obwohl ich mir ziemlich sicher war, dass sie genauso erregt war, wie ich, dirigierte sie mich bestimmt und mit einem koketten Lächeln in Rückenlage.

»Augen zu«, hauchte sie und beugte sie sich über mich, um mir die Lider mit kurzen Küssen zu schließen.

Schmunzelnd versuchte ich, mich zu entspannen, was schier unmöglich war. Mein Schwanz pulsierte inzwischen derart heftig, dass nicht mehr viel fehlte, um zum Höhepunkt zu kommen.

Kribbelnd schossen mir prickelnde Stromstöße durch den Körper, als ich Annies Fingerspitzen auf meiner Haut am Hals wahrnahm. Kaum spürbar erzeugten sie eine Mischung aus hauchzartem Kitzeln und anregendem Vorspiel.

Kreisend stimulierte Annie meine Haut und während sie sich tiefer und tiefer vorarbeite, öffnete sie kaum merkbar die Knöpfe meines Hemdes. Ich genoss jede ihrer kleinen Berührungen, die meine Haut überrascht zucken ließen.

Plötzlich spürte ich ihr Haar auf meinem Bauch und ihre kurzen hauchzarten Küsse. Spielerisch ließ sie ihre Haarspitzen über mich streifen und ehe ich mich versah, hatte sie meine Hose geöffnet.

Generell hätte ich es jetzt ziemlich eilig, mich nackt auf sie zu werfen und ihr die Seele aus dem Leib zu ficken, aber ich hielt mich zurück, was meinem Schwanz nicht gefiel. Noch immer pochte er voller Hoffnung und es wurde nicht wirklich besser als ihn Annie aus der Hose befreite.

Als ich endlich nackt war, konnte ich es kaum erwarten, Annie auf mir zu spüren, ihre warme Haut an meine zu drücken und ihr all das zu schenken, was sie mir gab. Doch sie blieb neben mir und alles, was ich spürte, waren erneute Küsse auf meine geschlossenen Lider und ihre Fingerspitzen überall auf mir. Mein Schwanz bebte erwartungsvoll, als sie ihn wieder und wieder umkreiste.

Ich wünschte, sie würde ihn in die Hand nehmen und drücken, ihn reiben und so bearbeiten, dass er endlich Erlösung fand. Aber sie blieb bei der süßen Qual, die ich ihr zuvor angedeihen ließ und stimulierte mich mit den kaum spürbaren Berührungen.

Plötzlich nahm ich ihren heißen Atem an meinem Ohr wahr. »Ich will dich«, flüsterte sie mit einer Stimme, die ich so noch nie zuvor von ihr gehört hatte.

Mit einem Mal war ich hellwach und öffnete die Augen. Als ich ihr glühendes Gesicht sah, die Augen voller Lust, war es vorbei mit meiner Zurückhaltung. Schon drehte ich mich auf sie und drängte mich zwischen ihre feuchten Schenkel, die sich mir willig öffneten.

Dann hielt ich inne, sah ihr tief in die Augen und drang langsam in sie ein. Ihr Mund klappte auf, ihr Blick verschleierte sich und der keuchende Ton, der ihrer Kehle entkam, raubte mir fast den Verstand.

Während mein Schwanz danach gierte, möglichst schnell und hart ans Ziel zu gelangen, bewegte ich mich nur zögerlich in ihr, trieb sie und mich damit an den Rand der Verzweiflung. Aber diese süße Qual machte es nur umso intensiver und einzigartiger.

Wir genossen gemeinsam den leidenschaftlichen Ritt auf der Welle, bis der Höhepunkt unausweichlich war. Stöhnend krallte Annie sich an mir fest und ich bildete mir ein, ihr Zucken zu spüren, was mich augenblicklich zum Explodieren brachte.

»Oh, Annie«, keuchte ich. Sofort zog sie mich an sich, küsste mich unaufhörlich auf jede für sie erreichbare Stelle und streichelte mein Haar.

Das war der absolute Wahnsinn!

KAPITEL 23

Annie

Mit einem breiten Grinsen sah ich Mike nach, wie er in seinen Wagen stieg und davonfuhr. Seit über einer Woche sahen wir uns täglich, selbst wenn es nur für einen kurzen Moment war, weil wir beide zu sehr eingespannt waren. Es war mir fast peinlich, wie viele Nachrichten wir uns schickten, kaum, dass der andere außer Sicht war. Mike kam die meiste Zeit zu mir, er liebte mein kleines Häuschen und fand es herrlich gemütlich. Und er war handwerklich begabt. Bevor Mike bei mir ein und aus ging, hatte ich ihn zuvor nur im Anzug gesehen, doch hier bei mir lief er in Jeans und Unterhemd herum, was sehr sexy war. Vor allem, wenn er mit einer Rohrzange bewaffnet unter meinem Spülbecken lag, um den Abfluss zu reparieren. Ich hatte bisher immer Rohrfreipulver in den Ausguss gekippt, mit mäßigem Erfolg. Nun lief die Spüle wieder einwandfrei ab.

In fünfzehn Minuten würde Kate kommen und ich freute mich auf ihren Besuch. Bisher hatten wir nur kurz telefoniert. Entweder war sie unterwegs oder ich in der Klinik oder eine von uns mit ihrem Herzensmann zusammen, was ein ausführliches Plauschen unmöglich machte. Diesen Abend hatte ich jedoch frei, Mike musste zu einer abendlichen Besprechung seines neuen Bauprojekts und Steven war mit seinen Jungs unterwegs. Ich entkorkte eine Flasche Wein und stellte sie zusammen mit zwei Gläsern auf den Wohnzimmertisch. Im selben Moment klingelte es Sturm.

»Hey«, schimpfte ich mit Kate, »ich bin nicht taub.«

»Wenn ich einmal zu früh dran bin, muss das mit entsprechendem Getose eingeläutet werden.« Achtlos ließ sie ihre Handtasche neben dem Wohnzimmersessel fallen. »Und jetzt will ich jedes schmutzige kleine Detail erfahren.«

»Du hattest recht«, gab ich ohne Umschweife zu. »Mit allem. Wenn es der Richtige ist, haut es dich aus den Schuhen und du willst nur noch über den Kerl herfallen.«

Kate grinste mich an und nickte. »Na, endlich, das wurde aber Zeit!« Sie schnappte sich die Flasche und goss in beide Gläser ein. »Also, trinken wir auf ein baldiges Date zu viert! Das gab es noch nie!«

Da lag Kate richtig, noch nie hatten wir zeitgleich einen festen Freund gehabt. Kate war bisher eher der Affärentyp gewesen und die hatten manchmal schneller geendet, als wir einen Termin hätten finden können. »Das sollte sich einrichten lassen.«

»Hast du endlich ein Foto von Steven?«

Kate sah mich nickend an.

»Lass sehen«, forderte ich. »Dann zeige ich dir eines,

wie Mike unter der Spüle liegt und meinen Abfluss repariert.« Da hatte ich nicht widerstehen können.

»Er repariert in deinem Haus Dinge?« Kate kramte in ihrer Handtasche nach ihrem Handy. »Dann ist es richtig ernst. Kein Mann macht sich wegen was Lockerem solche Umstände.«

»Du, wie läuft es eigentlich mit eurem Gründerhaus? Der Artikel ist raus, oder?« Irgendwie war mir das Thema durchgerutscht. Es war schlicht zu viel passiert in der kurzen Zeit.

Kate knurrte leise. »Ja, der Artikel ist raus, aber offensichtlich interessiert sich niemand dafür. Es wird langsam echt eng. Der Investor bietet unverschämt hohe Preise für die beiden Wohnungen an. Und seit alle anderen ausgezogen sind, ist es mit dem Unterhalt nicht mehr so einfach. Meiner Großmutter fehlt einfach das Geld, das zusammen mit Stevens Großvater in Schuss zu halten. Und ganz plötzlich geht am Haus alles kaputt. Da hilft eindeutig jemand nach, aber beweisen können wir es nicht. Heute Nacht lege ich mich auf die Lauer, da die neuen Schäden immer morgens zu sehen sind. Kommst du morgen zur Demo?«

»Klar, ich habe die Schicht getauscht. Versprochen ist versprochen!« Ich griff nach Kates Handy. »Und jetzt lass endlich deinen Steven sehen.«

Kate blätterte durch die Bildgalerie und drehte das Handy um. »Und? Was sagst du?«

Ein sympathischer Mann mit dunkelblonden halblangen Haaren lachte in die Kamera. Er wirkte wie ein typischer Sonnyboy und strahlte die pure Lebensfreude aus. Er passte optisch perfekt zu Kate. »Bei dem Lächeln kann man ja nur schwach werden.«

»Allerdings. Und er hasst es, wenn er zu den Businessmeetings einen Anzug tragen muss, der ihm jedoch hervorragend steht.«

»Das kann ich mir vorstellen«, stimmte ich ihr zu. »Ich dachte, im Marketing geht es lockerer zu.«

»Meistens tut es das auch, aber es gibt ein paar wenige Kunden, wo man entsprechend gekleidet sein muss.« Kate strahlte mich glücklich an.

»Und jetzt du!«

Mein Mobiltelefon lag auf dem Tisch und ich suchte das Foto von Mike. »Sieht er nicht zum Anbeißen aus?«

Kate nickte. »Hier sieht er wie ein normaler Mensch aus.«

Irritiert sah ich meine beste Freundin an. »Wie meinst du das?«

»Na ja, die Yacht, der Bentley und im Anzug. Das war schon etwas prollig, oder?« Sie zeigte auf das Foto. »Hier sieht er aus wie einer, mit dem man gern zusammen ist. Und er ist echt so ein Immobilieninvestor?«

Das Wort spie Kate beinahe aus.

»Ja, aber er jagt keine Leute aus ihren Wohnungen«, nahm ich ihn in Schutz. »Er finanziert nur Projekte, wo niemand gezwungen wird, sein Heim zu verlassen.«

Kate sah mich zweifelnd an. »Und weil er soooo gütig ist, hat er so viel Kohle? Also ich weiß nicht.«

»Ich glaube ihm.«

Kate hob abwehrend die Hand. »Schon gut, ich kenne ihn ja schließlich nicht. Ich reagiere gerade nur saumäßig allergisch, wenn ich Investor höre!«

Das war verständlich. Es war eine große Schweinerei, sollte Kate recht haben und jemand die alten Herrschaften gängeln, indem er Schäden herbeiführte. »Kate, seit wann tauchen denn diese Schäden auf?«

»Seit dem Artikel in der Arquitectura y Empresa. Also alles andere als ein Zufall!«

»Vielleicht kann Mike helfen.« Die Idee gefiel mir. Mike kannte in dieser Branche sicherlich viele und konnte eventuell weiterhelfen. »Kannst du mir eine Zusammenfassung mailen, die ich an Mike weiterleiten kann?«

»Und du glaubst, eine Krähe hackt der anderen ein Auge aus?«

»Rede nicht so von ihm.«

»Sorry, ich meine es nicht böse.« Kate saß niedergeschlagen vor mir und ich verstand sie. Nach der Demonstration vor dem Haus am kommenden Morgen wäre der Kampf vorüber. Die Presse würde berichten und wenn sich daraufhin nichts bewegte, war es vorbei. Das wussten wir beide und ich konnte Kates Frust nachvollziehen.

»Ein lokaler Fernsehsender hat zugesagt, nur ob es etwas bringt? Granny denkt ernsthaft darüber nach, aus ihrer Wohnung auszuziehen. Das Geld würde für eine schöne Altersresidenz direkt am Meer reichen. Sie hat sogar Prospekte herumliegen.«

»Ich kann sie verstehen. Viel Sonne hat es nicht mehr. Im Garten scheint sie nie, da die umliegenden Hochhäuser keinen Sonnenstrahl mehr durchlassen. Und sie wird irgendwann auf Hilfe angewiesen sein.« Wenn man es mit dem Kopf betrachtete, war ein Auszug die perfekte Lösung. Aber das Herz sah so eine Entscheidung anders. All die Erinnerungen, die mit dem Haus zusammenhingen, ließen sich nicht mit Geld aufwiegen.

»Könntest du dein Häuschen aufgeben?«, fragte mich Kate plötzlich.

»Nein!« Niemals könnte ich das. Es war das Haus meiner Kindheit, hier lebte immer noch Grannys Geist. Jeder Winkel war mit Erinnerungen verbunden. »Ich könnte es nicht, Kate, aber ich bin fünfzig Jahre jünger. Sobald ich den Kredit vom Studium abbezahlt habe, kann ich mich um die Instandsetzung kümmern. Das ist ein Unterschied.«

»Ist es nicht«, erwiderte sie. Sie legte den Kopf schief und nickte. »Okay, ist es doch. Aber fair muss ich es trotzdem nicht finden.«

»Von fair habe ich nichts gesagt.« Ich trank nachdenklich einen Schluck Wein. »Aber vielleicht wäre es wirklich eine gute Idee, das Geld zu nehmen und woanders in einer altersgerechten Umgebung die letzten Jahre zu verbringen.«

»Wir können jetzt nicht aufgeben. Außerdem würde Steven mir das nie verzeihen. Nicht nach allem, was wir in die Wege geleitet haben.« Kate leerte ihr Glas. »Ich würde ihn und seinen Großvater im Stich lassen.«

Nein, das konnte sie tatsächlich nicht. Und ich würde sie dabei unterstützen.

KAPITEL 24

Mike

Fuck! Ausgerechnet jetzt sollte ich für ein paar Tage nach San Francisco! Das passte so gar nicht in meine Zeitplanung. Doch blieb mir keine Wahl.

Laura hatte mich darum gebeten. Chris hatte Schmerzen und sie wollte nicht, dass er einen so langen Flug auf sich nahm. Und ich konnte meinen besten Freund nicht hängen lassen, nicht nach all dem, was er für mich getan hatte. Und endlich fand sich die Gelegenheit, ihm einen Gefallen zu erweisen, so wenig mir das Timing passte. Diese Woche sollten die Abrissarbeiten beginnen, zumindest hatte John Harper das bei der letzten Besprechung gesagt. Und wie ich aus Erfahrung wusste, ging die ersten Tage immer etwas schief. Nur ungern verließ ich mich auf John, er neigte manchmal dazu, den einfachen Weg zu wählen und Umstände nicht zu hinterfragen, das könnte zu Problemen führen. Vielleicht wäre es besser, den

Abriss zu verlegen, selbst wenn es mich bares Geld kosten würde.

»Hey, Mike, was gibt es?«, meldete sich John am Telefon.

»Ich muss nach San Francisco. Dringend. Der Abriss wird verschoben, bis ich wieder zurück bin. Es wird nur ein paar Tage dauern.«

Christopher lag mit Unterbauchschmerzen flach und in San Francisco stand die Jahresversammlung seines Konzerns an. Alle Geschäftsführer seiner unzähligen Firmenfilialen reisten an. Das konnte nicht verschoben werden. Und so, wie ich Chris blind vertraute, so vertraute er mir blind. Ich wusste alles über seine Firma, die Pläne, die Ziele und welche Bereiche optimiert werden mussten. Das Meeting lief über mehrere Tage und wenn es hart auf hart kam, musste ich noch einige Filialen besuchen.

»Das wird teuer werden«, gab John zu bedenken. »Das Abrissunternehmen wird sich die Zeit zahlen lassen.«

Das war mir klar, es ging dennoch nicht anders. »Verschiebe es bis auf Weiteres, verstanden?«

John brummte zustimmend. »Es ist dein Geld.«

»Ich melde mich«, beendete ich das Gespräch. Mein Freund brauchte meine Hilfe, was interessierte es mich da, ob ich eine Million Doller verlor oder nicht. Ohne Chris hätte ich dieses Geld überhaupt nicht. Und ob John das verstand oder nicht, war mir gleichgültig.

Kaum hatte ich das Gespräch beendet, rief ich Laura an. »Süße, es ist alles geregelt. Bei mir steht im Moment sowieso nichts an. Sag deinem sturen Ehemann, ich fliege für ihn. Wie wollte er denn überhaupt den Flug überstehen?«

»Er wollte den Privatjet nehmen.«

»Den nehme ich auch, trotzdem stecken einem

anschließend zehn Flugstunden in den Knochen. Er soll sich auskurieren und zur Not hole ich ihn per Videokonferenz dazu. Sag ihm das«, ordnete ich bestimmend an, damit Laura klar war, wie ernst ich es meinte.

Im Hintergrund hörte ich Chris etwas sagen.

»Ach, sag es dem sturen Bock selbst«, fauchte Laura und ich wusste augenblicklich, wie sehr sie sich um Chris sorgte.

»Hey, Mike, ich fliege selbst hin. Ich habe nur was Falsches gegessen«, wiegelte er ab, was sich bei Laura als ziemlich bedenklich angehört hatte.

»Ach? Laura sagte, du hättest nur auf der rechten Seite Schmerzen, das solltest du dir besser ansehen lassen. Wenn es der Blinddarm ist, hast du in der Luft schlechte Karten.«

»Blödsinn, das ist nicht der Blinddarm. Das ist ein Muskel, den ich mir wegen einer Langhantelübung gezerrt habe.« In Chris' Stimme lag eine unterschwellige Aggression, die ich bisher nicht von ihm kannte.

»Wenn du fliegst, lass ich mich scheiden!«, hörte ich Laura brüllen.

Wenn Laura solche Geschütze auffuhr, war es ernster, als ich gedacht hatte, obwohl ich wusste, Laura würde mich nur im Notfall um so etwas bitten. Niemals würde Chris freiwillig die Jahresversammlung verpassen.

»Hey, Alter, das ist es nicht wert. Bleib zu Hause, und wenn ich dich brauche, schalten wir auf Bildkonferenz, okay?«

»Dieses Weib macht mich noch wahnsinnig«, knurrte Chris. »Wegen ein wenig Schmerzen so einen Aufstand zu machen.«

»Sie liebt dich und hat Angst um dich.«

»Und ich habe Angst vor ihr«, scherzte er, wobei sein

Lachen gequält klang. »Also gut, die Kanaille hat gewonnen.«

»Ich zeig dir gleich, wozu die Kanaille in der Lage ist!«

»Okay, nachdem das geklärt ist, lasse ich meinen Jet fertigmachen. Und du siehst zu, dass du wieder auf die Beine kommst.«

»Ich *bin* auf den Beinen, verdammt noch mal!«

Ohne weiteren Kommentar legte ich auf. Die beiden würden sich wieder vertragen. Laura kannte Chris gut genug, um zu wissen, wann er tatsächlich nicht reisen konnte, und ich vertraute Laura aus ganzem Herzen.

Eine WhatsApp ließ mein Handy vibrieren. »Danke!« In diesem kleinen Wort steckte Lauras ganze Erleichterung und ich war froh, nicht gezögert zu haben.

Zeitgleich ging eine Nachricht von Chris ein. »Meine Sekretärin wird dich begleiten. Sie soll dich unterstützen und mich auf dem Laufenden halten.«

Das kam mir sehr gelegen. Meine Eigene wäre zwar zweifelsohne mitgekommen, aber seine wusste über viele Dinge Bescheid und ich müsste ihr nicht so viel erklären. Ich schickte einen bestätigenden Daumen zurück.

Nun musste ich nur noch Annie beibringen, dass ich nicht mit ihr gemeinsam den Garten herrichten konnte. Und ich hoffe, sie würde verstehen, warum ich mein gegebenes Versprechen nicht halten konnte.

»Guten Morgen«, meldete ich mich. »Bad News.«

»Was ist denn los?«

Ihre Stimme hörte sich verunsichert an, und ich rückte direkt mit der Sprache heraus. »Ich muss dringend nach San Francisco. Chris ist krank und ich muss für ihn einspringen. Es wird ein paar Tage dauern, mit Pech sogar länger als eine Woche. Der Garten wird warten müssen. Tut mir leid.«

Ich hörte Annie ausatmen. »Jag mir nie wieder so einen Schrecken ein!«

»Du bist nicht sauer?« Normalerweise reagierten Frauen ungehalten, wenn man Versprechen nicht einhielt. So war meine bisherige Erfahrung und Annie wollte ich keinesfalls verärgern.

»Nein. Du hilfst deinem kranken Freund, warum sollte ich sauer sein? Sauer wäre ich, wenn du einfach ohne ein Wort gefahren wärst und dich nicht gemeldet hättest.«

Am liebsten hätte ich sie in meine Arme gezogen. »Bist du abends zu Hause?« Allein der Gedanke, heute noch mit Annie zu schlafen, ließ meinen Schwanz hart werden.

»Tut mir leid. Ich habe Schicht.«

»Und wenn ich jetzt vorbeikomme, um unseren Abschied zu zelebrieren?«

»Geht nicht«, brachte Annie meinen Schwanz um sein Vergnügen. Protestierend schwoll er noch weiter an. »Wann fliegst du?«

»Heute Nacht um elf.« Damit war wohl kein Happy End in Sicht.

»Schade, dann werden wir uns nicht mehr sehen können«, sagte Annie mit enttäuschter Stimme. »Aber es sind ja nur ein paar Tage.«

Es würden nach den durchvögelten Tagen und Nächten für meinen Schwanz sehr harte Tage ohne Erleichterung sein. Aber es half nichts. »Was hast du denn vor?«, wagte ich noch einen Versuch.

»Die Demo geht in einer Stunde los. Kate braucht meine Unterstützung.«

Annie hatte mir vage davon erzählt, ich hatte in all dem Stress nur vergessen, wann das sein sollte. »Euren Idealismus in Ehren«, sagte ich, auch wenn ich Annies

Einsatz gut nachvollziehen konnte. »Es wird nicht viel ändern.«

»Sei nicht so pessimistisch, irgendwie muss man etwas gegen diese geldgeilen Säcke unternehmen«, konterte Annie.

»Wenn das jemand schafft, dann du«, sprach ich ihr Mut zu, wenn ich den Erfolg selbst anzweifelte. »Ich drücke euch auf jeden Fall die Daumen und melde mich aus San Francisco, sobald ich kann, okay?«

»Ich bin ein großes Mädchen«, beruhigte sie mich. »Wenn du dich erst in drei Tagen melden kannst, dann ist das eben so.«

»Annie, du bist wirklich großartig!« Sie war die perfekte Frau für mich. Wir beide ließen uns die notwendigen Freiräume, ohne dem anderen ein schlechtes Gewissen zu machen. Das gestaltete die Paarbeziehung mit ihr bisher so leicht.

Ich hörte das Lächeln in ihrer Stimme. »Und wenn du zurück bist, musst du mich für meine Großartigkeit belohnen.«

Mein Schwanz wollte diesen Plan sofort in die Tat umsetzen und drückte schmerzhaft gegen meine Hose. »Du kleines Biest. Weißt du, was du mit diesem Satz angerichtet hast?«

»Nein.«

Die Unschuld in ihrer Stimme machte mich fast wahnsinnig. »Oh doch, und das wirst du mir noch büßen.«

»Den Beweis kann ich kaum abwarten«, neckte sie mich weiter. »Ich wünsche dir gute Reise.«

Wir verabschiedeten uns und es fiel mir schwer, nicht umgehend bei ihr vorbeizufahren und ihr den Beweis sofort zu liefern.

KAPITEL 25

Annie

Die Demo war in vollem Gange. Anwesend waren alle Freunde, die Kate und Steven hatten mobilisieren können. Mindestens zwanzig Vertreter der Presse lungerten herum und ein lokaler Fernsehsender wollte berichten, fotografieren und die Stimmung einfangen. Ein Kameramann und eine Reporterin gingen von einem zum anderen, um sich Meinungen zur geplanten Vertreibung der letzten beiden Einwohner einzuholen.

Ich hielt das Schild 'Miamis Kultur muss überleben' in der Hand. Kate und ihre Helfer hatten unzählige Protestschilder entworfen und gebastelt, und ich hoffte sehr, ihr Einsatz würde sich lohnen. Ich unterhielt mich gerade mit einer rothaarigen Mitstreiterin, als mir jemand auf die Schulter tippte.

»Darf ich Ihnen ein paar Fragen stellen?«

Die Moderatorin des Fernsehsenders hielt mir bereits ihr Mikrofon unter die Nase. Ich überlegte nicht lang und nickte. »Gern.«

»Darf ich Ihren Namen und Ihren Beruf erfahren?«

»Ich bin Annie Miller, Notärztin in einer Klinik hier in Miami.« Welche Klinik, behielt ich für mich. Man wusste ja nie, wer zusah und eventuell wäre es meinem Arbeitgeber nicht recht, wenn der Klinikname zusammen mit einer Demo im Fernsehen genannt wurde. »Und ich bin hier, weil es kaum noch diese wunderschönen Gründerhäuser in dieser Ecke der Stadt gibt. Alles muss gesichtslosen Wolkenkratzern weichen.« Ich zeigte auf die umliegenden Hochhäuser, ließ meiner Wut freien Lauf und richtete meine Ansage an die Immobilienhaie.

Als ich endete, sah mich die Reporterin mit leuchtenden Augen an. »Haben Sie sonst noch was auf dem Herzen?«

Nachdenklich legte ich den Kopf schief. »Ich denke, wenn ich jetzt noch was hinzufüge, könnte ich ausfallend werden.«

Die Blondine lächelte. »Das wollen wir nicht riskieren. Ich danke Ihnen für Ihre Offenheit.« Damit machte sie einen angedeuteten Handkantenschlag an ihrem Hals und ließ das Mikro sinken. Der Kameramann schaltete die Kamera ab. »Das war bisher der beste Beitrag. Den senden wir«, wandte sie sich an ihren Kollegen.

Ich ließ die Worte Revue passieren und fand, ich hatte meine Sache ordentlich gemacht. Kate wäre hoffentlich zufrieden mit mir.

»Darf ich Ihnen noch eine private Frage stellen?« Sie beugte sich zu mir, als würden wir uns seit Jahren kennen.

Automatisch ging ich einen Schritt zurück. »Privat?«

»Ja. Sie sagen, Sie seien Annie Miller.«

Ich nickte.

»Sind Sie *die* Annie Miller, von der man munkelt, sie sei mit Mike Sievers liiert?« In den Augen der Frau blitzte es freudig erregt auf.

»Darauf werde ich nicht antworten.« Keine Ahnung warum sie das wissen wollte, es sollte an dieser Stelle einfach kein Thema sein. Das eine hatte mit dem anderen nichts zu tun. Okay, Mike investierte in Bauvorhaben, aber er arbeitete nicht mit unlauteren Mitteln.

»Dann sind Sie es tatsächlich.« Sie flüsterte beinahe. »Sie müssen nichts sagen, ich finde es auch so heraus.«

Daran hatte ich keinen Zweifel. Würde das, was ich gesagt hatte, Mike eventuell schaden? Das konnte ich mir nicht vorstellen. Dennoch drehte ich mich auf dem Absatz herum, wandte mich ab und stapfte in die Richtung, in der ich Kate vermutete, um ihr von der Reporterin zu erzählen.

Zwei Stunden später hatte ich keine Zeit mehr, über die Demo nachzudenken. Nach meiner Schicht wollte ich bei Kate und Steven vorbei, um gemeinsam zu sehen, wo und wie darüber berichtet wurde.

Zwischen blutenden Schnittwunden, ausgerenkten Gliedern und einem heftigen Sonnenstich kam ich in den darauffolgenden Stunden nicht mal dazu, an Mike zu denken. Ihm wollte ich heute Nacht noch eine Nachricht schicken, die er nach seiner Ankunft in San Francisco lesen könnte. Eine kleine Aufmunterung würde ihm sicherlich guttun. Er hatte sich ein wenig enttäuscht angehört, weil wir uns nicht mehr hatten sehen können.

Mir würde Mike schrecklich fehlen. Die letzten Tage

waren traumhaft gewesen und meine gute Laune konnte durch nichts getrübt werden. Egal wie hart meine Notdienste waren, die Stunden steckten mir im Anschluss nicht in den Knochen. Energiegeladen und völlig hormonschwanger schwebte ich auf meiner eigenen rosa Wolke durch Miami.

Genauso kam ich nach diesem wirklich langen Tag bei Kate an. Ihre Granny saß zusammen mit Stevens Großvater auf dem Sofa. Steven lümmelte in einem Sessel und Kate ließ sich direkt auf seinen Schoß fallen. Mir blieb der letzte verbleibende Sessel mit einem dunkelblauen Samtbezug, der bereits ziemlich abgewetzt war. »Und? Was war bis jetzt? Habe ich was verpasst?«, fragte ich neugierig.

»Online ist wenig zu lesen bisher, ein kleiner Artikel in der Abendausgabe des Miami Herold, mehr war nicht zu finden«, informierte mich Kate und seufzte. »Wenn TV Miami 3 nichts von uns bringt, sind wir geliefert. Die Spätnachrichten laufen in zehn Minuten.«

»Ach, Kinder«, sagte Granny mit ihrer knarzigen Stimme. »Ihr habt alles gegeben, aber vermutlich ist es tatsächlich das Beste, wenn wir ausziehen. Mit dem vielen Geld können wir es uns wirklich gutgehen lassen.« Sie sah zu Stevens Großvater. »Jim, wie siehst du das? Das Haus macht sowieso nur noch Probleme. Und seitdem alle anderen ausgezogen sind, ist es auch nicht mehr dasselbe.«

Jim brummte. »Einerseits hast du recht, auf der anderen Seite widerstrebt es mir, diese Aasgeier gewinnen zu lassen.«

Kate knubbelte an den Fransen eines Sofakissens. »Eure Entscheidung.« In ihrer Stimme klang eine gehörige Portion Frust mit.

Steven drückte sie an sich. »Sei nicht traurig, wir haben es versucht und mehr konnten wir nicht tun.«

»Ich weiß, aber es kotzt mich wirklich an, die mit ihren Schweinereien durchkommen zu lassen.« Kate ballte ihre Faust und schlug auf das Kissen.

»Die wissen genau, wie sie es anstellen müssen.« Ich sah mich in dem abgewohnten Apartment um. Hier war seit vielen Jahren nichts mehr gemacht worden. Die antiquierten Möbel waren alt, die geblümte Tapete zeigte einen Graustich, und die Holzböden wiesen Laufspuren auf. Dazu war das Badezimmer auf einem denkbar sanierungsbedürftigen Stand. Dagegen war selbst meins noch modern zu nennen. Hier fast zwei Million Dollar zu bieten, bewies deutlich, wie gewinnversprechend das Projekt tatsächlich sein musste. Es blieb ein verlockendes Angebot für die beiden alten Herrschaften, die mit einer kleinen Rente auskommen mussten. Bei all der Ungerechtigkeit, die ihnen widerfahren war – das Geld würde ihnen wundervolle Jahre bis zum Rest ihres Lebens bescheren.

»Ich glaube, ich nehme das Angebot an.« Grannys Stimme klang fest entschlossen. »Ich bin eine alte Frau und des Kämpfens müde.« Sie sah zu Kate. »Es tut mir leid, Liebes.«

Kate stand auf, ging zu ihrer Großmutter und schloss sie in die Arme. »Ist gut, Granny.« In ihren Augen schwammen Tränen. Ich verstand sie gut. Sie hatte viel Zeit in diesen Mauern und im hinteren Garten verbracht.

Jim nickte langsam. »Allein würde ich mich hier nicht wohlfühlen. Es ist entschieden.«

Steven zeigte auf den Fernsehbildschirm. »Es geht los.«

Die Bilder der Demo wurden gezeigt und Steven machte den Ton lauter.

Die Reporterin, die mich interviewt hatte, moderierte

an. »Dieses bezaubernde Haus in Brickell soll einem weiteren gesichtslosen Wolkenkratzer mit Luxusapartments weichen.« Auf dem Bildschirm wurden Fotos von Kates Granny und von Jim gezeigt. »Diese beiden tapferen Rentner setzen dem Immobilientycoon Mike Sievers alles entgegen, was sie aufbieten können. Und das ist nicht wenig.«

Als Mikes Name fiel, verharrte ich in Schockstarre.

Keiner im Raum sagte etwas.

»Immerhin haben wir aus der Boulevardpresse längst erfahren, dass Mike Sievers eine neue Liebe hat.« Nun prangte ein Foto von mir auf dem Bildschirm. »Annie Miller, eine beliebte Ärztin im …«

Woher zum Teufel wusste diese Frau, wo ich arbeitete? Und was hatte Mike mit all dem zu tun?

»Man kann sich vorstellen, was diese gegensätzliche Sichtweise über ihre Beziehung aussagt. Ich würde annehmen, sie ist seit der Demo und der klaren Stellungnahme vorbei. Aber sehen sie selbst.« Auf dem Bildschirm sah man nun mich mit dem Schild in der Hand.

»Ein Gruß an die Investoren, Sie sind einfach unmenschlich und eiskalt. Irgendwann werden Sie vielleicht verstehen, dass man mit Geld nicht alles kaufen kann. Gesundheit zum Beispiel. Oder echte Freunde. Oder wahre Liebe. Man kann Geld zwar anhäufen, aber Glück lässt sich mit Geld ebenso wenig kaufen, wie man Erinnerungen an ein erfülltes Leben mit Geld bezahlen kann. Es gibt Dinge, die tragen kein Preisschild. Sie sollten sich schämen, diese alten Menschen mit Gewalt aus ihren Wohnungen vertreiben zu wollen«, hörte ich mich selbst sagen. Meine Worte waren vollkommen ernst gemeint gewesen, doch hatte ich nicht gewusst, sie direkt an Mike gerichtet zu haben!

Übelkeit stieg in mir auf.

»Nein, wahre Liebe kann man nicht mit Geld kaufen, da hat die bezaubernde Annie völlig recht, offenbar war Mikes Liebe zu dieser sympathischen Frau deutlich kleiner als zu seinem gut gefüllten Bankkonto.«

Ich begann zu würgen. Um mich zu beruhigen, beugte ich mich vor, legte meinen Kopf zwischen die Knie und atmete konzentriert tief ein und aus. Eine zarte Hand strich mir über den Rücken. »Es tut mir unendlich leid. So eine hinterhältige Zecke! Wie konnte er nur?! Dieses Arschloch hat dich nicht verdient.«

Ich war viel zu schockiert, um überhaupt ein Wort zu sagen.

Von wegen, Mike erledigte seine Geschäfte auf aufrechte Art und Weise. Er steckte hinter all den merkwürdigen Dingen, die plötzlich im Haus der beiden alten Leute geschahen, um sie mürbe zu machen und zu vertreiben. Es war widerlich. Von einem Moment auf den anderen verlor ich die Achtung vor Mike. Alles in mir krampfte sich zusammen und es fühlte sich an, als erläge ich gleich einem Herzinfarkt. Mein Innerstes schmerzte, das Herz zersprang in tausend Teile, ich bekam keine Luft, mir drehte sich alles und ich hyperventilierte.

»Beruhige dich«, flüsterte Kate. »Schschscht.«

Steven stellte mir eine Plastiktüte vor die Füße, damit ich sie sah, da ich den Kopf immer noch zwischen meinen Knien hatte. Dankbar nahm ich sie und atmete hinein. Langsam beruhigte sich meine Atmung. Und je mehr sie sich beruhigte, desto klarer wurde mein Kopf. Ich hatte gerade die Liebe meines Lebens verloren. Nichts von dem, was er zu mir gesagt hatte, war aufrichtig gewesen. Alles nur eine Farce, von der er wusste, sie würde an diesem Tag ein Ende finden. Aus genau diesem Grund war er vermutlich nach San Francisco geflogen.

Das zwischen uns bedeutete ihm nichts.

Ich bedeutete ihm nichts.

»Wie konnte er nur?«, presste ich hervor. Langsam setzte ich mich auf und sah in die entsetzten Gesichter der Anwesenden. Die beiden Senioren sahen mich mitleidsvoll an, Steven besorgt und in Kates Augen schimmerten Tränen, die mir im selben Augenblick auch kamen. »War denn nirgendwo ersichtlich, dass Mike hinter all dem steckt?«

Steven schüttelte den Kopf. »Er taucht nirgendwo auf. Er scheint sich sehr im Hintergrund zu halten.«

»Das Schwein ist keine vergossene Träne wert, Süße!« Energisch wischte Kate sich über die Augen. »Lösch seine Nummer, blockiere sie und am besten die von diesen reichen Schnöselfreunden dazu. Mit solchen Menschen will man nichts zu tun haben.«

Kate hatte recht. Mike hatte mich hintergangen, seine Freunde hatten mir ein falsches Bild von ihm gezeichnet und ich hatte es nur zu gern als echt angesehen. Dabei war nichts echt gewesen. Wahrscheinlich lachten sie in diesem Augenblick über mich, über Annie, die einfältige und naive Frau, die dumm jedes Wort geglaubt hatte. Warum nur zum Teufel schrie mein Herz so laut vor Protest, dass ich meine Gedanken nicht mehr hören konnte?

KAPITEL 26

Mike

Bis zum Abflug verblieb mir kaum Zeit durchzuatmen, das holte ich jetzt im Flugzeug nach. Annie würde in ihrer Schicht beschäftigt sein, deshalb sparte ich mir meinen Anrufversuch. Ich würde sowieso nur auf ihrer Mailbox landen. Außerdem hatte ich noch genug Papierkram durchzuackern.

Chris hatte mir überhaupt nicht gefallen, als ich die Unterlagen abholte. Er wirkte fiebrig und man sah ihm die Schmerzen an, obwohl er es nicht zugeben wollte. Der Kerl gehörte ins Krankenhaus, aber auf Laura war Verlass. Sie würde sich im Ernstfall über seinen Willen hinwegsetzen und eine Ambulanz rufen. Das wusste ich.

»Mike«, riss mich Margret aus meinen Gedanken. »Wollen wir nach dem Start die einzelnen Filialen und ihre Probleme durchsprechen?« Sie hielt einen Stapel Akten in die Luft.

»Natürlich«, stimmte ich ihr zu, obwohl ich den Großteil telefonisch von Chris erklärt bekommen hatte. Hauptsächlich mussten drei Filialen ihre Zahlen verbessern. Denver, Washington und Atlanta. Dort waren die Bauprojekte längst abgeschlossen, aber das Unternehmen saß immer noch auf einem Teil der Wohnungen. Es war an der Zeit, herauszufinden, woran das lag, um entsprechende Gegenmaßnahmen ergreifen zu können.

Dreißig Minuten später saß mir Margret gegenüber, legte ihre schlanken Beine übereinander und sah mich mit einem Augenaufschlag an, der mir früher imponiert hätte. Selbstbewusst und sich im Klaren darüber, dass außer den beiden Piloten nur wir in diesem großzügigen Privatjet mit zwei Schlafkabinen anwesend waren, legte sie es darauf an, dass ich sie als Frau sah und nicht als die Assistentin, die mir die Arbeit erleichtern sollte.

»Soll ich dir erklären, worum es geht?« Sie stand aus dem Sessel auf, nahm eine Akte vom Tisch, der zwischen uns war, und kam mit wiegenden Hüften auf mich zu geschwebt. »Dazu ein Drink?«

»Danke, Margret«, lehnte ich ab. Ich blieb meinem Grundsatz treu, keinen Alkohol während der Geschäftszeit zu trinken. »Ich komme zurecht. Du kannst dich in die linke Kabine zurückziehen und dich ausruhen.« Immerhin ging es auf Mitternacht zu.

»Ich leiste dir gerne Gesellschaft.« Sie setzte sich auf die Sessellehne und schlug die Akte der Denver-Filiale auf. Ihr blumiger Duft war verführerisch. Margret war attraktiv, keine Frage und noch vor wenigen Wochen hätte ich mir dieses Angebot nicht entgehen lassen. Doch seit ich mit Annie geschlafen hatte, reagierte mein Schwanz nicht mehr auf andere Frauen. Der Gedanke an Annie ließ ihn dennoch anschwellen. »Danke Margret, das ist nett von dir. Aber ich komme wirklich zurecht.«

Mit einem Seufzen erhob sie sich. »Solltest du deine Meinung ändern …« Mit aufreizenden Bewegungen stöckelte sie den Gang entlang zu den Schlafkabinen. Amüsiert registrierte ich, dass mich der Anblick zwar sehr ansprach, aber er reizte mich nicht wirklich. Irgendetwas war in meinem Inneren geschehen.

Annie war mir geschehen.

Diese Frau nahm mich gefangen. Annies Leidenschaft, ihr Feuer, ihre Hingabe und ihr Lachen, all das erfüllte mich mit mehr, als ich jemals für möglich gehalten hatte. Keine Frau konnte Annie annähernd das Wasser reichen. In wenigen Tagen hatte sie es geschafft, mich derart zu verzaubern wie keine andere zuvor.

Ich schlug die Akte auf und kümmerte mich um die Denver-Filiale.

Vier Stunden später war ich über die Probleme der Filialen im Bilde. Auf die Erklärungen der Filialleiter musste ich noch warten, aber es war klar, wie wenig geschult die Verkäufer waren. Vermutlich lag es daran. Die Kunden wollten nicht mit leeren Worten überzeugt werden, sie mussten sich sicher sein, die richtige Immobilie für ihre Zukunft zu kaufen. Es musste ihnen vorkommen, als würden sie eine Chance verpassen, wenn sie nicht kauften. Die Verkaufsbüros mit Anfängern zu besetzen, hatte vor fünf oder zehn Jahren funktioniert, als der Wohnraum noch knapp gewesen war. Doch seitdem die Immobilienblase geplatzt war, zählte eine qualifizierte Auskunft weit mehr als die Immobilie selbst. Wenn der Käufer dem

Makler nicht vertraute, kaufte er nicht, und wenn der Makler schlecht ausgebildet war, konnte es schnell geschehen, dass er eine falsche Auskunft gab und der Käufer absprang. Das galt es künftig zu vermeiden, war jedoch nichts, was sich nicht regeln ließe.

Gähnend ging ich ebenfalls schlafen. Fünf Stunden blieben mir noch bis zur Landung. Dann ging es kurz ins Hotel und direkt in die Sitzung. Aber ich kannte es oft nicht anders, selbst bei wenig Schlaf funktionierte mein Verstand bestens.

Die Durchsage des Piloten, wir würden in einer Stunde landen, weckte mich auf. So hatte ich wenigstens noch Zeit für das Frühstück, das bereits im Kühlschrank auf mich wartete, den Kaffee hatte Margret mit Sicherheit schon vorbereitet. Ich streckte meine müden Glieder und fuhr mir durchs Haar. Ein rasches Zähneputzen musste ausreichen. Rasieren würde ich mich im Hotel.

Der Kaffee stand tatsächlich auf dem Tisch. »Guten Morgen«, grüßte ich Margret. »Gut geschlafen?«

Sie zuckte unwillig die Schultern. Offenbar hatte sie gedacht, sie würde von mir einen nächtlichen Besuch bekommen. »Ich bringe das Frühstück. Setz dich.«

Ihre Frostigkeit würde sich wieder legen.

Das Croissant schmeckte etwas pappig und das Brötchen etwas zäh. Das war der Nachteil am Privatjet, wenn man nicht noch eine Flugbegleiterin mit auf Reisen nahm. Das Essen ließ zu wünschen übrig, aber ich fand es wegen einer einzigen Mahlzeit überflüssig, von einer Stewardess begleitet zu werden. Ich liebte Luxus und musste mich entsprechend präsentieren, aber ich wusste auch, wie schwer man das Geld verdiente, und vermied unnötige Ausgaben.

Ich zeigte auf die Akten. »Danke für die perfekte Vorbereitung«, lobte ich Margret. »Und für das Frühstück.«

Ein Lächeln umspielte ihre Lippen. »Gern geschehen, ich mache nur meinen Job.«

»Und den machst du sehr gut.« Auf keinen Fall hatte ich Margret kränken wollen. Und bei meinem Ruf musste sie zwangsläufig denken, sie wäre nicht mein Typ. Da konnte ein passendes Kompliment nicht schaden. »Wir sind gut vorbereitet.«

»Im Hotel bleibt uns eine Stunde«, informierte sie mich. »Der Konferenzsaal ist im Erdgeschoss, aber der ist gut zu finden. Ich werde mir noch ein anständiges Frühstück bringen lassen.«

Ich nickte. Das würde ich auch tun. Dennoch biss ich in das mit Käse belegte Brötchen, das ich mit einem Schluck Kaffee hinunterspülte.

Im Wagen, der uns ins Hotel brachte, versuchte ich vergeblich, Annie zu erreichen. Es klingelte bis zur Mailbox durch. Also schrieb ich eine WhatsApp, um ihr wenigstens einen guten Morgen zu wünschen. Ich hatte keine Ahnung, wann ich anschließend tatsächlich die Zeit finden würde, ein Telefonat mit ihr zu führen. In San Francisco war es sieben Uhr morgens, während es in Miami zehn Uhr war. Eigentlich hatte ich damit gerechnet, Annie sprechen zu können, vielleicht schlief sie noch.

Ich würde es einfach später nochmals bei ihr versuchen. Jetzt musste ich mich jedoch in die Arbeit stürzen, um Chris zu beweisen, dass er sich auf mich verlassen konnte.

KAPITEL 27

Annie

Froh, in der Frühschicht zu arbeiten, war ich zum Krankenhaus gefahren. Trotz der Hoffnung, bei der Arbeit nicht an diesen Mistkerl denken zu müssen, tropften die Minuten viel zu langsam dahin. Ausgerechnet heute schien es ruhig zu bleiben, was mich an den Rande des Wahnsinns brachte.

Warum hatte Mike mich angelogen? Hatte er tatsächlich geglaubt, es käme nicht heraus? Andererseits wäre es beinahe nicht ans Licht gekommen, wenn diese Reporterin nicht nachgeforscht und einen Zusammenhang hergestellt hätte. Kate hatte nur einen Firmennamen. Weder Kate noch Steven hatten gewusst, dass diese zu Mikes Konzern gehörte. Ich selbst hatte mich darüber überhaupt nicht informiert, weil ich Mikes Worten geglaubt hatte!

Seine Anrufe ignorierte ich, weitere Lügen wollte ich mir nicht mehr anhören. Darauf konnte ich getrost verzichten. Auf Männer konnte ich verzichten! Diesen Schmerz in meiner Brust wollte ich nie wieder erleben. Es fühlte sich an, als würde jemand konstant an meinem Herzen zerren, um es aus mir herauszureißen, und doch klopfte es hart weiter. Selbst in meinem Mund hatte ich einen bitteren Geschmack.

Wieso hatte ich ihm vertraut? Warum war ich so dumm gewesen, ihm mein Herz zu schenken? Er hatte weder meine Liebe noch mein Vertrauen verdient. Wie konnte ein Mensch nur so schauspielern, um an sein gewünschtes Ziel zu kommen? Es war für ihn alles offenbar nur ein Spiel gewesen. Eines, das ich verloren hatte. Warum nur hatte ich mich wider besseres Wissen auf ihn eingelassen? Und warum hatte sich alles für ein paar Tage so perfekt angefühlt?

Wie in Trance behandelte ich meine Patienten. Es war verwunderlich, wie gut ich die Routine abspulen konnte, obwohl ich glaubte, am Boden zu liegen. Niemand von meinen Kollegen bemerkte etwas, zumindest sagte keiner ein Wort darüber, dass ich meiner Arbeit ungewöhnlich schweigsam nachkam.

In der Kaffeeküche lagen zwei Müsliriegel in meinem Vorratsfach. Auch wenn ich kaum Appetit hatte, zwang ich mich, einen davon zu essen. Ich durfte keinesfalls zusammenklappen. Lustlos biss ich hinein, kaute und holte mir einen Becher Wasser zum Runterspülen. Wie oft hatten mich diese Riegel vor einer Unterzuckerung gerettet? Ich musste dringend für Nachschub sorgen. Mir ein Pausenbrot mitzubringen, hatte ich bald aufgegeben. Meist gammelte es unberührt vor sich hin, bis mir nichts anderes übrig blieb, als es wegzuwerfen. Lebensmittel zu verschwenden, konnte ich kaum ertragen, lieber aß ich diese nährstoffreichen, aber geschmacklich weniger appetitlichen Energieriegel. Die wurden wenigstens nicht schlecht. Warum ich gerade jetzt über meine Ernährung nachdachte, zeigte mir deutlich, wie sehr ich durch den Wind war. Im Verdrängen war ich auf der Arbeit eine Meisterin. Hier zählte jede Minute und ich wusste jetzt schon, wie gern ich mich die kommende Zeit für Sonderschichten eintragen würde, um keine Zeit zu haben, meine Gedanken an einen miesen Kerl zu verschwenden. Irgendwann in hundert Jahren wäre ich über ihn hinweg. Oder auch nicht, dann würde ich doch eine Florence Nightingale werden, die ihr Leben den Patienten und der Medizin untergeordnet hatte.

Aber vielleicht hatte sie schlicht keinen passenden Partner gefunden.

Der blinkende Alarm ließ mich automatisch im Laufschritt zur Notaufnahme eilen. Den letzten Bissen schluckte ich hinunter und am Eingang entdeckte ich eine sichtbar aufgelöste Laura Brown.

»Laura«, rief ich ihr zu. »Was ist passiert?«

»Ach, Gott sei Dank! Du bist hier!« Laura sah zu, wie zwei Sanitäter eine Liege aus dem Wagen zogen. »Chris geht es sehr schlecht. Er hat sich erst geweigert, in die Klinik zu fahren, bis ich ihm keine andere Wahl mehr gelassen habe.«

»Was fehlt ihm?« Automatisch schob ich die persönlichen Befindlichkeiten beiseite.

»Unterbauchschmerzen. Ich würde auf den Blinddarm tippen, aber der sture Esel wollte ja nicht zum Arzt.« Lauras blasse Miene wurde noch heller, als die Sanitäter Chris in die Notaufnahme schoben.

Sein Gesicht war schmerzverzerrt und wirkte fiebrig.

»Ab ins CT, der Raum ist frei.« Während ich neben der Liege herging, legte ich meine Hand auf den rechten

Unterbauch. Schon die Berührung ließ Chris zusammenfahren und aufstöhnen. »Akute Appendizitis«, mutmaßte ich und sah Chris streng an. »Das schmerzt nicht erst seit ein paar Stunden, richtig? Ist dir übel? Hast du erbrochen?«

»Mir ist speiübel«, presste er hervor. »Was ist eine Appendizitis?«

»Blinddarmentzündung. Hast du etwas gegessen?«

»Ja, am Nachmittag eine Suppe.«

Ich sah auf die Uhr. Es war morgens um vier, sein Magen war leer. Das würde ihm die Narkose erleichtern. Meine Kollegin kam im Laufschritt auf mich zu und ich teilte ihr kurz meine Diagnose mit. »Bereite den OP vor und rufe den Anästhesisten.«

Mit wenigen Handgriffen bereitete ich den Computertomografen vor. Die Sanitäter legten Chris auf den Schlitten. »Nicht bewegen, verstanden?«, wandte ich mich an ihn. Kurz darauf fuhr er in das Übertragungsgerät.

Als die Aufnahmen fertig waren, legten die beiden Sanitäter Chris zurück auf die Rollliege. »Fahrt ihn zum OP.« Anschließend wandte ich mich an Chris und legte ihm eine Hand auf die Schulter. »Wenn es so aussieht, wie ich vermute, wirst du dich zwischen einer offenen Operation und einer laparoskopischen Operation entscheiden müssen. Die Erste kann ich durchführen, aber bei der zweiten muss ein anderer Chirurg angefordert werden, und bis wann der hier sein kann, weiß ich nicht. Jede Minute kann wertvoll sein und einen Durchbruch verhindern. Bespreche dich mit Laura, während ich die Aufnahmen auswerte, verstanden?«

Chris nickte und ließ sich nach draußen schieben.

Die Aufnahmen ließen keinen Zweifel zu. Die Entzündung war immens. Die Gefahr eines Durchbruchs unkalkulierbar hoch. Ob Doktor Vinyard rechtzeitig hier sein würde, war fraglich. Ich gab der Leiterin der Aufnahme den Auftrag, sich sofort zu erkundigen und mir Bescheid zu sagen.

Vor dem OP traf ich auf den Anästhesisten. »Akute Appendizitis, Patient ist männlich, etwa achtzig Kilogramm schwer und Mitte Dreißig.«

»Kommt Vinyard oder übernimmst du?«

»Noch unklar«, sagte ich und ging weiter in den Aufwachraum, in dem Chris auf einem Krankenhausbett lag. An seiner Seite stand Laura.

»Und, wie habt ihr entschieden?«

Ich reichte ihnen das Formular zur Operationsgenehmigung und fragte das Gewicht und das genaue Alter ab. Mein Pieper summte. »Moment«, entschuldigte ich mich und verließ den Raum, um zu telefonieren.

»Verfluchter Mist!« Fluchend ging ich zurück zu Chris und Laura. Sie reichte mir die ausgefüllten Formulare. »Wir würden gerne die offene Operation vermeiden. Die Heilung bei der Endoskop-OP ist schneller, richtig?«

Ich nickte. »Ja, leider kann der Chirurg erst in drei Stunden hier sein und ich weiß nicht, ob der Darm so lange hält. Im Fall des Durchbruchs ist mit Komplikationen zu rechnen. Dazu kommt, dass später keine laparoskopische Operation mehr möglich ist.«

»Was rätst du?«, fragte Laura.

»Schneidet das Scheißding endlich raus!« Christophers Stimme klang trotz der Schmerzen fest und bestimmend.

»Bist du sicher?«

»Verflucht noch mal, holt das Ding raus!«

Unsicher sah ich zu Laura. Sie nickte. »Du hast ihn gehört.«

Ich blinzelte Chris aufmunternd zu. »Frauen finden Narben sexy«, scherzte ich.

»Laura«, wandte ich mich an sie. »Du kannst draußen warten.« Dann sah ich zu Chris. »Ich hole den Anästhesisten, er wird dir alles Weitere erklären. Und ich ziehe mich um. Wir sehen uns im OP.«

Ich nahm Laura mit nach draußen. »Mach dir keine Sorgen. Diese Operation habe ich oft durchgeführt. Bei weniger akuten Fällen würde ich zur anderen Methode raten, aber ich weiß wirklich nicht, ob wir diese Zeit noch haben.«

Laura presste die Lippen zusammen. »Danke«, flüsterte sie. »Dieser sture Bock«, sagte sie deutlich lauter. »Das hat er davon. Ich wollte abends kommen, aber nein, der Herr hat sich ja geweigert und den harten Mann markiert.«

Ohne das zu kommentieren, nickte ich, und ging, um mich für die bevorstehende Operation vorzubereiten.

Im Nebenraum des OPs zog ich mich um, legte den Mundschutz um, setzte die Haube auf und desinfizierte mir die Hände, ehe ich in die Handschuhe schlüpfte und zurück zu meinem Patienten ging.

Chris schien schläfrig und ich konnte ihm gerade noch eine gute Nacht wünschen, bevor er wegdämmerte. Die OP-Helfer legten ihn auf die Aluliege, deckten seinen nackten Körper ab und ich desinfizierte den OP-Bereich. Nachdem die Werte zeigten, dass Chris in tiefer Narkose war, schnitt ich in seinen rechten Unterbauch, trennte den Wurmfortsatz ab, legte das hoch entzündete Stück in ein Nierenbecken und verschloss die Öffnung mit einer Tabaksbeutelnaht. Die Fäden würden sich nach Ausheilung selbst auflösen. Nach zwanzig Minuten war die Operation vorbei.

Ich wusch mich, zog mich um und ging nach draußen zu Laura. »Alles gut gelaufen. In zwei Stunden kannst du zu ihm. Er ist im Aufwachraum und wird dort von den Geräten überwacht.«

»Gehen wir einen Kaffee trinken?«, bat mich Laura.

Ich überlegte kurz und schüttelte den Kopf. »Tut mir leid, ich habe noch viel zu tun«, wich ich ihr aus. Es war eine Sache, einem Patienten zu helfen, der Schmerzen hatte, eine ganz andere, mit Mikes bester Freundin einen Kaffee trinken zu gehen und mich von ihr belügen zu lassen. Denn genau das würde sie tun. Sie stand auf Mikes Seite, so wie Mike auf der Seite seiner Freunde stand. Ich gehörte da nicht hin. Für mich gab es dort keinen Platz.

Für eine offene Konfrontation fehlte mir jedoch die Kraft.

KAPITEL 28

Mike

»Wie geht es ihm?«, wollte ich wissen. Lauras Anruf hatte mich eiskalt erwischt. Die Information, dass Chris hatte operiert werden müssen, versetzte mir einen Stich. Dieser sture Kerl setzte wegen einer Kleinigkeit sein Leben aufs Spiel!

Annie hatte ihn operiert, was mein Kopfkino noch mehr anfachte. Auch wenn sie sicherlich viel zu tun hatte, eine kurze Nachricht, dass sie meinen besten Freund unter dem Messer hatte, hätte ich dennoch von ihr erwartet.

Hatte ich mich in Annie getäuscht?

War sie mir gar nicht wertschätzend zugewandt, sondern oberflächlich, was unsere Beziehung anbelangte? Hatte ich mich in einen Wunschtraum verrannt, der nun wie eine Seifenblase platzte?

Im Moment konnte ich mich nicht darum kümmern.

Ich schob die unguten Gedanken beiseite, was zählte, war Chris und seine Gesundheit.

»Er ist wach und es geht ihm gut«, sagte Laura zu meiner großen Erleichterung. »Nur Annie war mir gegenüber irgendwie kühl.«

Und mich hatte sie bis jetzt nicht zurückgerufen. Auf keine meiner Nachrichten hatte sie reagiert. Die letzten beiden WhatsApps hatte sie bisher noch nicht mal gelesen. »Vermutlich ist sie im Stress«, mutmaßte ich ausweichend. Ich wollte nicht mit Laura über Annie sprechen, solange ich mir selbst nicht im Klaren war, was gerade los war.

»Möglich, aber das erklärt nicht ihre Distanz«, widersprach mir Laura. »Ich habe am Kiosk eine merkwürdige Schlagzeile gesehen, hatte jedoch noch keine Zeit, mich genauer damit zu beschäftigen. Dein Name geht zur Zeit jedenfalls durch die Presse. Hast du was ausgefressen?«

Ich überlegte kurz und mir fiel nichts dazu sein. »Nicht, dass ich wüsste.« Auf der anderen Seite des Landes würde ich kaum an die Zeitungsausgaben kommen, es sei denn, es wurde online darüber berichtet. Ich würde mich, sobald ich Luft zum Durchatmen hatte, im Netz auf Spurensuche begeben, wobei ich Presseartikel ohne echten Bestand gewohnt war. Wie oft stand ich kurz vor der Vaterschaft oder mir wurde sonst etwas angedichtet. Darüber machte ich mir schon lange keine Gedanken mehr. Egal, um was es ging, es erklärte aber nicht Annies Verhalten mir oder Laura gegenüber.

»Ich fahre jetzt nach Hause und hole ein paar Sachen für Chris«, sagte Laura. »Er wird noch ein paar Tage in der Klinik bleiben müssen. Du kommst zurecht?«

»Ja, hier läuft alles. Wir werden heute fertig, dann besuche ich noch die Filialen und anschließend komme ich zurück.« Dann kümmere ich mich um Annie, fügte ich im Stillen noch hinzu.

»Mike«, rief mich Margret. »Sie warten auf dich!«

»Ich muss los«, verabschiedete ich mich von meiner Freundin. »Halte mich auf dem Laufenden, ja?«

Laura versprach es und legte auf.

Die Gedanken an Annie schob ich beiseite. Was jetzt zählte, war die Abschlussbesprechung. Diese paar Stunden musste ich noch hinter mich bringen. Vielleicht würde sie sich in dieser Zeit ja melden.

In den kommenden Stunden legten wir den Businessplan und die Zielsetzung für das nächste Halbjahr fest. Die dafür notwendige Umstrukturierung der einzelnen Filialen wurde zähneknirschend aufgenommen. Da würde Chris noch ein Mailing hinterherjagen müssen. Ich war schließlich nur als seine Vertretung hier. Auch wenn mich die meisten Führungskräfte kannten, hatte Chris' Stimme natürlich deutlich mehr Gewicht. Er war der Boss und ich nur sein Sprachrohr. Von Chris' Operation gab ich nichts bekannt, es genügte die Aussage, er sei aus persönlichen Gründen verhindert.

»Dann schließen wir die Konferenz und gehen zum gemütlichen Teil über.« Ich ging zur bisher verschlossenen Verbindungstür, öffnete sie und gab den Angestellten ein Zeichen, die Türen aufzuschieben. »Das Buffet ist damit eröffnet.« Im Nebenraum hatten die Hotelangestellten das exquisite Catering aufgebaut.

Das laute Klopfen auf die Tische zeigte die Erleichterung der Filialleiter, weil es nun keine weiteren Maßnahmen mehr geben würde, um das Jahresziel zu erreichen. Der gesellige Teil konnte beginnen.

Der goldgelbe Whiskey in den Kristallgläsern würde die zuvor aufgeheizte Stimmung beruhigen und Chris wäre zufrieden. Ich hob mein Glas, bedankte mich bei allen Anwesenden, trank einen Schluck und verabschiedete mich. Sie würden mich nicht vermissen.

Margret eilte hinter mir her. »Ich kann zurückfliegen?«

Ich überlegte kurz. Würde ich sie hier noch benötigen? Die Unterlagen der zu besuchenden Filialen hatte ich vollständig vorbereitet, mein Schwanz führte ein Eigenleben und zeigte sich nicht interessiert, obwohl Margret wirklich sehr sexy und sehr willig war. Es gab keinen Grund, warum sie nicht nach Hause fliegen sollte. »Ja, ich habe alles, was ich brauche.«

Sie sah mich leicht verschnupft an, aber damit konnte ich gut leben.

»Margret, du hast einen großartigen Job gemacht, das werde ich Chris sagen, flieg nach Hause. Buche dir ein Ticket in der ersten Klasse, den Jet brauche ich noch.« Ich sammelte die Unterlagen auf dem Besprechungstisch zusammen und nickte bekräftigend. »Den Kollegen willst du keine Gesellschaft leisten?«

Ich folgte ihrem Blick.

Die Whiskey trinkende Runde bestand nur aus Männern. Margret war zwar willig, aber offenbar nicht für die feiernden Filialleiter zu haben.

»Ich verzichte«, sagte sie trocken. »Das Angebot für die First nehme ich gerne an. Danke.«

»Dann wirst du heute zurückfliegen?«

Sie nickte und sah zu den Männern hinüber. »Auf alle Fälle.«

Die nächste Runde Whiskey schien bereits durch die Kehlen der Männer zu fließen, und ich konnte ihre Entscheidung verstehen. Bald würden die Sprüche im Niveau sinken, die Ehefrauen zu Hause vergessen sein und sie wäre als einzige und äußerst attraktive Dame das Objekt der alkoholschwangeren Begierde.

»Gut.« Ich trat auf sie zu, küsste sie auf die Wange und lächelte sie an. »Vielen Dank für die kompetente Unterstützung und guten Flug.«

»Danke.« Margret lächelte ebenfalls, dieses Mal allerdings hochprofessionell, drehte sich um und schwebte mit wiegenden Hüften aus dem Besprechungszimmer.

Ich füllte mein Glas mit einem weiteren Whiskey, schnappte die Unterlagen und ging auf mein Hotelzimmer. Ein Blick auf mein Handy bestätigte mir meine Befürchtung: Annie hatte sich nicht gemeldet.

Ich klappte meinen Laptop auf und forschte in der Suchmaschine nach meinem eigenen Namen. Die neusten Nachrichten tauchten immer sofort ganz oben auf und so war es auch dieses Mal. Schon die Schlagzeile genügte. *Aktivistin und Bauspekulant - wie passt das zusammen?* Der Artikel war reißerisch verfasst und zielte nur auf die private Schiene. Annie war bei der Demo gewesen und warum ich als Bauspekulant bezeichnet wurde, kam nicht klar heraus, zudem verstand ich die Verbindung nicht. Als Quelle wurde ein lokaler Fernsehsender genannt. Ich suchte nach dem Beitrag und fand ihn in der Mediathek.

Die Bilder einer Demonstration wurden gezeigt. Als ich das Haus im Hintergrund erkannte, wurde mir schlagartig heiß. Das konnte nicht sein?

Die Reporterin moderierte an. »Dieses bezaubernde Haus in Brickell soll einem weiteren gesichtslosen Wolkenkratzer mit Luxusapartments weichen.« Auf dem Bildschirm erschienen Fotos von zwei Senioren. »Diese beiden tapferen Rentner setzen dem Immobilientycoon Mike Sievers alles entgegen, was sie aufbieten können. Und das ist nicht wenig.«

Das Haus war nach John Harpers Aussage längst leer und kurz vor dem Abriss. Außerdem waren die Bewohner freiwillig und großzügig abgefunden ausgezogen. Fuck! Was zum Teufel ging dort vor sich?

Ungläubig starrte ich auf den Bildschirm. »Immerhin haben wir aus der Boulevardpresse längst erfahren, dass Mike Sievers eine neue Liebe hat.« Ein Foto, auf dem Annie bezaubernd lächelte, erschien. Daneben wirkte mein Bild im Anzug und mit ernstem Gesichtsausdruck wie das von einem gewissenlosen Arschloch. »Annie Miller, eine beliebte Ärztin im Miami Sinai medical Center. Wie passen diese beiden Charaktere zusammen?«

Mit geballten Fäusten saß ich vor meinem Laptop und verfluchte die Boulevardpresse für ihre unsachgemäße Berichterstattung.

Ungerührt sprach die Reporterin weiter: »Man kann sich vorstellen, was diese gegensätzliche Sichtweise über ihre Beziehung aussagt. Ich würde annehmen, sie ist seit der Demo und der klaren Stellungnahme vorbei. Aber sehen Sie selbst.« Annie erschien im Bild, in der Hand hielt sie ein Schild. Mit den eng zusammengezogenen Augenbrauen sah sie wütend aus. »Ein Gruß an die Investoren, Sie sind einfach unmenschlich und eiskalt.« Und ihre Stimme klang fremd. Kalt, wütend, empört. »Irgendwann werden Sie vielleicht verstehen, dass man mit Geld nicht alles kaufen kann. Gesundheit zum Beispiel. Oder echte Freunde. Oder wahre Liebe. Man kann Geld zwar anhäufen, aber Glück lässt sich mit Geld ebenso wenig kaufen, wie man Erinnerungen an ein erfülltes Leben mit Geld bezahlen kann. Es gibt Dinge, die tragen kein Preisschild. Sie sollten sich schämen, diese alten Menschen mit Gewalt aus ihren Wohnungen vertreiben zu wollen.« Ihre Worte klangen leidenschaftlich, aufrichtig und ein wenig mitleidig. Zu dem Zeitpunkt hatte Annie nicht wissen können, dass sie diese Worte an mich richtete. Und das machte sie nicht weniger wahr. Nur wie passte das alles zusammen?

Ich musste John Harper anrufen. Sofort. Die letzten Worte heizten meine Wut nur noch an. »Nein, wahre Liebe kann man nicht mit Geld kaufen, da hat die bezaubernde Annie völlig recht, offenbar war Mikes Liebe zu dieser sympathischen Frau deutlich kleiner als zu seinem gut gefüllten Bankkonto.« Und wenn alles nur auf dem Mist dieser Reporterin gewachsen war, würde ich den Sender bis auf den letzten Cent verklagen.

KAPITEL 29

Annie

Seit der Demonstration waren vier Tage vergangen. Vier verdammt lange Tage, die sich zogen wie Kaugummi, und mein dummes Herz hatte nichts, aber auch gar nichts kapiert. Sobald ich nur an Mike dachte, klopfte es wild, als wolle es mir sagen, alles sei ganz anders. Doch nichts war anders, was mein Verstand klar erkannt hatte.

Mike war ein Lügner.

Ein skrupelloser Lügner noch dazu. Er scheute nicht davor zurück, alte Menschen durch nächtlichen Terror aus ihrem Heim zu vertreiben. Er war ein Blender. Ein Mann, der zwei Gesichter hatte. Zum einen das humorvolle, liebevolle und hilfsbereite Gesicht, in das ich mich verliebt hatte. Und dann das hinterhältige, gefühlskalte und gnadenlose Gesicht, das ich verabscheute, und das mich so sehr abstieß, dass ich ihm nie wieder begegnen wollte.

Seit der Fernsehsendung beschäftigte ich mich pausenlos, um den tobenden Schmerz zu betäuben. Um durch Mikes Nachrichten und Anrufe nicht doch noch schwach zu werden, hatte ich seine Nummer auf allen Kanälen blockiert. Immerhin wagte er es nicht, bei mir zu Hause aufzutauchen. Ich hätte ihn vermutlich mit der Gartenschere massakriert. Mein Rücken schmerzte von der gebeugten Haltung. Die Büsche waren gestutzt, das Unkraut gejätet, das Kräuterbeet sah ordentlich aus, überhaupt gab es im Garten nichts mehr zu tun. Als Nächstes würde ich den Gartenzaun abschleifen und neu streichen.

»Warum gehst du nicht ans Telefon?«, rief Kate über den Zaun.

Ich sah zu ihr auf und zuckte die Schultern. »Weil ich nicht reden, sondern arbeiten will. Deshalb.«

»Ach Annie, da hast du mir ja Eiscreme essend noch besser gefallen.« Sie zeigte auf mich, während sie mit flotten Schritten auf mich zukam. »Wann hast du zuletzt was gegessen?«

Das wusste ich selbst nicht, aber seither brachte ich kaum einen Bissen mehr hinunter. Mehr als zwei Handvoll Nüsse hatte ich die vergangenen Tage nicht gegessen. Und die hatte ich nur zu mir genommen, weil mir im Krankenhaus schwindlig geworden war und ich nicht während des Dienstes umkippen wollte. »Keinen Hunger.«

Erst jetzt sah ich die Schachtel in ihrer Hand. »Du musst was essen.« Kate hockte sich vor mich ins Gras. »Setz dich zu mir, okay?«

Ich legte mich ins Gras und sah in den Himmel hoch. Immerhin war mein Rücken für die Pause dankbar. »Müsstest du nicht arbeiten?«

»Doch, aber ich habe einen freien Tag.« Kate öffnete

den Deckel und der Duft nach frischer Pizza kitzelte meine Nase.

Augenblicklich knurrte mein Magen laut los.

»Und ob du Hunger hast!« Sie reichte mir ein Stück.

Ich hob die schmutzigen Hände hoch. »Sorry, du siehst ja …«

»Ein bisschen Dreck hat noch niemandem geschadet«, wischte sie meinen Einwand einfach weg und legte mir das Stück in die Hand. »Hast du endlich mit Mike gesprochen?«

Seit zwei Tagen lag mir Kate damit in den Ohren. Aber ich war nicht bereit, mir seine Lügen anzuhören. Mike konnte sehr überzeugend sein. Um ihr nicht antworten zu müssen, biss ich lieber noch in das Pizzastück. Wider Erwarten bekam ich augenblicklich Appetit.

Kate sah mir beim Essen zu. »Warum gibst du ihm nicht die Chance, sich zu rechtfertigen?«

»Rechtfertigen?«, echauffierte ich mich. »Für das, was er mit deiner Oma angestellt hat? Wer bist du und was hast du mit meiner Freundin gemacht?« Ich biss erneut in die Pizzaecke und starrte Kate irritiert an. Mit vollem Mund nuschelte ich weiter. »Beim letzten Gespräch wolltest du ihn noch an den Eiern aufhängen.«

»Seither habe ich ein paar andere Dinge erfahren«, erklärte Kate, nahm sich selbst ein Stück der Pizza Speciale. »Und wenn du dich nicht nur verkriechen würdest, hättest du das eine oder andere auch mitbekommen.« Sie biss hinein und sah mich lauernd an. Mit dem Handrücken wischte sie sich über den Mund. »Du weißt es wirklich nicht, oder?«

»Was?«, fragte ich mit einer Aggression in der Stimme, für die ich mich selbst hasste. »Dass Mike mir die ganze Zeit etwas vorgespielt hat?«

Kate schob sich grinsend das restliche Pizzastück in den Mund.

Ich liebte meine Freundin, doch dieses Grinsen hatte ich nicht verdient. Ich warf die Pizzaecke zurück in den Karton. »Weißt du was? Dann geh DU zu Mike! Aber verschone mich mit diesem dämlichen Grinsen!«

»Moment mal«, protestierte Kate und hielt mich am Handgelenk zurück, als ich aufspringen wollte. »Hiergeblieben.«

Ich plumpste zurück auf meinen Hintern. »Lass mich einfach in Ruhe!« Tränen traten in meine Augen und ich spürte, wie eine gewaltige Welle über mich hereinbrach. All der Schmerz, den ich die vergangenen Tage erfolgreich verdrängt hatte, brach sich Bahn.

»Oh nein, nicht weinen, Süße!« Kate kroch auf allen vieren auf mich zu, nahm mein Gesicht in ihre Hände und zwang mich, sie anzusehen. »Mike ist okay. Wirklich. Vertrau mir.«

Nun war ich vollends verwirrt. Bisher hatte Kate kein gutes Haar an ihm gelassen. Mit Recht. Woher kam dieser Sinneswandel? Mike sollte okay sein? Wie konnte sie das nur sagen? Ich wischte mir mit dem Handrücken über die Augen. Erwartungsvoll sah ich sie an.

»Fuck! Ich dachte echt, du weißt es bereits.«

»Was denn zum Teufel?«, schrie ich, weil ich es einfach nicht mehr aushielt.

»Mike wusste nichts davon. Er hat zusammen mit seinem Architekten John Harper diesen windigen Immobilienwicht angezeigt. Der hatte Mike schon mal über den Tisch gezogen. Mike hatte keine Ahnung, dass der Kerl bei dem Projekt die Finger im Spiel hatte. Aber für diesen Bruce Meyer wird es ziemlich ungemütlich werden. Mike hat jedem, der Beweise liefern kann, die den Fall aufklären, eine Belohnung versprochen. Da haben sich die Handlanger von diesem Drecksack nicht lange bitten lassen. Das ging groß durch die Presse, aber du verbunkerst dich ja lieber.« Kate schüttelte den Kopf und hob die Hände zum Himmel. »Warum liest du nicht mal seine Nachrichten? In denen hat er dir alles erklärt.«

»Ich habe die SMS Funktion blockiert und ihn auf WhatsApp gesperrt«, sagte ich tonlos. Konnte das echt wahr sein? Hatte Mike diese Schweinereien gar nicht veranlasst?

»Mike ist enttäuscht, weil du ihm nicht vertraut hast«, nahm ihn Kate in Schutz. »Und auch, weil du seine Nachrichten ignoriert hast.«

»Du hast ihn selbst für ein verlogenes Arschloch gehalten!«

»Da kannte ich ihn aber noch nicht.«

Jetzt verstand ich gar nichts mehr. War das hier die versteckte Kamera und Mike sprang gleich hinter dem nächsten Baum hervor?

Ich suchte mit meinen Blicken den Garten ab.

»Was suchst du denn?«, wollte Kate irritiert wissen. »Ich habe dir gerade erklärt, dass Mike nichts dafür kann. Er hat wegen des Ärgers sogar bei Steves Opa und meiner Oma das Angebot um jeweils eine Million erhöht. Als Wiedergutmachung sozusagen. Und im Erdgeschoss will er eine Begegnungsstätte für mehrere Generationen machen. Einen Gartenanteil will er sogar erhalten. Mike ist wirklich großartig!«, schwärmte Kate weiter, während ich Mühe hatte, diese Informationen zu verarbeiten.

Nach und nach sickerten die Neuigkeiten in mein Bewusstsein. Ich hatte Mike großes Unrecht getan. Er hatte versucht, es mir zu erklären, und ich hatte in meinem verletzten Stolz nicht zugehört. Mein Misstrauen hatte alles zerstört. Tränen stiegen mir in die Augen und ich begann, haltlos zu schluchzen. Bisher hatten meine Wut, mein Zorn und meine Enttäuschung Mike gegolten, dabei war ich diejenige, die alles verdorben hatte.

»Was ist denn jetzt wieder los?«, fragte mich Kate. »Es ist doch alles super!«

Hektisch schüttelte ich den Kopf. Nichts war gut. Durch mein Misstrauen und meine Ignoranz hatte ich Mike verloren. Niemand konnte das vergeben. Wie sollte er das jemals vergessen?

Es war definitiv vorbei.

KAPITEL 30

Mike

Genervt fuhr ich mir mit beiden Händen durch die Haare. Ich hatte die fünf besten Anwälte von Miami vor mir sitzen und die zögerlichen Infos, die es zu Bruce Meyers Machenschaften gab, waren mir zu dürftig. Erst musste ich an dieser Stelle alles geregelt haben, vorher wollte ich nicht bei Annie auftauchen. Das würde nichts bringen.

»Wenn ihr nicht mehr herausfindet, werde ich eine andere Kanzlei beauftragen, verstanden? Es kann nicht sein, dass ich euch ein Vermögen bezahle und ihr nicht in der Lage seid, ein paar Privatdetektive anzuheuern, die Beweise auf den Tisch legen. Mir geht das viel zu langsam. Ich möchte diesen Drecksack endlich hinter Gittern wissen.«

»Mike, wir tun, was wir können«, versuchte Michael, mich zu beruhigen. »Wir haben die besten Leute am Start.

Es geht zäh voran, aber es geht voran. Wir erledigen den Mistkerl, versprochen.«

»Das will ich hoffen«, knurrte ich und wandte mich an John. »Ich nehme an, du stehst den beiden letzten Einwohnern weiterhin unterstützend zur Verfügung? Wenn ich nur eine Klage höre, kannst du eine weitere Zusammenarbeit mit mir vergessen.« Ich war immer noch stinksauer auf John Harper. »Das hätte nicht passieren dürfen.«

»Ich weiß«, gab er zerknirscht zurück. »Diese Ratte hat mich einfach durch den Zwischenhändler gelinkt. Gordon Highsmith ist selbst entsetzt und tut alles, um Bruce Meyers dranzukriegen. Er will mit diesen Mafiamethoden nicht in Verbindung gebracht werden.«

»Wird er ja nicht, das hat man ja mir angedichtet«, fauchte ich und stand auf. »Sobald es Neuigkeiten gibt, will ich alle Informationen. Der Kerl muss erledigt werden. Der soll nie wieder jemanden linken können.«

Mir wurde übel, wenn ich nur daran dachte, wie Bruce Meyer sich über mich totgelacht haben musste, als er über Gordon Highsmith und John Harper wieder an mich herangekommen war und das Geschäft sogar abwickeln konnte, ohne dass ich oder meine Anwälte dahintergekommen waren. Der Kerl arbeitete zwischenzeitlich mit einem Netzwerk an Mittelsmännern, um seine eigene Beteiligung zu verschleiern. Doch damit sollte nun Schluss sein.

Auf dem Weg nach Hause spürte ich die Anstrengung der letzten Tage. Noch am selben Abend war ich mit dem Privatjet zurück nach Miami geflogen. Die Gespräche mit den Filialleitern mussten warten. Das hier war deutlich dringender, das würde Chris verstehen. Ihn hatte ich immer noch nicht in der Klinik besucht, doch nach Lauras

Angaben ging es ihm gut und er kommandierte schon telefonisch seine Leute herum.

So langsam klärten sich die Umstände, obwohl es für Annie zunächst ein Schreck gewesen sein musste, sie hätte mir nicht die Möglichkeit einer Erklärung nehmen dürfen. Wie hatte sie mir nur so etwas zutrauen können? Die Enttäuschung saß tief. Wie einfach konnte sie mich aus ihrem Leben streichen, selbst meine Nummer hatte sie blockiert. Eindeutiger ging es nicht, obwohl ihre beste Freundin Kate anders darüber dachte.

Kate und Steven waren bei meinem persönlichen Gespräch mit den Großeltern anwesend gewesen. Ich hatte Kate bisher nur aus Annies Erzählungen gekannt und lernte sie nun als eine engagierte junge Frau kennen, die sich um ihre Großmutter sorgte und kümmerte. Glücklicherweise hatten wir bald eine für alle zufriedenstellende Lösung gefunden. Nachdem wir das Abkommen per Handschlag besiegelt hatten, überließ ich den Rest den Anwälten. Kate und Steven übergab ich meine persönliche Visitenkarte, damit sie sich im Falle von Rückfragen direkt an mich wenden konnten. Ich wollte den alten Herrschaften keine weiteren schlaflosen Nächte verschaffen, im Gegenteil. Ich hatte sie hoffentlich großzügig genug für den Ärger entschädigt.

Alles hätte sich wunderbar regeln können, wenn Annie sich nicht so konsequent von mir abwenden würde. Was wollte ich mit einer Frau an meiner Seite, die sich davonmachte, sobald es irgendwelche Schwierigkeiten gab? Nichts. Denn sie wäre vermutlich ebenso weg, sollte ich mein Geld verlieren. Sie war kein Stück besser als all die anderen, die sich damals von mir abgewandt hatten, als die ersten negativen Schlagzeilen auftauchten.

Kein Grund, ihr nachzutrauern.

Und trotzdem fehlte sie mir unglaublich. Ihr Lachen, ihre fröhliche und positive Art. Wie hatte ich mich nur so in ihr täuschen können?

Die Presse hatte längst darüber berichtet, obwohl nicht alle Details bekannt geworden waren. Dennoch war klar, auf wessen Konto die erzwungenen Auszüge der ehemaligen Hausbewohner gingen. Wenn es ihr darum gegangen wäre, hätte sie sich bei mir melden können. Sie hätte sich sogar melden *müssen*, wenn ich ihr etwas bedeutet hätte. Es war also nur ein kleines Abenteuer für sie gewesen. Und ungerechterweise grollte ich Laura sogar dafür, uns in ihrer Wohnung wieder zusammengeführt zu haben. Hätte ich sie nicht wiedergesehen, wäre ihr kommentarloser Rückzug leichter zu ertragen gewesen. Aber mit jedem Tag, mit jeder Minute, die ich mit Annie verbrachte, hatte sie sich unbemerkt immer tiefer in mein Herz geschlichen. Sie war die Frau, mit der ich mir eine Zukunft hatte vorstellen können.

Was für ein Irrtum!

Laura hatte wie Kate behauptet, Annie würde sich nur schützen wollen, weil es ihr schwerfalle, zu vertrauen. Es war mühselig über die Gründe nachzugrübeln, besser, ich würde mir Annie aus dem Körper und der Seele treiben. Das klappte am besten mit Sport.

Ich zog mich um, fuhr mit dem Fahrstuhl nach unten und schickte mich an, durch die kleine Seitenpforte an den Strand hinauszutreten.

»Mike?«, hörte ich die Stimme, die ich unter Tausenden wiedererkannt hätte.

Annie.

Eine Flut widersprüchlicher Gefühle überrollte mich. Langsam drehte ich mich um. Annie stand in einem gestreiften Sommerkleid vor mir. Ihre Haare trug sie offen.

Sie hätte atemberaubend ausgesehen, wäre nicht der traurige Ausdruck in ihrem Gesicht gewesen. Dennoch spürte ich, wie sich in meinem Inneren eine Schutzmauer hochzog. »Guten Abend, Annie.« So kühl hatte ich gar nicht klingen wollen. Am liebsten hätte ich sie in meine Arme gezogen und jeden Zweifel, den sie hegte, weggeküsst.

Sie sah zu Boden und ließ ihre Schultern hängen.

KAPITEL 31

Annie

Unschlüssig hatte ich vor dem Eingang gestanden und überlegt, ob ich hochfahren und hoffen sollte, dass er zu Hause wäre? Oder ob ich besser die Türglocke betätigen und riskieren sollte, dass er mir nicht öffnete. Ich hatte ihn verletzt, das war mir bei dem Gespräch mit Kate deutlich klar geworden. Ich war so dumm gewesen. So stur und so stolz. Warum hatte ich mir nicht wenigstens angehört, was er dazu zu sagen hatte?

Selbst Laura war ich immer aus dem Weg gegangen. Die Visite hatte ich an einen Kollegen abgetreten, denn für die Station war ich sowieso nicht zuständig, obwohl Chris kurzzeitig mein Patient gewesen war, als er in der Notaufnahme eingeliefert wurde. Die Operation war gut verlaufen. Aber ich hatte niemanden sehen wollen, der mich an Mike nur im Entferntesten erinnerte. Ich hatte meinen

Frieden wiederfinden wollen und war der Meinung gewesen, dies nur zu erreichen, indem ich mich völlig von allen zurückzog, die mit Mike etwas zu tun hatten.

Ich hatte mich geirrt. So einfach konnte man das Herz nicht überlisten. Und Kate hatte recht, ich musste mit ihm sprechen. Selbst, wenn es anschließend vorbei wäre, weil er mir nicht verzeihen konnte.

Als sich der Fahrstuhl öffnete und Mike heraus trat, verschlug es mir im ersten Moment die Sprache. Damit hatte ich nicht gerechnet. Er bog links ab und schien den Weg an den Strand nehmen zu wollen. Vor vielen Leuten wollte ich nicht mit ihm sprechen. Es blieb mir nichts anderes übrig, als hier zu warten, bis er zurückkäme oder ihn anzusprechen.

»Mike?« Meine Stimme hörte sich brüchig an.

»Guten Abend, Annie.«

Es tat so weh, die Kälte in Mikes Stimme zu hören, obwohl ich so gern zu ihm gerannt und in seine Arme gesunken wäre. Ich wollte, dass er mich festhielt, mir meine Unsicherheit nahm und meine Dummheit verzieh, dass er mir versicherte, alles würde gut werden. Doch so, wie er vor mir stand, verunsicherte mich seine Präsenz so sehr, dass ich wie ein kleines Mädchen zu Boden starrte und am liebsten in einem Erdloch verschwunden wäre. Es war ein Fehler gewesen, hierher zu kommen. Er würde mir nicht verzeihen. Oder vielleicht würde er das, aber es bedeutete nicht, dass wir noch eine Zukunft hätten. Entschuldigen wollte ich mich dennoch. Deswegen war ich schließlich hergekommen.

Falsch, rief mein Herz. Du bist hier, weil du ihn liebst. Sag ihm das!

»Es tut mir leid«, flüsterte ich leise. »Ich hätte dir vertrauen müssen.« Ich scharrte mit meiner flachen

Sandale über eine Fliesenkante. »Es tut mir unendlich leid. Kannst du mir verzeihen?«

Nun hatte ich mich wenigstens entschuldigt. Kate hatte mir zugeredet, zu ihm zu gehen. Immerhin hatte ich es verbockt. Im Grunde hatte sie recht, doch wenn es Mike etwas bedeutet hätte, wäre er zu mir gekommen. Oder nicht?

»Annie?«

Langsam sah ich auf, Mike kam direkt auf mich zu. Sein Blick war nicht mehr kalt, im Gegenteil, ich las darin so viel Gefühl, dass mir die Knie weich wurden. Regungslos blieb ich stehen, nicht in der Lage, mich zu bewegen. Bis er die Arme ausbreitete und lächelte. Ich rannte die letzten Meter zu ihm, warf mich in seine Arme und begann hemmungslos zu schluchzen. »Ich war so dumm!«

»Ja, das warst du«, flüsterte er in mein Haar. »Das waren wir beide.«

Gierig sog ich seinen Geruch ein, schmiegte mich an seine Brust und schlang meine Arme um ihn. Er strich mir zärtlich über den Hinterkopf, den Rücken hinunter und wieder hinauf, hielt mich fest an sich gedrückt und ich hörte ein knurrendes Geräusch. »Was ist?«, fragte ich und sah zu ihm auf.

Meine Lippen waren nur wenige Zentimeter von seinen entfernt, er zog mich zu sich hoch und verschloss meinen Mund mit einem harten Kuss, der all die Verzweiflung ausdrückte, die wir in den letzten Tagen in uns getragen hatten. Der Kuss wurde sanfter und ich erwiderte ihn mit all meiner Sehnsucht und Liebe. Wie lange wir küssend im hinteren Teil der Lobby standen, wusste ich nicht, und es war mir auch gleichgültig. Aus dem zärtlichen Kuss entwickelte sich ein leidenschaftlicher.

»Hey, wir sind ein anständiges Haus«, meckerte eine ältere Dame.

Unwillig lösten wir uns voneinander. »Wir sind auch ein anständiges Paar«, sagte Mike, lachte und zog mich wieder an sich.

Mike strich mir eine Haarsträhne zurück und lächelte mich an. »Und? Vertraust du mir jetzt?«

In seinem Blick lag eine leichte Unsicherheit. Eine, die ich ihm gern nehmen wollte, denn mein Herz hatte ihm nie misstraut, das war nur mein Verstand gewesen. »Ich werde dir nie wieder misstrauen«, versprach ich.

»Und ich werde dir keinen Grund geben, es zu tun.« Mike lächelte mich an. »Ich will nicht riskieren, dich zu verlieren.«

»Das wirst du nicht«, gab ich ihm ein weiteres Versprechen und es fühlte sich so richtig und perfekt an.

»Annie, ich liebe dich.« Mike sah mir dabei direkt in die Augen und ich glaubte zu schweben. »Schon vom ersten Moment an hattest du mein Herz gestohlen.«

»Und du meines«, gab ich zu und dachte daran, wie froh ich gewesen war, bereits zu sitzen, als ich Mike zum ersten Mal gesehen hatte. Es stimmte, es war Liebe auf den ersten Blick gewesen, nicht nur körperliche Anziehung. Ich hatte es nur nicht gleich begriffen. Ich schmiegte mich in seine Arme. »Mike?«

»Hmm?«

Er hielt mich immer noch fest umschlungen.

»Ich liebe dich auch.«

Und in diesem Moment wusste ich, dass ich nie wieder an ihm zweifeln würde.

EPILOG

Zwei Jahre später

»Annie, kommst du endlich?« Kate klimperte ungeduldig mit ihren Autoschlüsseln. Wenn ich weiterhin so trödelte, würden wir zu spät kommen, aber ich musste dringend auf die Toilette.

»Zwei Minuten«, bat ich.

Kate lachte. »Seit wann brauchst du nur zwei Minuten auf dem Klo?«

Dann würden wir eben ein paar Minuten zu spät kommen. Das würde niemandem auffallen. Außerdem gingen solche Veranstaltungen doch nie pünktlich los. Das lag in der Natur der Dinge. Es gab selten genug Parkplätze, und so kamen die Gäste meist zu spät. Und kamen die Gäste zu spät, ging es eben später los.

Ich ging aus meinem Badezimmer und hielt kurz vor dem Spiegel. Jedes Mal erschrak ich, weil ich mich kaum wiedererkannte. Schwerfällig ging ich die Treppenstufen nach unten. »Ich komme mir vor wie ein Wal.«

»So siehst du auch aus«, neckte mich Kate. »Und jetzt komm endlich.«

»Bin ja schon da.« Kate ging voraus, öffnete die Beifahrertür, als ich noch die Haustür abschloss. So schnell ich konnte, eilte ich zu ihr, ließ mich auf den Sitz plumpsen und schloss die Tür. »Es kann losgehen.« Den Sicherheitsgurt hatte ich kaum angelegt, da fuhr Kate schon los.

Wir näherten uns rasch der South East 14th Street in Brickell. Nichts mehr erinnerte dort an das alte mediterrane Häuschen aus der Gründerzeit. Leider. Aber dafür war etwas Neues dort entstanden. Auch wenn sich in den oberen Etagen teure Wohnungen befanden, war das Konzept im Erdgeschoss völlig neu. Mike hatte großartige Arbeit geleistet und wir hatten uns gegenseitig Ideen geliefert, die er umgesetzt hatte. Für mich sollte es eine Überraschung werden. Er hatte mir verboten, in den letzten Monaten auf der Baustelle vorbeizukommen. Auf der einen Seite kam mir das sehr entgegen, da ich oft müde war, obwohl ich zwischenzeitlich nicht mehr in der Notaufnahme arbeitete; auf der anderen Seite starb ich beinahe vor Neugier, welche der Ideen umgesetzt worden waren. Denn die Ideen waren teilweise sehr außergewöhnlich gewesen.

Kate kannte die neuen Räumlichkeiten und brannte darauf, endlich über alles sprechen zu dürfen. Ihr war es schon immer schwergefallen, Geheimnisse für sich zu behalten. Mike hingegen hatte kein Problem damit.

Wir fuhren durch die Schranke in die Tiefgarage.

Kaum hatte Kate geparkt, öffnete sich wie von Zauberhand die Beifahrertür. »Na endlich, ich dachte schon, ich schlage hier Wurzeln.«

Mike reichte mir die Hand und half mir aus dem

Wagen. Ich sah mich um. »Ein bisschen Grün könnte hier wirklich nicht schaden«, zog ich ihn auf.

Wir küssten uns und ich schmiegte mich an ihn. »Tut mir leid, ich bin einfach nicht mehr so schnell.«

»Kein Wunder«, sagte er und strich mir über meinen gewaltigen Bauch. »Die Zwillinge bremsen dich ganz schön aus.«

Wie zur Bestätigung trat einer der beiden Jungs kräftig gegen meinen Bauch. Mikes Hand lag genau an der Stelle. Glücklich strahlte er mich an. »Der spielt ja jetzt schon Football!«

Für einen Moment stand die Welt still.

Die letzten beiden Jahre hatte ich wie in einem Traum gelebt. Niemals hätte ich geglaubt, solch pures Glück erfahren zu dürfen. Seitdem ich wusste, dass Mike aus armen Verhältnissen stammte und sich alles allein erarbeitet hatte, bewunderte ich ihn noch mehr. Leider hatte seine Mutter, die ihn so liebevoll aufgezogen hatte, das nicht mehr miterleben können. Sie wäre bestimmt stolz auf ihren Sohn gewesen. Unsere Hochzeit hatten wir im kleinen Kreis gefeiert, ich wollte keine große Feier und Mike hatte mir diesen Wunsch erfüllt. Überhaupt erfüllte er mehr Wünsche, als ich jemals äußern konnte. Die Zwillinge würden unser Glück perfekt machen. An manchen Tagen fürchtete ich, es könnte vergänglich sein, doch dann zeigte mir Mike, dass egal, was auch geschehen mochte, wir alles überstehen würden. Gemeinsam.

»Können wir los, ihr Turteltäubchen?«, drängelte Kate. »Ich weiß schon, ihr liebt euch wie verrückt, aber ihr seid hier nicht allein!«

»Steven wartet oben auf dich«, sagte Mike, legte den Arm um mich und ging mit mir zu den Fahrstühlen. »Wir haben noch gut Zeit. Ich habe euch eine halbe Stunde zu früh hergebeten.«

Kate lachte. »Ja, der kluge Mann baut vor, vor allem, wenn er eine Frau hat, die seit Monaten zu spät kommt.«

»Hey, schieb du mal so einen Bauch vor dir her, dann weißt du, wie langsam dich das macht. Mit schnell ist da gar nichts mehr drin!« Egal, wie beschwerlich manche Dinge waren, ich genoss die Schwangerschaft in vollen Zügen. Ich befand mich längst im Mutterschutz, denn in meinem Zustand konnte ich in der Klinik nicht mehr arbeiten. Zu groß war die Gefahr, sich mit etwas anzustecken, was den Zwergen schaden könnte.

Mike war zu mir ins Häuschen gezogen. Natürlich hatte er es sich nicht nehmen lassen, alles auf den neusten Standard herzurichten, aber ich ließ ihn gerne gewähren. Der Charme blieb erhalten und es war herrlich, weil alles funktionierte und ich mich nicht mehr um das Dach sorgen musste.

»Bist du bereit?«

»Ja, klar.« Und das war ich, obwohl ich bedauerte, nicht die im Erdgeschoss eingerichtete Praxis übernehmen zu können. Ich wollte die Zwillinge nicht in einem weit entfernten Kinderhort unterbringen, solange sie noch klein waren. Da verzichtete ich lieber auf meine Karriere.

Mike ging voraus. »Hier haben wir einen Gemeinschaftsraum, wo sich jung und alt treffen können. Egal, welche Veranstaltungen, der Raum ist für alles ausgestattet. Kinoleinwand, Geburtstagsfeiern, für was auch immer.« Im linken Flügel des Gebäudes lagen die Gemeinschaftseinrichtungen. Es gab eine Küche, eine Sporthalle, mehrere Mehrzweckräume und im hinteren Bereich der Zugang zum Garten. Der war zwar von einem künstlichen Himmel überspannt, war jedoch so gut gemacht, dass er beinahe echt wirkte. Der einzige Unterschied war, es würde hier nie regnen und immer die Sonne scheinen.

»Ich hatte einen Garten versprochen, was aber nicht bedeutet, es würde darüber keine Wohnungen geben«, erklärte Mike. »Aber ich konnte den Garten erhalten, wenn er auch eine spezielle Pflege brauchen wird.«

»Es sieht fantastisch aus«, schwärmte ich. Ich hatte zwar mit einem kleinen Gartenstreifen gerechnet, aber nicht mit dieser parkähnlichen Anlage. Umringt von Bäumen befand sich sogar ein kleiner Teich.

»Jetzt bin ich gespannt, was du zur Praxis sagst.« Mit einem Funkeln in den Augen zog mich Mike weiter.

So sehr ich den Gedanken an eine Praxis direkt im Gebäude liebte, so schwer wurde mir das Herz, weil es niemals meine Praxis sein würde. Aber ich wollte Mike nicht die Freude verderben. Die Idee war großartig, und irgendwann konnte ich ja wieder arbeiten. Das war alles nur eine Frage der Zeit.

Stolz führte mich Mike durch die modern und hell eingerichtete Praxis. Es sah alles so aus, wie ich es Mike beschrieben hatte. Sogar die Grünpflanzen standen im Wartezimmer, um dem Raum etwas lebendiges zu geben. »Es ist wunderschön«, schwärmte ich.

Kate nickte begeistert und grinste mich an.

»Und gleich nebenan kommen wir zu etwas, das sich Kate hat einfallen lassen«, erklärte Mike.

Steven zog Kate zu sich und küsste sie. »Darauf sind wir alle besonders stolz. Kates Idee wird dich begeistern!«

Irgendwie fühlte ich mich ausgeschlossen. »Ihr müsst mich nicht schonen, nur weil ich schwanger bin. Wie gesagt, schwanger, nicht unfähig zu denken.«

»Oh, jetzt wird sie zickig«, frotzelte Kate. »Die Hormone sprechen aus ihr.«

Ich warf ihr einen tödlichen Blick zu.

Doch Kate lachte nur, lehnte sich an Steven, der zu uns gestoßen war, und sah auffordernd zu Mike.

Schon an der Eingangstür sah ich, dass sich dahinter ein Kindergarten befand. Die Eingangstür sah durch die Bemalung aus wie eine Box mit Buntstiften. Mike öffnete die Tür und ließ mich eintreten.

Ich ging durch die hellen und bunt gestrichenen Räume. Es gab Spielzimmer, eines mit mehreren Bettchen zum Schlafen, ein Essbereich, der aussah, als würden jeden Moment die sieben Zwerge hereinmarschieren, eine Küche und mehrere Zimmer, um den Kindern in märchenhaften Klassenzimmern etwas beizubringen. »Wow, das ist ein wahr gewordener Traum!« Ich drehte mich um und sah von Kate zu Mike. »Hättet ihr so was nicht in meiner Wohngegend einrichten können?«

Steven sah von Mike zu Kate. »Das müssen echt die Hormone sein«, sagte er dann. »Sonst ist sie nicht so schwer von Begriff.«

Mike kam zu mir, drehte mich um, damit ich durch die gläsernen Wände in die meisten Räume sehen konnte. Dann legte er den Arm um mich. »Honey, das soll der Kinderhort für unsere Jungs sein, sobald du die Praxis übernehmen willst. Aber wenn du lieber die nächsten Jahre zu Hause bleiben willst …«

Jetzt erst begriff ich. Mike wusste, wie wichtig mir meine Arbeit war und wie sehr ich sie vermissen würde. Dieser Traummann hatte zusammen mit Kate die bestmögliche Arbeitsumgebung für mich geschaffen. Einen Kinderhort neben der Praxis. Ich könnte dort halbtags Patienten behandeln und meine Kinder wären immer in unmittelbarer Nähe.

Vor Rührung traten mir die Tränen in die Augen. Ich

drehte mich zu Mike. In seinem Blick lag all die Liebe, die ich auch für diesen großartigen Mann empfand. »Du machst mich zur glücklichsten Frau der Welt.« Ich schmiegte mich an Mike und küsste ihn.

Wir lösten uns voneinander und sahen uns tief in die Augen. Mike lächelte mich an. »Ich liebe dich.«

Und diese Liebe würde halten.

Für immer.

DANKE

Liebe Leserin,

hat dir das Buch gefallen? Dann würde ich mich über eine Bewertung sehr freuen.
Zur Bewertungsseite geht es über Amazon.

Vielen Dank für das Lesen meines Romanes. Ich hoffe sehr, dass dir die Story gefallen hat, und würde mich über deine Meinung zum Buch auf der Amazonbuchseite sehr freuen.

Als kleine Überraschung habe ich auf den nächsten Seiten noch eine kostenlose Leseprobe. Ich wünsche dir viel Spaß damit!

Alisha Bloom

LESEPROBE

ITALIAN BAD BOY - HEISSE KÜSSE

Der Inhalt des Glases ergoss sich mit einem Schwall auf die Anzughose des Bürgermeisters, der mit seiner Frau an einem Tisch meines Restaurants saß. Rotwein!

»Verdammt, was tust du da?!«, herrschte ich meine Angestellte Tessa an, die sich das nächstbeste Glas vom Tablett gegriffen und einem Gast den Inhalt über die naturfarbene Hose gekippt hatte. Mit voller Absicht! Ich war fassungslos.

»Ich?«, quietschte Tessa in hysterischem Tonfall, sodass ich versucht war, mir die Ohren zuzuhalten. »Dieses Schwein hat mich betatscht!«

»Scht! Kein Grund, so laut zu schreien, dass jeder dich hört!« Aus dem Augenwinkel bekam ich mit, wie mein Geschäftsführer sofort zu dem Gast eilte, der sichtlich zornig den dunkelroten Fleck auf seiner Hose mit einer Serviette bearbeitete. Wenn wir Glück hatten, quatschte Murdock den Typ in Grund und Boden und wir umgingen eine Klage.

»DAS kann ruhig jeder ...«

Energisch zog ich Tessa am Arm zu mir und unterbrach so ihren begonnen Satz. »Du willst mir allen Ernstes erzählen, dass der Bürgermeister von San Francisco dich begrapscht, während seine Frau mit am Tisch sitzt?«

In Tessas Augen funkelte der blanke Hass. »Ja, das will ich. Und er kann von Glück sagen, dass ich heute meinen guten Tag habe, sonst hätte ich heißen Kaffee anstatt Wein genommen und er könnte sich jetzt über ein Paar gekochte Eier freuen.«

Puh, wie kamen wir aus der Sache wieder heraus? In meinen Restaurants wurde sexuelle Belästigung nicht geduldet. Weder unter Mitarbeitern noch von Gästen.

Niemals. Das war eins der unumstößlichen Gesetze. »Um das hier kümmere ich mich. Du arbeitest ab sofort in der Küche. «

»Nicht dein Ernst!«

»Doch. Zisch ab.«

»Nur weil ich mich von dir anfassen lasse, heißt das noch lange nicht, dass dieser wabbelige Alte das auch darf«, sagte sie laut genug, dass Adam, unser Barkeeper, es hören konnte. Adams Augenbrauen schossen in die Höhe, bis sie beinahe den Haaransatz berührten.

Das hatte mir gerade noch gefehlt, dass Adam was von meinem Ausrutscher mit Tessa erfuhr. Das würde nur für unnötiges Gerede zwischen den Angestellten sorgen. »Lass diese Anspielung. Sie hat hier nichts zu suchen!«

Sie lachte provozierend und schwang ihr Becken zur Küchentür. Das konnte sie verdammt gut. Ihr Anblick ließ mich mal wieder an meinen Grundsätzen zweifeln. Kurz überlegte ich, ob ich die Geschichte von letzter Woche heute noch einmal aufwärmen sollte, doch dann verwarf ich den Gedanken. Tessa war scharf, schärfer und sah hammergeil aus, auch wenn sie nicht unbedingt mein Typ war. Aber meine Prinzipien würde ich kein weiteres Mal über den Haufen werfen. Angestellte waren und sollten für mich tabu sein. Auch wenn das bei Tessa extrem bedauerlich wäre, zumindest war mein Schwanz eindeutig dieser Meinung. Tessa war eine absolute Granate im Bett, ungebunden und immer für einen guten Fick zu haben.

Ich sah Adam scharf in die Augen und er hob beschwichtigend die Hände. Er hatte verstanden und würde seinen Mund halten. Hoffentlich. Während ich mich umdrehte und mein Jackett zuknöpfte, zermarterte ich mir das Hirn. Ich fuhr mit der Hand durch mein schwarzes, kurz geschnittenes Haar und visierte das

Arschloch an, das es gewagt hatte, meine Kellnerin zu bedrängen. Bürgermeister hin oder her, der Kerl verdiente eine ordentliche Ansprache von Mann zu Mann. Meine Angestellten wurden von niemandem begrapscht, auch hochrangige Politiker bildeten da keine Ausnahme. Um diese Sache würde ich mich persönlich kümmern.

»Murdock?«

»Ja, Boss?«

»Ich übernehme.« Er nickte verstehend, atmete erleichtert aus und ging.

Ich trat an den Tisch des Grapschers. »Guten Abend, Bürgermeister Miller, guten Abend, Mrs Miller.« Ich nickte beiden nüchtern zu und erkannte im Gesicht der Frau, wie unangenehm ihr die Situation war. Wahrscheinlich wusste sie ganz genau, was ihr Mann so trieb. Vermutlich war es heute nicht das erste Mal gewesen, dass er eine Kellnerin belästigte.

Der Kerl blickte auf und sah mich mit einem blasierten Gesichtsausdruck an. »Rick, ich erwarte umgehend eine Entschuldigung Ihrer Angestellten.«

Am liebsten hätte ich ihm seine beschissene Mimik aus dem Gesicht gefegt, beherrschte mich jedoch. Ein Glück für seine Visage.

»Sie ist bereits nach Hause gegangen.« Ich log ohne mit der Wimper zu zucken und beobachtete mit Genugtuung wie sich Millers Gesicht verfinsterte. Mit ziemlicher Sicherheit wäre ihm einer abgegangen, wenn Tessa sich bei ihm hätte entschuldigen müssen. Arschloch! »Ich würde die Angelegenheit gerne unter vier Augen besprechen. Darf ich Sie in mein Büro bitten?«

Der Bürgermeister erhob sich. Mit zusammengekniffenen Augen blickte er mich skeptisch an und klopfte mir dann gönnerhaft auf die Schulter. »In Ordnung, aber nur weil Sie es sind, Rick.«

Auf solche Floskeln und Gesten gab ich schon lange nichts mehr. Er versuchte lediglich, eine Basis der Vertrautheit zu schaffen, doch davon ließ ich mich nicht einwickeln. Ich entschuldigte mich bei der attraktiven Mrs Miller und sagte ihr, es würde nur einen Moment dauern. Sie musste circa zwanzig Jahre jünger sein als ihr Mann. Eine sehr bezaubernde Frau, völlig unpassend war nur der Mann an ihrer Seite. Miller wirkte mit seinem Wohlstandsbauch, seiner beginnenden Glatze und dem Schweiß, der sich auf der hohen Stirn bildete, wie ein alter Widerling.

Ich gab Murdock ein Zeichen, dass er Mrs Miller ein Glas Champagner bringen sollte. Adam hatte in weiser Voraussicht bereits alles vorbereitet. Ich nickte zufrieden. Meine Leute waren ein eingespieltes Team, auch wenn ich für gewöhnlich eher selten hier war.

In meinem Büro angekommen, ergriff Miller das Wort. »Gemütlich haben Sie es hier!« Er blickte sich interessiert um.

Ein Sofa dominierte das Zimmer, in der Ecke stand mein Schreibtisch, doch gemütlich hätte ich den zweckmäßigen Raum nicht unbedingt genannt.

»Lassen wir diese unnötigen Höflichkeiten, Miller!«, wies ich ihn gefährlich leise zurecht.

»Immer langsam!« Abwehrend hob er die Hände.

»Langsam? So langsam, wie Sie meine Angestellte befingert haben?«

»Ich habe rein zufällig ihre Oberschenkel berührt. Das kann vorkommen«, versuchte er, sich herauszureden.

Meine Hand schnellte nach vorne und ich wollte ihm am liebsten seinen feisten Hals zudrücken. Stattdessen streckte ich ihm den Zeigefinger unter die Nase.

Miller zuckte zurück und sah mich ängstlich an. So ein widerwärtiger Typ! Fett war er, und Eier hatte er auch keine in der Hose. Nun, aufgrund meiner Vorgeschichte wusste er sehr wohl, dass ich ihm körperlich weit überlegen war und auch bereit sein würde, mir notfalls den nötigen Respekt auf unsaubere Weise zu verschaffen.

»Hören Sie gut zu, Miller, denn ich wiederhole mich nur ungern: Finger weg von meinen Angestellten. Haben wir uns verstanden?«

Er schluckte krampfhaft und nickte eifrig. Das jedoch schürte meine Verachtung nur noch mehr. Der Mann war ein Nichts, und ich hätte ihn am liebsten zerquetscht, doch ich wusste, dass ich mich gefährlich weit aus dem Fenster lehnte.

»Und falls Sie auf die Idee kommen, etwas gegen mich oder meine Angestellten zu unternehmen, dann lassen Sie sich eins gesagt sein: Der gesamte Laden ist videoüberwacht. Da gibt es bestimmt auch ein paar schöne Bilder von Ihnen und der Kellnerin, der Sie sich unsittlich genähert haben. Die Presse fährt auf so einen Scheiß total ab.« Ruckartig zog ich meine Hand zurück und lehnte mich lässig an den Schreibtisch.

Miller japste und zerrte an seiner Krawatte. »Sie ... Sie ... Sie Mafioso!«

»Danke für das Kompliment.« Diese Bezeichnung hatte ich schon im Kindergartenalter an den Kopf geworfen bekommen. Das sollte mich verletzten? In meine Schranken verweisen? Nein, da hätte er sich etwas Originelleres einfallen lassen müssen. Nur weil ich italienische Wurzeln hatte, war ich kein Mafioso. »Ich wünsche Ihnen einen schönen Abend, Mr Miller. Ihre Frau ist im Übrigen bezaubernd. Jung, heiß und eine Spur frustriert? Sexuell frustriert vielleicht?« Millers Gesicht wurde hochrot und ich befürchtete schon, dass er einen Herzinfarkt bekäme.

»Kommen Sie ja nicht auf die Idee, Ihren enormen Frauenkonsum in meinem Revier zu befriedigen«, fauchte er mich an und richtete dabei seine Krawatte.

Ich lachte trocken auf. »Das gilt für beide Seiten, Mr Miller. Leben Sie wohl!« Ich hoffte, dass meine versteckte Warnung Wirkung zeigen würde. Ein Hausverbot direkt auszusprechen, war nicht unbedingt mein Stil. Lieber löste ich das auf elegante Weise. Kleine subtile Drohungen hatten einen nachhaltigeren Effekt.

Als ich durch eine Berührung wach wurde, lag ich auf der Couch in meinem Büro. Mist, ich musste eingeschlafen sein. Aus halb geöffneten Augen registrierte ich, was mich geweckt hatte, oder besser gesagt, *wer*.

Tessa machte sich gerade an meiner Hose zu schaffen und strich hingebungsvoll über die Beule, die sich deutlich darunter abzeichnete.

»Fuck!« Ob dieser Laut über meine Lippen glitt, weil ich auf meine Angestellte scharf oder einfach nur genervt war, dass sie mal wieder die Grenze, die ich gezogen hatte, überschritt, konnte ich zu diesem Zeitpunkt noch nicht sagen. In meinem Hirn lichtete sich erst langsam der Nebel.

»Tess, lass das!«, zischte ich ungehalten und wollte sie eigentlich direkt von mir schieben, doch etwas hielt mich davon ab. Pure Lust. Verdammt, ich war auch nur ein Mann.

Sie leckte sich provozierend langsam über die Lippen und schaute mich aus ihren blauen Augen an. »Der da«, dabei deutete sie mit dem Kinn auf meinen Ständer, der sich immer deutlicher bemerkbar machte, »denkt da ganz anders drüber.«

Wieder bedachten mich ihre geschickten Finger mit ihrer Aufmerksamkeit. Ich ließ den Kopf zurück auf das Kissen sinken und gab mich dem Trieb hin, der Besitz von mir ergriff.

Das Geräusch des Reißverschlusses meiner Hose riss mich aus der Lust und ich richtete mich auf, entschlossen, die Sache zu beenden, ehe sie richtig beginnen konnte. Doch Tessa kannte meine Vorlieben und wusste sowieso ganz genau, auf was Männer abfuhren.

Mit einem verruchten Ausdruck im Gesicht senkte sie ihren Mund und stülpte die vollen Lippen über meinen Schwanz. Wenn sie eins konnte, dann das. Mein Hirn schaltete auf Standby und mein Körper übernahm die Führung.

Ich war kein Heiliger, war es noch nie gewesen, und welcher Mann konnte schon vollen Lippen ein Nein erteilen, wenn die gerade dabei waren, seinen Schwanz zu umschließen?

Gekonnt züngelte die geile Kellnerin an meinem Schaft entlang, saugte und lutschte ihn, wie ich es gerade brauchte. Fuck! Sie stöhnte an meiner empfindlichen Haut, doch ich hatte nicht das Bedürfnis, ihre Lust ebenfalls zu befriedigen.

Meine Hand krallte sich in ihr blondes Haar. Immer wieder schob ich mein Becken vor und meinen Schwanz dadurch tiefer in ihren Mund …

Als ich fertig war und sie losließ, leckte sie mich sauber und fuhr sich anschließend über die Lippen. In ihren Augen blitzte es amüsiert.

Wenigstens machte sie mir keine Szene, weil sie nicht

auf ihre Kosten gekommen war, denn darauf hatte ich in diesem Moment gar keinen Bock. Ich schloss den Reißverschluss, stand auf und griff nach einer Flasche Wasser.

Jetzt, da die Lust abebbte, war ich genervt von mir selbst. Warum hatte ich erneut Sex mit der Frau gehabt? So nötig hatte ich es nicht, dass ich mich an meinen Angestellten vergreifen musste. Genaugenommen hatte sie sich zwar gerade an mir vergriffen, aber das änderte nichts an der Tatsache, dass sie mich weder auf der intellektuellen noch auf der optischen Ebene reizte. Klar, sie war sexy, aber das reichte nicht, um daraus etwas anderes zu machen, als das Verhältnis, das wir bisher hatten.

»Noch Wünsche offen?« Provozierend stellte sie sich neben mich.

»Nein, eigentlich nicht. Danke.« Ich zeigte mit dem Kopf zur Tür. Ein weiteres Mal würde sie meinem Schwanz nicht mehr näherkommen. Diesmal hatte sie mich überrascht und meine Schläfrigkeit ausgenutzt.

Tessa verengte ihre blauen Augen zu Schlitzen. »Gern geschehen, Boss!«

»Ich habe dich nicht darum gebeten, mir einen zu blasen«, erwiderte ich kalt.

Etwas steif und offensichtlich beleidigt verließ sie mein Büro. Ich griff alles andere als befriedigt nach meiner Jacke und zog sie an, dann machte ich mich auf den Weg zu meinem Wagen.

Der Blow Job hatte einen bitteren Nachgeschmack hinterlassen.

Es war eine milde Mainacht, doch die Temperaturen waren nachts noch nicht geeignet, um nur im Shirt rumzulaufen. Als ich die Fernbedienung des Autoschlüssels aktivierte, sah ich zum Himmel empor. Der Mond schien unerbittlich, als wollte er meine schlechte Laune verhöhnen.

Als ich in meinen SUV saß, atmete ich müde aus. San Francisco war eine Stadt mit vielen Ecken und Kanten. Eine Kellnerin, die ich gelegentlich fickte, war das geringste Problem, das ich hatte, wenn ich mich hier aufhielt. Es wurde Zeit, dass ich in die Anonymität von New York City zurückkehrte.

Erhältlich als Ebook und Taschenbuch auf Amazon!

MEHR BÜCHER VON ALISHA BLOOM

THE THUNDER - EINFUNKEN LIEBE

Cole Shanahan hat zwei Gesichter und führt zwei Leben: Tagsüber leitet er ein finanzstarkes Unternehmen, in der Nacht jedoch folgt er einem Ziel, einem Versprechen, das er sich selbst gegeben kann. Bevor er das nicht erreicht hat, will er keine Frau in sein Leben lassen und keine Gefühle zeigen.

Eve Jones wurde von ihrer großen Liebe verlassen und ihr Job in der Werbeagentur ist mehr als mies bezahlt. Ihre Freundin versucht, sie auf andere Gedanken zu bringen, und schleppt sie in einen der angesagtesten Nightclubs der Stadt.

Dort trifft Eve auf Cole und fühlt sich sofort zu dem attraktiven und mysteriösen Mann hingezogen.

Sie kommen sich näher, die Luft zwischen ihnen glüht. Doch etwas stimmt nicht. Cole hat Geheimnisse – und er geht auf Distanz. Für Eve bricht eine Welt zusammen.

Kurz darauf holen die Ereignisse sie ein – und Coles Versprechen bringt ihrer beider Leben in Gefahr.

Spannend, gnadenlos prickelnd und absolut heiß!

EIN HIGHLANDER ZUM VERLIEBEN

»Verdammt! Auf was habe ich mich da nur eingelassen?!«

Cam ist genau der Typ, um den Màiri am liebsten einen großen Bogen macht: Arrogant, kompromisslos und spöttisch. Doch sie ist ihm in der kleinen Hütte in den schottischen Highlands hoffnungslos ausgeliefert. Zumindest bis sich das Unwetter verzieht. Der festen Meinung, ohne ihn besser dran zu sein, lässt sie ihn deutlich spüren, was sie von ihm hält. Und doch ist es Màiri unmöglich, seinem raubeinigen Charisma zu widerstehen. Immer tiefer zieht er sie in seinen Bann.

Cameron Taylor ist steinreich und ein Womanizer. Er nimmt sich die Frauen, er fragt nicht. Eine Wette zwingt ihn jedoch dazu, sich mit der weltfremden Großstadtzicke Màiri Grant herumzuschlagen. Und es fällt ihm immer schwerer, sich ihrem Zauber zu entziehen.

Zwischen den beiden fliegen die Fetzen, und während draußen ein Unwetter tobt, wird es drinnen sehr, sehr heiß …

Doch als das Wetter umschlägt, verschwindet Màiri plötzlich. Wird er sie jemals wiedersehen?

Romantisch, gnadenlos prickelnd und absolut heiß!

Lasst euch von Alisha Blooms erstem Liebesroman in die schottischen Highlands entführen.

WARM UP FÜR DIE LIEBE

Logan Stark ist genau der Typ Promi, den Amber Quinn gerne in diversen Illustrierten anschmachtet: Muskulös, tätowiert und animalisch anziehend.

Sie hat sich aber niemals für die Fitness-Challenge beworben, deren Gewinnern sie nun ist. Vier Wochen soll sie an der Seite von Logan trainieren. Das ist eine echte Herausforderung für einen Sportmuffel wie Amber, die schon beim ersten Treffen feststellt, dass Logan nicht so freundlich ist, wie sie erhofft hat.

Logan Stark hat, als ehemaliger Rugby-Spieler, nur vermeintlich alles, was man sich wünscht: Geld, Frauen, einen tollen Körper. Sein Vermögen wurde durch Fehlinvestitionen empfindlich geschrumpft und in der Familie gibt es einen finanziellen Notfall. In Frauen sieht er als glücklicher Single nur Mittel zum Zweck.

Nun soll er Couchpotato Amber trainieren, die nicht einmal über einen anständigen Sport-BH verfügt, dafür aber über eine beachtliche Oberweite.

Nach den ersten Reibereien knistert es ganz gewaltig im Trainingsraum und die beiden kommen nicht nur beim gemeinsamen Training ins Schwitzen.

Gnadenlos prickelnd und absolut heiß!

ITALIAN BAD BOY - HEISSE KÜSSE

Wenn aus Lügen Liebe wächst ...

Hochzeit? Nein, danke!

Rick Colella, heißblütiger Italiener und Inhaber einer erfolgreichen Restaurantkette, ist Single aus Überzeugung. Für seine italienische Mamma hat Rick jedoch die perfekte Verlobte erfunden.

Als seine Notlüge aufzufliegen droht, wendet er sich kurzerhand an eine Hostessen-Agentur.

Ein Job? Ja, bitte!

Die begnadete Bäckerin Elena Martinelli steht vor den Trümmern ihres Lebens. Jetzt braucht sie dringend einen neuen Job.

Aufgrund eines Missverständnisses landet sie bei Rick Colella im Vorstellungsgespräch für den Posten seiner vermeintlichen Verlobten. Wider Erwarten bekommt sie den Job, auch wenn sie eines definitiv nicht ist: eine Hostess. Aber das kann Elena ihm nicht verraten, denn sie braucht dringend Geld. Die Stelle verspricht nicht nur das Ende ihrer finanziellen Sorgen, sondern auch heftiges Herzklopfen.

ONE KISS - MITTEN INS HERZ

Gegen das Spiel der Liebe hast du keine Chance!

Jayden Ward, gefeierter Star der Rugbyszene und Londons begehrtester Junggeselle, genießt seine sportlichen Erfolge. Er liebt Partys, schöne Frauen und führt ein Leben auf der Überholspur.

Das gefällt seinem Management überhaupt nicht. Ab sofort soll die Praktikantin Ruby dafür sorgen, dass Jayden wieder auf den Teppich kommt. Doch der macht sich einen Spaß daraus. Er entlockt Ruby ein Versprechen, auf dessen Einlösung er sich jetzt schon freut.

Ruby Webber ist tough, selbstbewusst und wild entschlossen, den A-Promi zur Vernunft zu bringen.

Typen wie Jayden sind ein rotes Tuch für sie. Allerdings sieht er aus der Nähe noch viel besser aus, als auf den Pressefotos. Dazu ist er auch noch liebevoll, amüsant und charismatisch.

Sie stellt sich der Herausforderung – und lässt sich schon beim ersten Treffen auf einen abenteuerlichen Deal mit dem sexy Sportler ein.

Genau das wird ihr zum Verhängnis.

Prickelnd, romantisch und absolut heiß!

"One Kiss" ist Jaydens Geschichte. Er ist der beste Freund von Logan aus "Warm up für die Liebe". Beide Romane sind unabhängig voneinander lesbar.

ONE DAY - LIEBE IST GRATIS MIT DABEI

»Nichts ist umsonst, Baby! Nicht mal die Liebe.«

Sarah Moore ist Single und ihr Auto ständig in der Werkstatt. Jetzt muss sie sich auch noch einen neuen Job suchen!

Doch ihre Pechsträhne reißt nicht ab.

Als sie eine Einladung zu einem Vorstellungsgespräch bei einer renommierten Anwaltskanzlei erhält, schnappt ihr so ein Lackaffe den letzten Parkplatz vor der Nase weg!

Gut, der Kerl ist höllisch attraktiv, aber ein Idiot.

Natürlich kommt sie zu spät.

Natürlich geht sie ohne Job nach Hause.

Unglaublich, dass ihr der Typ auch noch seine Visitenkarte an den Scheibenwischer geklemmt hat.

Sarah ruft ihn an, um ihm die Meinung zu sagen, doch Brad Norris entschuldigt sich nicht nur bei ihr, er bietet ihr sogar einen Job an. Sie soll Brad auf eine Kaffeeplantage nach Costa Rica begleiten und die Bezahlung ist absolut gigantisch.

Dieser Job, die Reise und ihr Boss bringen Sarah an ihre Grenzen. Emotional und körperlich.

Auf was hat Sarah sich da nur eingelassen?

Gefahr und Chaos sind für Sarah bei dieser Reise inklusive – Die Liebe auch?

KONTAKT

Setze dich mit Alisha direkt auf Facebook in Verbindung:
https://www.facebook.com/AlishaBloomHeartbeat/

Oder abonniere den Newsletter, um nichts zu verpassen. Hier erhältst du vorab News und Hinweise zu Deals und besonderen Informationen über Alisha und ihre Romane.
Für alle
Abonnenten gibt es eine kleine Sequenz von
Logan und Jay, den Männern aus „Warm up für die Liebe“ und „One kiss - Mitten ins Herz“.

Folgender Link führt dich zur Anmeldung:
https://www.alisha-bloom.de/newsletter/

Printed in Poland
by Amazon Fulfillment
Poland Sp. z o.o., Wrocław

63495996R00164